U0631976

魅丽文化　花火工作室

# 全世界我只喜欢你

LOVE
YOU

时耳 著

SHIER WORKS

吉林文史出版社

**图书在版编目（CIP）数据**

全世界我只喜欢你 / 时耳著. —— 长春：吉林文史出版社，2017.8

ISBN 978-7-5472-3984-1

Ⅰ. ①全… Ⅱ. ①时… Ⅲ. ①长篇小说 – 中国 – 当代 Ⅳ. ①I247.5

中国版本图书馆CIP数据核字(2017)第095590号

QUAN SHI JIE WO ZHI XI HUAN NI

# 全 世 界 我 只 喜 欢 你

| | |
|---|---|
| 总 策 划 | 孙建军 |
| 编 著 | 张 廉 |
| 责任编辑 | 吴 枫　孙佳琪 |
| 封面设计 | 黄 梅 |
| 出版发行 | 吉林文史出版社 |
| 地 址 | 长春市人民大街4646号 |
| 网 址 | www.jlws.com.cn |
| 开 本 | 880mm×1230mm　1/32 |
| 印 张 | 9 |
| 字 数 | 250千 |
| 印 刷 | 湖南关山美印有限公司 |
| 版 次 | 2017年08月第1版　2017年08月第1次印刷 |
| 书 号 | ISBN 978-7-5472-3984-1 |
| 定 价 | 29.80元 |

目录
*contents*

目录
*contents*

"已经快到九点了，"陆繁有条不紊地整理着今天要用的食材和调味品，抽空扫了一眼电脑显示屏，看到直播间显示在线人数呈几何倍数上升时嘴角微微一勾，"你们都很准时呢，每次都卡着点进来，简直就像是等着投食的小鸟。"

"换个词吧，雏鸟怎么样？免得你们又说我公然在直播时开黄腔，上周我已经被经理请去办公室喝过茶了，只是因为说了一句'炸菊花这道面食看起来很美味'，就被举报了。"陆繁叹了口气，"人红是非多，每天进直播间盯着我不放过任何一个错处的仁兄，辛苦了，要听我唠叨一个小时。为了让你的辛苦不白费，我今天打算再给你一个举报的机会，今天我要做的是——菊花虾包。"

公屏上瞬间被一溜儿的"哈哈哈"刷屏了。

我是陆烦烦的胖次：哈哈哈哈哈，炸菊花相当美味！！烦烦不要停！！直播几个月的菊花盛宴吧，哈哈哈哈哈哈哈，硌硬死红眼病。

陆烦烦今天没穿 bra：我就喜欢听你瞎叨叨！！叨叨一晚上都没关系！！

陆烦烦来爱我：烦烦内心独白——我就喜欢你这副看不惯我还干不掉我的样子。

一条条信息跳得很快，在公屏上留不到一秒就会被后面的顶上。

陆繁是 LX 视频直播网站签下的美食主播，从事这行已经有一年多了，在上个月拿到了高级主播资格证，是 LX 站内人气最高的主播之一。

她每周只有周五晚上九点有直播，一般都是事先录好视频并剪辑完毕后上传到平台上的，所以每到一周直播的时间，蜂拥而至直播间的人都以万计。

过了九点，直播刚开始就已经有不少人开始投掷鲜花、硬币等小礼物了。

陆繁洗净手，然后戴上口罩，开始切菜，同时语调平稳地讲述："这道菊花虾包是江苏地区的传统名点，做成之后很好看的，而且难度也不大，你们平时在家也可以做着试试看。不过味道我还没尝过，老规矩，试吃还是交给我们的阿三哥，据说他为了吃我做的菜，每周周五都是饿一天肚子的。"

电脑屏幕前的妹子、汉子们快要笑晕，纷纷表示心疼阿三哥。

*阿三哥坟头草三米高：烦烦别会错意！！阿三哥是怕吃了你做的菜后把一天吃的东西都吐了才饿肚子的！*

*阿三哥实力作死：刚刚去百度了一下菊花虾包的做法，感觉不难，烦烦这回应该不会搞出什么黑暗料理毒晕阿三哥了吧，嘤嘤嘤，心疼我阿三哥。*

*阿三哥对烦烦是真爱：有个问题我已经疑惑很久了，阿三哥怎么还没辞职，他怎么忍受得了烦烦的。*

陆繁的搭档陈易——也就是阿三哥从镜头前飘过，背对着陆繁做了个苦瓜脸的表情，还用口型和手势说了一句"快打 110"。心疼归心疼，但是并没有人理他，毕竟大家都喜欢看陈易受虐，有种异样的快感呢。

陆繁抄起锅铲，作势要打："快从镜头前闪开，凑那么近，想让别人看看你脸上多了几条皱纹吗？"

看到阿三哥委委屈屈小媳妇状地坐回一边的椅子上，公屏上刷过了一连串的弹幕。

陆繁飞快地把食材切好，然后同步讲解："做这道菜要用虾仁两百克，猪大油五百克，鸡蛋清三个，水发海参十克，冬菇十克，荸荠三个，火腿一根，自己做的话也可以根据口味更换量，这里我就根据标准的做了。现在海参、荸荠、冬菇、火腿都已经切丁啦，焯水控干后就可以装盘待用了。"

她把要用的食材都装好盘，然后拿出备用的碗："接下来就是做调料了，我打算尝试一下温州人惯用的酱油醋，瞎放些其他调料试试味道，什么蒜末啊香菜啊白糖啊盐啊，用来腌制的话应该挺棒吧。"

说干就干，陆繁把桌上所有的调味用品都放了一遍，然后把装盘的切丁倒进碗里："在腌制的时候做一下馅和包皮。"

公屏上又炸了，陆繁看到信息之后才后知后觉地反应过来，面无表情地说："我看不懂你们在兴奋什么，我要做猪网油切片后用来包住馅的皮，有说错吗？"

烦烦最美：对对对，你说什么都是对的。

今天求直播到凌晨：我们才没有想歪呢，我们可都是纯洁的三岁小孩。

阿波X男子医院：众里寻她千百度，割完没事走两步。

阿波X男子医院：少小离家老大回，割了包皮你不赔。

阿波X男子医院：疑是银河落九天，不是环切不要钱。

阿波X男子医院：莫愁前路无知己，二人团购八折起。

阿波X男子医院：落红不是无情物，医院五百保修复。

求踢刷广告的：有切包皮广告乱入！还刷屏！！什么鬼！！

在公屏处于高潮之际，陆繁已经把馅都包好了，热了锅之后就把虾包一个个放进去："这回好像不难，味道应该挺不错的。"

陈易忍不住吐槽说："你每次快做完的时候都会这么说，结果呢？"

"结果你把我做的都吃完了，还意犹未尽。"

"我那是为了直播牺牲自己！！你知道我要做出一副很享受的表情有多难吗！！"

"或者你可以选择吐出来，然后月薪扣到连内裤都买不起。"

陈易：掀桌子。

两人照常拌嘴，公屏上网友嗷嗷地喊着太虐。

几分钟后，虾包已经被炸至金黄，陆繁熄火，然后把虾包从油锅里取出来，沥干了油之后就装到盘里，加了两片生菜叶和一朵胡萝卜花做点缀。

看到陈易一脸生无可恋地端起盘子，弹幕再次遮盖住了视频界面。

阿三哥一路走好：哈哈哈，每次直播最喜欢看阿三哥生无可恋的表情了，让我内心得到了极大的满足。哈哈哈哈哈……

ABC：每次直播高潮点就是烦烦做完菜摘下口罩的一瞬间，以及阿三哥哭着吃完最后一口的样子。

23：弹幕都撤掉撤掉！！别挡住脸！！烦烦要摘口罩了，嗷嗷嗷嗷！

烦烦嫁我：美晕！

阿三哥痛并幸福着：烦烦简直是网播界颜值担当，素颜都美得炸裂屏幕，嗷嗷嗷。

笑脸：一个明明可以靠脸却非要靠厨艺来祸害男人的女人。

陈易艰难地把五个虾包都吃了下去，陆繁则是跟网友分享自己最近吃到的美食，除了厨艺差点儿，陆繁对美食的见解可谓是博古通今，而且往往讲解得引人入胜，令人馋涎欲滴，欲罢不能，这也是她明明手艺不怎么样，却还是在 LX 网站站稳脚跟的主要原因。

一小时的直播很快就过去了，网友们恋恋不舍地扔出小礼物，陆繁道了好几声的谢，然后跟大家说了晚安后关闭了直播。

陈易立马在她后面呕了一声："陆烦烦小同志，这么简单的菜你居然能做出这么诡异的味道，我真服你了！跟你搭档我要折寿十年啊！我要跟经理投诉！我要撂挑子不干了！"

"都搭档半年多了，每周都要听你这样说一遍，也没见你出过什么事啊！"陆繁关了电脑，"认命吧陈易老同志。"

陈易翻了个白眼："娶你这样的女人回家真是遭罪。"

"也祸害不到你头上，"陆繁拿起手机一看，"你是不是关机了，你女朋友电话都打到我这里来了。"

"不想理她。"

"吵架了？"

"嗯……她跟别的男人出去玩被我看到了。"

陆繁用怜爱的目光看着他："她跟你解释了什么？"

"说想给我买礼物，要参考一下男性的意见，但是买礼物需要牵着手从电影院出来吗？"

"哦，那她很有想法，有给你买顶绿色帽子的想法。"

陈易抓了抓头发："算了，不聊这个，都十点了，我开车送你回家吧？"

"不用麻烦你了，我赶得上末班车。走啦，拜拜。"

走出公司大门，外面的冷风一吹，陆繁浑身的寒毛都要竖起来了。她拉高领子，加快步子往公交车站走去。

现在已经是晚上十点半了，公交车站只有陆繁一个人，广告屏略显昏暗的灯光把她的影子拉得又细又长。陆繁插上耳机，打开了音乐播放器，然后点开微博。

她的微博名叫"LX陆烦烦"，官博，粉丝二十万，平时转发一些录制好的剪辑视频等，更博频率极低，她都不怎么上。当然，像陆繁这样的网瘾少女，怎么可能只满足于官方号呢！

她切换账号，登上私人号，一登上去消息提示就响个不停。

串串串么么哒：@串串我的爱mua～ 宝贝，我今天在杭州接机看到串串啦！！真人超级帅！天啦，口水都要流下来了！而且对粉丝超级温和的。

陆繁就是"串串我的爱mua～"，而"串串串么么哒"是她在网上认识的好友，两人有一个共同的偶像——沈韫川，粉丝送爱称"串串"。

陆繁手指颤抖地点开么哒在机场拍到的照片，身材挺拔、气质清俊的男人穿着墨绿色风衣，被簇拥在人群之中，却犹如鹤立鸡群一般显眼。

照片有些模糊，却依然能看清沈韫川墨镜下高挺的鼻梁跟嘴角温和的笑容，明明身处喧嚣，却淡雅清隽，让人只看一眼就再也没办法把目光移开。

陆繁手指抖得幅度更大了，颤抖着保存了图片，然后才对么么哭号。

串串我的爱 mua ~：啊啊啊啊啊，我就在杭州啊，要不是今天晚上有事我也要去接机，啊啊啊，我的串串，嘤嘤嘤。

串串串么么哒：哈哈哈，你就舔屏吧，哈哈哈哈哈哈。

陆繁顿觉生无可恋，只能舔屏的日子太痛苦了好吗，难得跟偶像在一个城市却看不到的感觉……感觉要窒息。

第二章

弟弟

　　沈韫川——新生代男星典型代表之一，五年前出道，主演了一部悬疑连续剧后因其出众的外表和精湛的演技一炮而红。不过陆繁并不是在一开始就关注他的。两年前，一部在国内影视圈内掀起滔天巨浪的《云巅》横空出世，无数人狂热追捧，陆繁也大为惊叹，被沈韫川演戏时的神韵与气场所折服，从那之后便一发不可收拾地"粉"上了他。

　　虽然这两年，沈韫川出的作品不多，而且再没有《云巅》那样，给人直观的震撼与惊艳，但是长情的陆繁还是表示爱他一辈子不解释。

　　么么哒可能是察觉到她情绪低落，开始安慰她。

　　串串串么么哒：哎哟，你别伤心了啦，根据一手消息，这次串串是和简遇洲一起去杭州取景拍戏的，时间不久，待一个多月大概就去其他地方了，到时候你可以去送机呀！

　　陆繁的注意力被另外一个名字吸引走了。

　　串串我的爱 mua ～：啥，简遇洲？

　　串串串么么哒：对呀，你不知道吗，这次新戏是他们合作，简遇洲男一，我们的串串男二。

　　串串我的爱 mua ～：不服，为什么串串是男二？

　　串串串么么哒：这次拍的电影请的都是大牌，从制片方到剧组都是最佳的，串串的戏龄毕竟比不上简遇洲，拿的奖也没有简遇洲多，还是能理解的啦。

么么哒是半只脚在那圈子里的人，总能探听到一些消息，对于她说的陆繁没有怀疑。她只是觉得有些奇怪，沈韫川怎么会和简遇洲一起拍电影，这两年一直有媒体传这两人关系不融洽，两人粉丝团的气场也不合，总有股火药味儿在里头，吵起来也不是一回两回的事儿了。

　　简遇洲出道十年，身份从最初的配角变成现在身价过亿的超一线明星，靠的不光是刀削斧凿、无可挑剔的脸蛋与气质，更多的原因是他的演技中有着经历过岁月后沉淀下来的精粹，那种醇厚深重的犀锐是以人生阅历为基石，慢慢地踏踏实实地搭筑而成的。

　　曾经陆繁也是简遇洲的"路人粉"，虽然算不上疯狂追捧，但是他的每部作品都会去电影院看，甚至看第二遍第三遍。不过在"粉"上沈韫川后，她通过各种渠道得知了那两人之间的嫌隙纠葛，什么简遇洲耍大牌给沈韫川脸色看啦，什么简遇洲抢沈韫川剧本男主角啦，总之两年间零零碎碎的小摩擦不断，也陆陆续续有各种偏激的言论出来，指责简遇洲欺负新生代演员，陆繁被洗脑后就彻底转型为简遇洲的"黑粉"。她就是这么没理智没三观的一个人，别寄刀片，改不了了。

　　总之这两人的气场不合是"饭圈"内众所周知的事儿，在两方粉丝吵得激烈的同时，一大批同人作者举着高旗站起来了。

　　同人文盛行期间，么么哒曾给陆繁透露过，简遇洲在圈内有个外号——简宇直，延伸意为宇宙第一男人。现在的娱乐圈鱼龙混杂，乌烟瘴气，很多男星都或多或少牵扯到一些同性话题，但是众所周知，简遇洲是个直得不能再直的男人。

　　陆繁表示，这跟她有半毛钱的关系吗，她只关心她的偶像是不是男人。

　　串串我的爱mua～：送机我一定会去的！！能亲眼见到串串一眼我就死而无憾了！记得早几天通知我一下啊，拜托了！

　　串串串么么哒：哈哈哈，好的，晚了，我先睡啦！

　　串串我的爱mua～：嗯，晚安。

　　正巧这时末班车来了，陆繁把手机放到口袋里，然后上车，刷了卡后就找了个空位坐了下来。

车上人不多，大多昏昏欲睡，陆繁低头看手机，心血来潮点去了简遇洲的微博。四千万粉丝，微博最后一次更新是一个月前，评论区都是粉丝们喊着求更新求自拍的。

这么一比，一周更新一次微博，偶尔还发发九宫格自拍的沈韫川简直可爱得没边了。

幸好她没"粉"上简宇直，一个月投喂一次粮食而且不是宣传就是新戏消息，能愁死人了好吗。

回到家里，陆繁一走进家门，低头就看到地板上一双乱放的男生球鞋。她把球鞋踢到一边，然后脱掉鞋子，径直走向卧室。

"啪"的一声，灯光大亮，窝在被子里的不明生物蠕动了一下，并发出含糊的呻吟声。

"开什么灯啊……"

陆繁直接把被子掀开，看到只穿了一条四角短裤的人时，拳头紧紧地握了起来，一字一句沉着声音说："陆时！谁允许你在我床上睡了？客房不是放了张空床吗！"

陆时把被子抢回去，只露出一双眼睛，有些可怜兮兮地看着陆繁："姐，我又被女朋友甩了。"

陆繁双手环臂，淡淡地"呵"了一声："钱又被骗光了？"

陆时沉痛万分："这回连车子也被骗走了……"

陆繁："……"

"姐，等我睡醒再说吧，我困死了……"陆时打了个哈欠，看着又要睡过去了。陆繁看他铁了心不肯从床上下来，只能作罢。她弯腰去给陆时掖被子，无意间碰到他有些烫的皮肤，于是探手覆在他的额头上，随即微微皱起眉："发高烧了……陆时，起床，我带你去医院。"

"不想去，想睡觉……"

"随便你，烧成傻子你就等着继续被人骗了又甩了又骗吧。"

"……"陆时乖乖地起床穿衣服了。

坐在出租车后座上，陆时歪在他姐的肩膀上，讲起了自己第三段凄凄惨惨的曲折爱情。

陆繁全程面无表情。

他们父母离世得早，陆繁不想留在乡下靠亲戚救济过活，于是带着还在读高中的陆时一起来了杭州。那时她刚大学毕业，在异地没背景没人脉，过得很难，幸好陆时争气，考进了杭州最好的 Z 大，靠着每年的奖学金和贫困生补助，减轻了陆繁不少的负担。

后来陆繁逐渐在网播界有了名气，生活不再捉襟见肘，陆时也在求学期间搞起了科研，成了某研究所的重点栽培对象。也是从那时候起，陆繁开始慢慢发现，自家弟弟智商极高，情商却低得令人发指。

陆时的第一段恋情在大三，他全心全意地对女友好，在女友生日那天用自己攒了几个月的兼职工资给她买了部手机，结果却在当天发现女友脚踏三条船，把手机送给女友当分手礼物后，嘤嘤嘤地跑回家了。

人间惨案！

第二段恋情是他去了科研所后发展起来的，女方假装白富美忽悠他，陆时再次轻信对方的甜言蜜语，等他回过劲儿来的时候，银行卡已经被刷爆了。

天理不容！

第三段恋情，陆时谨慎再谨慎，抵不过人家套路深，这回不仅钱没了，车也被开走了。

声泪俱下！

陆繁看他抑郁得快要心肌梗死，于是拍拍他毛茸茸的脑袋以作安抚："你还是太年轻，多经历几次，就有经验了。"

虽然很心疼，但是莫名有点儿想笑是怎么回事儿……谁能料到 Z 大出来的高才生，科研所重点培养的新型人才会在感情上一败涂地，惨败得连内裤都要保不住了……

陆时眼含热泪："还要经历几次这种悲剧？"

陆繁："……被骗着骗着就习惯了，幸好你买的是辆二手车，不值什么钱。"

陆时在心里默默地吐槽：什么叫骗着骗着就习惯了，有你这样教弟弟的吗？

医院急诊楼大厅内，人来人往，行色匆匆。

一个男人裹着深色风衣，戴着宽大的口罩和压得极低的鸭舌帽坐在等候区的第二排，两腿因为过长只能曲着避免顶到前面一排的人。深夜的急诊楼，人又多又杂，那男人却安静得好像不存在一样，只低头看着亮起光的手机屏幕，同时手指飞快地在屏幕上划着点着，神色专注。

男人虽然沉默不说话，也看不清面容，却有种隐形的气场，明明白白地昭示着生人勿进。

编辑好了一大段话之后，男人反复检查一遍，确认没有错别字等小错误后就截了屏，以图片形式发到了"LX陆烦烦"的评论区。

发送完毕后，他把手机揣回兜里，然后长呼出口气。

胃还是有点儿抽一样的疼，大概是看了今天的直播的后遗症。简遇洲如是想着。

正在这时，身边的位子上坐下了一个年轻男人，同时响起一个沉稳清亮的女声："你在这儿等会儿，我去挂个号。"

不知道为什么，似乎有些耳熟。简遇洲下意识地想抬头看一眼，最后却没动，毕竟这里人杂，难保不会被人认出来。

大约两分钟后，挂号区响起了一阵不大不小的骚动。

陆繁扶住站在自己前面，被插队的中年男人推了一把的老太太，冷下声音说："这里都是排队的人，大家也都很急，请你不要乱插队好吗？"

中年男人一副软硬不吃的模样，硬生生地就挤在老太太前面。

后面有位大婶见状忍不住说话了："哎，你一个大男人，有没有点儿素质啊。"

中年男人转头，不耐烦地说："我就没素质了，怎么了？"

大婶语噎，不吭声了。

陆繁突然干脆利落地推了中年男人一把，把毫无防备的中年男人推出了队伍。中年男人顿时怒目而视："你干什么！"

陆繁睨他一眼："不好意思，我有病，这不，来瞧病了。"

又气又怒的中年男人最后被人拉到队伍末端重新排队去了。

听到了对话的简遇洲嘴角微微勾了勾，只不过隐藏在口罩之下，无人窥见。

"宇直，号挂好了，我们上楼。"

经纪人站在等候区前招呼了一声，简遇洲站起来离开等候区，下意识地转头看了一眼，却只看到一个扎着低马尾穿了一身棉质套装的女人的背影，身材高挑匀称，露出的后颈白皙纤细。

从医生办公室出来后，陆繁把烧得晕晕乎乎的陆时按在输液室的位子上："你先坐一会儿，我把单子拿去给护士看。"

陆时歪着脑袋靠在椅背上，有气无力地说："我感觉我要死了……"

陆繁翻了个白眼："放心，你也就是个普通的感染性发热，输完液睡一觉第二天就没事儿了。"

陆时哀怨地看着她："单身人士不懂我的痛。"

陆繁弹了下他的额头："如果是被连骗三次倾家荡产的话，我的确不懂。老老实实待着。"

陆时靠着椅背，虽然烧得有点儿头昏脑涨，但意识还算清醒，所以一分钟后他清楚地感觉到身边的位子上坐下了一个人。

他下意识地睁开眼，瞥了一下，看到自己旁边的位子上坐了一个戴着新伊鸭舌帽和古驰墨镜的男人时，心道：天哪，人才啊，来医院输液竟然还全副武装搞得跟随时准备加入阶级斗争一样。紧接着他就感兴趣地微微斜过目光，不露痕迹地打量着那个男人。

作为一个为姐姐感情问题发愁数年的榜样弟弟，他每每遇到一个条件不错的男人都会留意一下，不管三七二十一，先把联系方式要来再说，人品性格问题他可以慢慢侦查，争取把最好的一个上贡给他家眼高过天的老姐。

显然，就气场与气质而言，眼前这个男人绝对秒杀之前陆时背着"同性骚扰"的锅要过联系方式的所有男性，没商量的。

尽管整张脸都被遮挡得严严实实，但还是能窥见几分侧脸线条的锋锐冷峻，给人的感觉有几分森冷，很难打交道的样子。陆时思考片刻，决定先搭话试试，于是微微侧过上身："嘿，哥们儿，你这帽子看着不错，哪儿买的呀？"

简遇洲偏过头，陆时能感觉到墨镜后那带着几分审视的目光，他丝毫不畏生地扯出一个暖男界标配笑容："我是个帽控，实在很想知道，拜托啦。"

简遇洲压低了声音，听起来有些含糊沙哑："在美国买的。"

声音好听，陆时在心里为他加上一分，然后继续舰着脸问："国内哪儿买得到正品呀？"

"大商场。"

"哎，我们这么投缘，都是他们家的铁杆粉，不如交换个联系方式？"

简遇洲看了他半晌，然后突然站起身，走到另外一个位子上坐下了。

陆时："……"

没关系，百折不挠是陆家人的传统美德！被前任坑得一脸血的陆时难道还怕碰到冷钉子吗！为了他姐，他可是什么都不怕的！不就是脸吗，他不要了！

陆时立马跟过去："哥们儿，别误会，要不加个微信吧，以后有什么打折啊促销啊的消息也好互相通知呀，再不济多个朋友多个赞嘛，我保证不刷屏不发广告不发养生知识。"

简遇洲深深地皱起了眉，正欲开口时，经纪人陈霄走了过来，并在他身边坐下。陈霄看了眼陆时，然后压低声音对简遇洲说："被看到脸了？"

简遇洲薄唇微掀："他大概是想便宜买我的帽子，所以在试图搭讪。"

陆时："……"大哥你的想象力好丰富啊！！

陈霄一愣，然后闷笑起来，想了想之后指着简遇洲，一脸正经、义正词严地对陆时说："对不起，这位先生，他是男人，宇宙第一直，怎么掰都掰不弯的那种。"

简遇洲：要不是现在这场合不适合说太多话，他真想呵呵陈霄一脸。

陆时：我哪里看起来弯了？！

这时候陆繁走回来了，看到陆时换了个座位，没说什么，把包啊药啊的放到旁边的空椅子上："陆时，是朋友？"

陆时摇摇头："刚认识，这位大哥脾气很好，所以就聊起来了。"

简遇洲："……"

陆繁点点头，下意识地朝全副武装、格外显眼的男人看了过去，男人也正巧抬起了头，目光短暂地接触后，陆繁朝他笑了笑，平淡客气地说："你好。"

隔着墨镜，陆繁没看到简遇洲眼底的一丝惊讶。

简遇洲想起了在急诊楼大厅看到的那抹背影，与眼前的陆繁完美契合起来，他这才明白过来为什么会觉得她的声音有一丝耳熟。

原来就是那个害他半夜犯胃病的网播。

今天他坐飞机到杭州来拍戏，到酒店就已经晚上八点多了。他很难得有这样一整晚休息的时间，本来打算好好地睡一觉的，结果突然想起今天是周五，九点有个美食直播，于是他又打开手机，看完了一个小时的直播。

结果就害他饿得睡不着了。

简遇洲有个很少人知道的小毛病，那就是极度挑食，飞机餐难以下咽，他连看都没看一眼。他还有个更少人知道的小毛病，那就是——迷某个美食直播节目迷得无法自拔，明明挑食嘴刁到不行，明明那个女主播做出的饭菜号称能毒晕搭档，他的胃却永远都被钓得高高的，每次只能对着屏幕里的美食干瞪眼。

因为飞机上没吃什么，回到酒店之后他吃了两片面包，原本不至于饿着，看了直播之后却觉得腹中空空如也，只好自己起床到厨房里下了把面。

然后就餐后胃痛了。

然后就被咋咋呼呼一点儿小事就当火烧屁股一样的陈霄带着来急诊了。

然后还遇到了间接罪魁祸首。

呵呵，这奇妙的人生。

护士过来给两个人都挂好吊瓶，陆时一开始还试图跟简遇洲搭话，但是人家酷炫狂霸跩，连嗯哦都懒得给一声，看架势是完全把他划入了"想贱买帽子"的行列，他只好悻悻地住嘴了。

此时已经是深夜一点半了，输液室里人不多，都歪着脑袋睡着了，值班室里的护士们动作也放轻了，整个输液室仿佛只剩下了时针走动的嘀嗒声。

　　陆繁被陆时这么一折腾，一点儿睡意都没了，就低着头在那儿玩手机。

　　她打开微博，登上大号，发了条跟下期直播有关的微博后就点开评论区看了起来。

　　突然，她目光一凝。

　　某条图片形式的评论被顶上了热门，雄踞第一的位置，留评的人的用户名也如雷贯耳，眼熟到陆繁一看到他，就忍不住虎躯一震。

　　——搬砖不如吃顿饭。

　　天哪，这玩意儿怎么又来她微博下找存在感了！

第四章

回复

　　半年前，陆繁在 LX 视频公司还是一个籍籍无名的小网播，微博粉丝只有五百来个，甚至连个人的直播间都没有设立，只能与其他一些同样没名气的网播共用一个直播间。因为大多的网络主播都走秀场与游戏解说的路线，美食主播并不是主流，关注的人自然不多，陆繁几次险被公司开掉。

　　偶然一次机会，一个大 V 营销号转发了她剪辑好的视频，她烹饪时从容自若的姿态、令人眼花缭乱的刀功以及博古通今的美食见解很快就吸引了一大批粉丝，再加上她那张素面朝天却依然压下其他网播好几头的脸蛋，她可以说是一夜成名。

　　人一红，各种乱七八糟的事儿也跟着来了，同行的挤对眼红、某些男性粉丝不怀好意的书信调笑，还有……赶不走掐不死的"黑粉"。

　　"黑粉"是一种神奇的生物，在无时无刻不黑对方的同时又在不断地关注，就像陆繁对简遇洲一样，无论谁提起，她都会嗤笑一声，然后巴拉巴拉地说上一大堆黑他的话，最后以"我偶像好棒"结尾，但是一转身她又会关注他的微博，每天刷新看他有没有更新消息。

　　简而言之，就是嘴上说着强硬的话，身体却做出相反的行动。

　　她深信她的"黑粉"——搬砖不如吃顿饭，绝对是对她爱得极为深沉，每周五的直播结束后，那位搬砖先生都会洋洋洒洒写上一两千字表达他对她糟蹋食物的不满，同时还会把正确的做法一一写出来，比菜谱还详细。

　　虽然搬砖先生每次都说再也不关注她了，然而第二周，评论里还是会出现他的身影。久而久之，网友们被搬砖先生持之以恒的"爱她就要黑她"

的精神感动了，每次都帮他上热门，还艾特陆繁，嘻嘻哈哈地让她回复一下搬砖先生，别让他再度过一个痴痴等候回复的漫漫长夜。

陆繁往下瞥了眼评论区，果然，粉丝们都在调侃他们，把"搬砖"说得无比痴情，把她说得非常无情。

她点开"搬砖"的图片评论，意料之中，又是把她做菊花虾包的过程吐槽得一无是处。

陆繁真不知道这人是吃饱了撑的还是纯粹就想给她找不痛快，哪有人这么闲，都不用上班不用睡觉不用跟女朋友过夜生活的吗！

呵，一看就是单身人士。

陆繁原本都只是看看的，今天突然心血来潮，点了回复。

LX陆烦烦@搬砖不如吃顿饭：你已经成功引起了我的注意，男人。

她嘴角微微弯了弯，然后就收起了手机，抬头看了眼吊瓶，还有一瓶半，于是就问陆时："饿不饿？"

陆时点点头，摸着肚子："五点吃的晚饭，现在早消化光了。"

陆繁笑了笑："幸好我早有准备，就知道你这个馋鬼到后半夜肯定会喊饿。"说完，她从随身的包里拿出一个保鲜盒，里面整整齐齐地码着十几块切好的鸡块。陆时立马眼睛一亮："茶叶熏鸡！姐，你什么时候做的啊，居然现在才拿出来！"

陆繁把盖子打开，然后把盒子递到陆时手边上："知道你今天要回家，所以白天有空就做了，正好出门前想起来，就带出来给你填肚子了。"

陆时工作的科研所离陆繁住的公寓远，所以工作日都住在外面他自己租的房子里，只有双休日才回来。

陆时喜滋滋地垫着餐巾纸抓起一只鸡腿，正张开嘴要咬的时候，突然感受到了一股异样专注的目光。他偏过头，正好看到隔壁大哥堪堪撤开的视线，紧接着，他看到那位大哥的喉结上下滚动了一下，显然，是在吞咽口水。陆时开始纠结了。

很显然，隔壁大哥也饿了，而且饿得不轻，不然以他的品位，怎么可能盯着人家手里的一只鸡腿看？那多掉价啊。理智告诉陆时，这是个刷好感度的好机会，但是他又不舍得把嚼劲最好、口感最佳的鸡腿肉让给别人……陆时很快就做出了选择，不给鸡腿可以给其他的鸡块呀，于是他把保鲜盒递到简遇洲的眼皮子底下："大哥，要不要吃一块？我姐做的茶叶熏鸡味道很好，尝过她手艺的不超过五个人，你绝对会很喜欢的。"

陆时说得没错，陆繁的厨艺其实很好，直播时只不过是应公司要求，故意胡乱做的，现实中尝过她真正手艺的的确不超过五个人。

简遇洲看着眼皮子底下的鸡肉，色泽枣红明亮，淡淡的烟熏气味混合着茶叶的清香一丝一缕地飘了出来，诱得人馋涎欲滴。他还没动，陈霄就已经用湿巾擦了擦手，然后抓了一块鸡肉："那我们就不客气了，谢谢啊，还是你们考虑得周到。"他直接把鸡肉往嘴里送，几秒后，眼睛瞪得溜儿圆，边咀嚼边冲陆繁竖了个大拇指。

陆时顿时笑开了："我就说吧，大哥，你也来一块吧。"

"……谢谢。"

简遇洲终于向他垂涎已久的食物下手了，他把口罩摘了半边，选择了一块鸡骨。

那低声的道谢钻入陆繁的耳朵里，她一愣，下意识地挺直了腰板，仔细打量起简遇洲。口罩摘下后，他的侧脸线条明朗了一些，竟隐约有些眼熟，再加上那声音……

不可能吧，她在乱猜测什么呢。陆繁摇摇头，没再看他。

熏鸡肉一入口，那咸香的气味便溢了满口，肉质鲜嫩，口感不老不柴，细细品尝之下又尝出了瓜片茶叶的茶香，别具风味。简遇洲微微一顿，不由自主地又拿了一块，心道：原来是这个味道……也不枉他心心念念地惦记了这么久。

这么一想，深夜胃痛似乎也不是那么悲剧了。


三个人很快就把一盒子鸡肉解决光了，余味不散，还留在口中。回味了一会儿，陈霄就开始使劲儿夸陆繁，把她夸得天上有人间无的。陆繁忍不住笑了："你们也就是饿了才会觉得这么好吃的，不过还是谢谢啦。"

也许是因为吃饱了，陆时歪着脑袋睡着了，陆繁也撑着脑袋开始打瞌睡。

陈霄还摆弄着手机，半晌后突然拱了拱简遇洲的手臂，低声说："今天倒是给人面子，以前陌生人给你做的东西你会吃？"

简遇洲嘴巴挑到什么程度他是知道的，就连大厨做的东西他偶尔都还要蹙眉，更何况只是个普通人了。

虽然熏鸡味道不错，但毕竟已经冷掉了，风味较刚熏好时要差上许多，陈霄可不觉得简遇洲会喜欢到一连吃了好几块。

简遇洲闭着眼养神，随意敷衍："饿了。"

陈霄撇撇嘴角，随即咂吧了一下："不过说真的，口感真的不错。"

简遇洲不由自主地舔了舔下唇，那上面似乎还留存着一丝清香，然后"嗯"了一声。

他多半猜到了，直播时陆繁只不过是刻意乱做，视频公司为了博关注度，的确可能想到这种法子。

不过……手艺不赖。简遇洲在心里中肯地点评了一句，快赶上他的三分之二了。

半个多小时后，简遇洲的点滴快完了，护士轻手轻脚地走过来替他拔掉针头。

陈霄收拾了一下包，站起来，却看到简遇洲站在原地没动："怎么了？"

简遇洲的目光落在不由自主搓揉着手臂的陆繁身上，她只穿着单薄的棉质套装，春夜更深露重，寒气难免重些。他视线微敛，轻声对陈霄说："你带来的毯子呢？"

陈霄一愣，然后从包里翻出一条薄毯，是带来给简遇洲盖肚子的，他肠胃不好，受不得凉。

简遇洲微弯腰，把薄毯盖到了陆繁身上，动作很轻，没吵醒陆繁。

做完这个动作之后，他回头一瞥，陈霄下巴都快要掉了。

简遇洲冷淡地轻呵一声："不懂得关心女士的家伙，怪不得相亲十几次也没人看上你。"

陈霄忍不住吐槽："宇直，平时也没见你这么关心过哪个女士啊！我当你经纪人五年，从来没见你给谁盖过毯子！要是你这么会把妹，怎么会三十岁了连女人小手都没摸过？"

简遇洲转头就走，三秒后传来他的回答："我有没有摸过你不知道，但我知道，你肯定没摸过。"

陈霄："……"

第五章

　　闺蜜

　　陆繁一不小心睡沉了，陆时等护士拔掉针头后才轻摇着她的肩膀把她叫醒："姐，可以回家了。"

　　陆繁睡眼惺忪地看他一眼，然后"嗯"了一声，刚想捶一捶酸痛的脖子时突然发现了盖在身上的薄毯。她微微一怔，一时不知道这毯子是从哪儿来的，难道医院这么人性化，还给陪护的家属发毯子？

　　这时陆时"咦"了一声："这毯子好像是刚刚隔壁大哥的，我看到他用这毯子盖肚子来着。"

　　大概是为了感谢她的熏鸡吧？虽然那男人穿戴得像拍《生化危机》一样，也沉默寡言得近乎淡漠，不过人倒是挺好的。陆繁没多想，把毯子叠好，找了个塑料袋装起来："你有那朋友的联系方式吧？有空把毯子还给他，别忘记了。"

　　陆时这才想起，他还没要到那大哥的微信号呢！他一脸懊丧："没有联系方式……我们是才认识的，那大哥冷冷淡淡的，不太搭理我。"陆时把他搭讪简遇洲的过程讲了一遍，陆繁一脸冷漠道："我想我大概明白你为什么总是被前任耍得团团转了，就你这情商，只是被骗钱还算好了，说不定下次连人都要被骗去卖了。"

　　陆时讪讪地说："就我这样的，白送也没人要啊……"

　　陆繁拍拍他的脸蛋，笑着说："这我就要夸你了，虽然你又笨又蠢，除了读书和科研其他什么都不会，但是你有自知之明呀。"

　　"……"

　　回到家里，陆繁把毯子扔进了盆里，打算明天再洗。

折腾了一晚上，两姐弟都累了，躺上床没多久就睡着了。第二天陆时十点多才起床，揉着眼皮一走出房间，就闻到了厨房飘出来的香气。

陆时肚子里的馋虫立马就爬出来了，他扒着厨房门问："姐，你做什么呢？"

陆繁头也没回："先去洗脸刷牙，我煮了滑蛋牛肉粥，中饭你吃得淡些，晚上我再给你做好吃的。"

陆时顿时感觉人生都满足了。他吃惯了他姐做的菜，自己搬出去外面住总觉得外面的饭馆快餐像猪食。

滑蛋牛肉粥细腻可口，咸香适宜，牛肉片煮得刚好，又嫩又有嚼劲，陆时一口气吃了两碗才放下筷子。

陆繁瞥了眼他那餍足的神情："待会儿把碗洗了，别偷懒。"

"哦……"

陆繁放下碗："下午我跟朋友有约，大概三点能回来，你烧还没全退，就别往外跑了。"

"知道了。是宜雅姐约的你？"

"嗯。"

陆时嘟囔了一句："怎么都没有男性约你呀！"

虽然他是含在嘴里说的，但陆繁还是听清楚了，她有些哭笑不得："你就别操心这个了，我都不急。"

陆时叹了口气，表情有些悲痛："现在的男人真是瞎了眼。姐，肯定是你平时太高冷了，所以都没有人敢来勾搭你……你有喜欢的人不？实在不行咱们就试试倒追，反正长你这样的，追不到就见鬼了。"

陆繁眯了眯眼，表情轻松："有喜欢的人呀，不如你去给我勾搭一个联系方式来？只要你要来电话号码，我肯定半句废话不说直接打电话。"

陆时一下子来精神了："谁？！"

"沈辐川呀，我偶像。"

"……"呵呵，姐，虽然你没人追，但是想得还是挺美的。

吃完中饭，陆繁收拾了一番就出门了，在约好的星巴克等了一会儿，许宜雅就蹬着一双恨天高风风火火地来了。

陆繁把已经点好的一杯美式咖啡推到她面前，半开玩笑地说："每次看你朝我走来的姿势都像是来抓小三似的，恨不得飞起来。"

许宜雅嗤笑一声："气场，气场要摆出来，知不知道？"说完她就放下包，端起咖啡喝了起来，"渴死我了，你说杭州这鬼天气，一周把四季气温都来了一遍，昨天只有十度，今天中午就上二十五度了，衣服都不好穿。"

许宜雅是陆繁在杭州认识的第一个好友，两人因缘巧合下结识，许宜雅欣赏陆繁的口才和面对众人时的沉着气度，于是推荐她去做主播的工作，事实上这个工作也的确适合陆繁，因为她是传媒大学毕业的，对播音和主持都不陌生。

"对了，上回你跟我说过的事儿，你仔细说说。"

陆繁漫不经心地说："万华 TV 来找过我，想让我跳槽去电视台。"

许宜雅一瞪眼睛："好事呀，这还犹豫什么，做个电视节目主持人总比网络主播要好吧？你的高级主播证也拿到了，现在往正途上发展刚好，我告诉你啊，这么好的机会你可不准放过。"

"废话，我当然也知道这是个好机会，但是我跟 LX 视频公司的合约还有一年，付了毁约金我这一年多的积蓄就花光了，我还想在滨江那边买套房子呢！"

"买房急什么，你才几岁啊，这么急着给自己买婚房？"许宜雅眼珠子一转，"沈韫川答应娶你了？"

陆繁笑骂道："少给我嬉皮笑脸。"

许宜雅笑了起来："看来没戏。哈哈哈，每天看你朋友圈都刷沈韫川的消息，还发花痴喊老公，我真想把你拉黑，每次都在想这个傻帽儿怎么混进我朋友圈的，真该让你那些愚蠢地相信你就是个高冷女神的小粉丝看看你发花痴的样子，保准三观尽毁。"

陆繁撇撇嘴："没有少女心的人不会懂，串串那么苏，人见人爱呀。"

"你看你，话题一牵扯到沈韫川，画风都变了，二十七岁老少女，啧啧啧。"

两人笑着聊了会儿才转回正题，许宜雅坚持让她跳槽到万华 TV："你的毁约金也就几十万吧，你做网播这一年多赚的钱差不多了，实在不行我借你，这种时候耽搁不得，这世界上就你一个能力强啊？你一犹豫，其他人就顶上去了，你上哪儿哭去？网络主播毕竟不是正规职业，而且长久发展肯定是不现实的，去电视台当主播多好啊，自己管理一档节目，虽然比当网播要累，但是稳定啊，月薪怎么说也得五位数吧，再加上提成和年底分红，想在滨江买套房子也不是难事啊。"

许宜雅的小姨在一家旗下一线明星云集的娱乐公司当总监，平时接触的人就多，再加上许宜雅自己也比较会来事儿，所以混得很开，对什么都懂一点儿。陆繁知道她的建议多半没错，不过一想到自己买房的计划又要搁浅了，不由得叹了口气。

"道理我都懂，其实我也已经动心了，过几天找个机会，跟万华TV的人约个时间见面聊聊。"

许宜雅点点头，然后突然问道："你这么想买套房子，是想买给你弟当婚房吧？"

陆繁笑了起来，随口应道："对啊，我就想着他有套房子的话，应该不会被女生甩了吧，一直被甩总觉得有点儿可怜。"

许宜雅："……你们还真是对奇葩姐弟。"

突然许宜雅想起什么，眼睛都亮了，抓住陆繁的手："对了对了，我突然想到一个特别适合你做的工作，很轻松，工资绝对高，待遇也好，临时的，不用长久，在你解了约，万华又没定好节目的时候可以做！"

陆繁看她那么来劲儿，不由得好奇道："什么呀？"

许宜雅看了看四周，神秘兮兮地压低声音："一男星，在杭州，据说特别难搞，挑食又有胃病，昨天刚来杭州就半夜入院。经纪人急着想给他找个私厨，或者比较懂营养学的人，你说你是不是很适合？又懂这方面又会做饭，妈呀，太适合了，我太聪明了，早知道今天早上就该先把这事揽下来。"

陆繁眉毛微微一挑，这么挑剔的明星还有经纪人顺着，身价一定不低，她问了句："是谁呀？大明星？"

许宜雅嘿嘿一笑："先保密，对你来说肯定是个大大的惊喜。"

做私厨或者营养师……听着的确很轻松，而且还能见到明星，陆繁想了想就同意了："可以，需要签保密合同吗？"

"这个肯定要的，你先等等，我回去跟他经纪人联系一下，他们觉得你行的话再签。"

陆繁耸了耸肩："我无所谓啊，你安排吧。"

这时候，陆繁的手机来电铃声突然响了起来，她接起来，还没说出一声喂，那边陆时的嘶吼声就传进了耳朵。

"姐！！我搞到沈韫川的联系方式了！！你要说话算话！上啊！！"

陆繁："……"

因为蠢弟弟说的拿到了沈韫川的联系方式，陆繁丢下句"有事联系"就匆匆走了，留许宜雅坐在原地纳闷。

回到家里，陆繁打开门，就看到自己的蠢弟弟跟一妹子盘腿坐在沙发上打游戏，听到声音他们同时抬头，露出了等待投食的宠物狗看主人的表情："姐，你回来啦！"

陆繁脱了鞋："嘉语？今天这么早就下班了？"

魏嘉语冲她甜甜一笑："今天收工早，师傅就让我们实习的回家休息了。"

魏嘉语住她隔壁，是个跟剧组的化妆师实习生，据说是因为毕业后执意要从事这行，所以跟家里闹翻了，一个人揣着钱离家出走的。听起来执拗又莽撞，平日里却是个正儿八经的妹子，说话轻声细气的，待人也温柔耐心，只不过因为是个被家里人宠着长大的小姑娘，一个人住在外地总是有些孤立无援，所以熟了之后陆繁就经常照顾她，偶尔也会叫她一起来家里吃顿晚饭。

陆时跟魏嘉语也熟，一见面就一起拿着游戏手柄打丧尸游戏，魏嘉语在陆时面前总放得开一些，有时还会因为组队杀人不顺利而脸红脖子粗地和他对骂，陆繁时常觉得自己家里养了两个幼稚的小学生。

"甲鱼别分神啊！你那边有只丧尸！快快快，爆头！"

魏嘉语连忙回头，专心致志地看着电视屏幕。在两人成功剿灭了一群丧尸之后，陆时欢呼了一声，这才叫陆繁："姐，你快来快来，甲鱼说她有沈韫川的微信号！"

陆繁从房间里走出来："要是让我知道你们是在玩我，今天的晚饭没你们的份。"

魏嘉语连忙说："小繁姐，绝对是真正的私人号。我师姐今天站在沈韫川旁边看师傅上妆的时候，亲眼看到他玩手机的！"

陆繁一下子就抓住了重点："你跟了新剧组？"

"嗯，《青天璧》剧组，就是简遇洲和沈韫川在拍的那部全是大牌的电影啦，化妆组人手不够，就向我们公司借人了，我师傅带上我们几个去了。"魏嘉语"嘿嘿"笑了一声，"简宇直真人超级有范，剧组里好多女生都迷他。简宇直的微信号也被组里的人看到了，只不过没人敢加，我也有，我也不敢加，嘿嘿。"

陆繁颇为不屑地撇了撇嘴，心道简遇洲的微信有什么好加的呀，朋友圈肯定都是正儿八经地转发一些新闻什么的，就像他的微博一样。陆繁习惯性地在心里黑简宇直，倒没有说出来打击怀揣少女心的小姑娘："快快快，把微信号发给我。"

魏嘉语低头摆弄手机，然后抬起头说："小繁姐，这是明星的隐私，不能……"

"不能流传出去对吧？放心，我嘴巴严实着呢。"

陆繁拿到微信号就回房间了，她躺在床上盯着那短短的一串字母发呆，加不加？加的话该发什么申请呢？难道写"你好，我是你的粉丝"？不行不行，多傻啊，肯定不会同意的，但是微信号都到手了，不加的话她浑身难受啊！

要不装作加错了？就算只能讲几句话她也高兴啊！

陆繁输入微信号，搜索，跳出来的用户头像是一碗土豆炖牛肉，微信名也叫土豆炖牛肉。

陆繁想她偶像难道喜欢吃土豆炖牛肉？她早已经把沈韫川百科上的个人资料背得滚瓜烂熟，不记得他喜欢吃这道菜啊。

有点儿奇怪，不过她也没有多加怀疑，魏嘉语都说是亲眼看到的了，应该不会错。

她想了一会儿，在备注上写了一句：我知道土豆炖牛肉怎么做最好吃。

然后不抱希望地发了出去。

她盯着手机看了五分钟，还是没有回应。这多少在意料之中，就算是私人号，也不会加陌生人吧。不过陆繁还是有些失望，她不求别的，只想看看老公朋友圈。

过了十分钟，陆繁彻底绝望，放下手机，去厨房准备给两个小学生做饭吃了。

今天的晚饭她做了土豆炖牛肉、酸辣土豆丝、椒盐小土豆和牛杂汤，陆时和魏嘉语盯着餐桌上的菜看了半晌，然后对视一眼，小心翼翼地开口问："姐，你今天心情不好？"

陆繁盛了饭出来："没有啊，怎么了？"

陆时谨慎地说："你每次心情不好的时候，就喜欢一种食材反复做，你看你今天都做了什么……"

陆繁面无表情："家里只有土豆和牛肉了。"

两人面面相觑，不再说话，低头安静地吃饭。

吃完饭，陆繁接到了许宜雅的电话。

"小繁繁，我帮你把活儿揽下来啦。不过那边的经纪人提出要面试一下，毕竟那明星来头大，就算是有人推荐的也要他点过头才行。他也不是第一次找私厨了，不过都不满意，特挑剔。"

陆繁"哦"了一声，没什么不满的，明星就是越红事儿越多，只不过她倒是越发好奇了："到底是谁呀？"

许宜雅哈哈一笑，继续卖关子："后天你就知道了呗，后天他经纪人大概会联系你，记得面试完了跟我说一声呀，要是我介绍过去的那边收了，我小姨肯定得好好夸我一顿。"

"也不知道你葫芦里卖的什么药……行，到时候再说吧。"

陆繁洗了澡，然后收拾了一下房间，她明天要去一趟万华电视台大楼，需要提前准备一些必要的文件。把所有要做的事儿都做完，陆繁吹干了头发，正好听到陆时在房门口嗷了一嗓子。

"姐，我饿了！"

陆繁不耐烦地说："自己煮泡面去。"

顺便在心里暗道，愚蠢的弟弟……

陆时知道她心情不好，只好夹起尾巴不再叫唤，转头去冰箱找速食。

陆繁躺上床，打开手机一看，有条未查看的微信短信。

她顺手划开，本来以为是微信运动公众号的推送，等看清是什么之后，眼睛都直了。

你已添加了"土豆炖牛肉"，现在可以开始聊天了。

陆繁还蒙着，过了几秒，又一条短信进来，她这回眼珠子都快掉出来了。

土豆炖牛肉：怎么做最好吃？

第七章

初遇

　　陆繁盯着这行字看了很久，对方很有耐心，没有再发信息来催，最后她深吸了口气，飞快地在对话框里打字。

　　芒果西米露：炖的时候选小个的土豆，不想烂的话要最后放。牛肉前一晚用芥末抹一下，炖前洗掉，炖牛肉时用热水，一次性加足，这样肉质比较鲜美。炖时锅内没水的话不要加，不然牛肉会老的，还有，可以适当加几个山楂或萝卜片，这样煮出来的牛肉肉质超级嫩！

　　在陆繁激动不已地恨不得把自己平生所学的知识都倾吐出来时，对方的反应却显得有些平淡。

　　土豆炖牛肉：哦。

　　陆繁：……
　　串串好高冷，简直不知道该怎么继续说下去。
　　正当她一腔热血被冷水当头浇下之时，对方再度点燃了她心中的小火苗。

　　土豆炖牛肉：你为什么会加我？

　　陆繁想了想，觉得这个时候说穿对方身份的话谈话肯定是无法继续下去的，人大多有私人领域意识，就算是粉丝，也不希望自己的所有生活角落都被涉足。她还是当作不小心加错号好了，能跟串串聊几句她已经很高兴啦。

　　芒果西米露：我本来是想加一个朋友的，不小心输错了一个字母，跳出你的头像了，正好我也挺喜欢吃土豆炖牛肉的，所以就随手加了。

　　土豆炖牛肉：哦，是这样。谢谢你的建议，下次我尝试一下。

　　芒果西米露：不用谢，我就是刚好对吃的比较有研究，以后有不太了解的也可以来问我啊。

　　土豆炖牛肉：好的。

　　陆繁看着对方的回答，忍不住笑弯了眼，妈呀，她跟串串聊了五分钟！好想截图发微博嘚瑟一下。

　　很快，她拍了拍脸，冷静了下来，郑重地把"土豆炖牛肉"的备注改成——串串老公。

　　……好像有点儿羞耻。

　　陆繁很快又删掉"串串"两个字，就只剩下"老公"，然后满意地点点头。

　　这样就不羞耻了，还不用担心被别人看到。

　　陆繁心情很好地走出房间，看到愚蠢的弟弟正在捧着泡面碗吃，于是颇为怜惜地摸摸他的头："等一会儿，我给你做两个火腿三明治。"说完就哼着小曲儿进了厨房。

　　陆时："……"

　　不要在人家已经吃了大半碗老坛酸菜牛肉面的时候才说呀，浑蛋。

　　遥远的某处高档酒店套房内，简遇洲坐在沙发上看了会儿书，胃里空空如也的感觉让他有些心烦意乱，终于把书合上。他走到厨房，打开冰箱想看看有什么能充饥的——剧组盒饭味道寡淡，口感粗糙，再加上今天拍武打戏有些劳累以至于没什么胃口，他只吃了两筷子就放下了。

　　冰箱里都是助理去超市采购回来的新鲜食材，满满当当的，他最先看到的就是两盒切成小块用保鲜膜裹着的鲜嫩牛肉。

他突然想尝试一下刚刚在微信时一个网友说的做法，不过做土豆炖牛肉太耗时了，而且他也不想像昨天深夜一样，再次因为餐后胃痛被陈霄送去医院。

正好陈霄说后天会有人过来应聘私厨，就把土豆炖牛肉留给那人做吧。

简遇洲拿出一碗加热水速泡的鸡丝粥，在等待的三分钟内颇为心酸地叹了口气，不知为何，突然有点儿想念昨夜在医院里吃到的熏鸡。

……在吃了一口速食粥后，更想念了。

第二天一早，陆繁提前跟万华 TV 的人联系，约好了见面时间，这才带上文件去了电视台。

同样被称之为主播，网络主播与电视台主播的差距可谓是云泥之别，大部分网播的工作都很轻松，多笑笑多撒撒娇就有很多粉丝投钱送礼物，而电视台的主播却要承担起一档节目的策划、推广、主持和后期，工作量完全不能相比。陆繁是传媒大学播音主持专业出身，当然是想进入电视台的，只不过刚来杭州时没背景没门路，只好先去做网播，现在有这个机会摆在她面前，她说什么也不可能随便放掉。

走进电视台一楼大门，在前台那里询问了楼层后，陆繁就走进了电梯。

很快又有三个穿着正装的女人走进电梯，着装低调得体，妆容精致却不张扬，一看就是做主持人这行的。只不过她们身上的香水气味有些过浓，是那种在密闭空间里很容易让人产生眩晕不适的香气，陆繁微微闭紧了气。

这时，她们的谈话飘入陆繁的耳中。

"你们知道吗，我刚刚路过大厅，看到真人了！"

"谁啊？"

"啧，简遇洲啊，他今天不是有个通告嘛，采访的，现在应该在七楼录制现场了吧，要不要一起去看看？"

"看什么呀，又不是没见过明星，这种大明星也就脸能看看，性格啊人品啊比普通人好不到哪里去，接触多了就觉得还不如没接触过呢。"

"拍张照片回去让女儿高兴下也好，我女儿特迷他。"

三个女人开始聊起了演艺圈的八卦，说得很是起劲儿，某星婚内出轨啊，某剧组潜规则啊什么的，每个八卦流传出去都是头条热点新闻。

陆繁没注意听，只是在心里想，七楼啊……她好像也是要去七楼。

陆繁在会客室等了五分钟，万华 TV 的人就进来了，一番寒暄客套之后，两人仔细就未来的工作探讨了近两个小时。

万华的发展前景很广阔，陆繁心动不已，主持和发展一档节目挑战性十足，尤其是对于她这样年纪尚轻的主播，但她很想尝试。

"这是签约工作合同，陆小姐可以拿回家备份，签完字后寄回公司就行。"对方笑了笑，直言道，"我个人十分欣赏陆小姐的能力，我们电视台有一档收视不佳的美食节目，主播马上就要离职了，相信以你的能力，能让节目起死回生。"

总而言之就是给别人擦屁股呗……陆繁早就猜到刚进电视台的待遇不会好到哪儿去，心里倒没什么不甘，无论什么职业都是从基层做起，没有道理一飞冲天，她知道这个理儿。

就是给自己的蠢弟弟买婚房的计划可能要延后几年了。

陆繁边想边走进电梯，按下关门键后，突然一只大手隔开了门，伴随着一声低沉的"等等"。

陆繁连忙开电梯门，紧接着一个身材颀长、穿着笔挺西装的男人从外面走了进来。陆繁下意识地微抬头看了过去，对上男人墨镜后的目光，她微微一怔。虽然男人戴着墨镜，但是她一眼就认出来了。

简遇洲。

那个她用生命在黑的男人。

简遇洲看到她的时候，目光也顿了一下，很快就低声说："谢谢。"

"……不用谢。"

电梯门缓缓合上，把电梯内与外界隔绝成两个世界。当电梯内只有两个人，而且还是陌生人时，那种尴尬的气氛就像是快要凝成实质，因为人会觉得另外一个人侵占了自己的隐私地盘，潜意识里就开始排斥。

幸好这种诡异的感觉并没有持续太久，电梯到一楼了，门一打开陆繁就抬脚往外走，而这时，悲剧发生了。

……她高跟鞋的细跟深深地卡进了电梯与地面的缝隙之中。

天哪！陆繁在心里感叹了一句，用力抬脚，鞋子纹丝不动。有人等在电梯门口，而她刚好挡着了，陆繁马上脱了鞋，然后蹲下去使劲拔鞋子。

用力太猛，脸都憋红了。

陆繁觉得所有看到这场景的人心里肯定都是：天哪，智障！

其他人怎么看她无所谓，但是被简遇洲看到她蹲在地上拔萝卜似的糗样，陆繁简直想撞墙。

下一秒，鞋子拔出来，惯性使然，陆繁整个人都往后倒，然而屁股却没有意料中的疼痛——有人托住了她的背。

陆繁立马站了起来，低声对身后的简遇洲说了声"谢谢"，然后让开位置，让等在外面的人进来。她穿上鞋子，走到外面，这才发现那只鞋子的跟已经断了。

倒霉。

陆繁皱紧了眉，走到沙发前坐下，把鞋子脱了下来，想看看那鞋还有没有修复的可能。

正在这时，一道熟悉的呼唤声传入她的耳朵："老简！录制结束了？你怎么下楼了？"

陆繁下意识地抬头看过去，看到陈霄的一瞬间，她以为自己出现了幻觉。

走在前面的简遇洲没回头："我去买瓶水喝。"

"哎呀，叫助理去不就行了……"

简遇洲突然顿住了脚步，目光轻移，与坐在沙发上一脸目瞪口呆的陆繁对视了一眼。陈霄也顺着他的目光看过来，愣了一秒，很快就认出来了："咦，这不是昨天医院里给我们吃鸡肉的姑娘嘛，她怎么会在这儿？"

简遇洲突然掉转方向，径直朝陆繁走了过去。陈霄连忙跟过来："哎，老简，你干吗，你现在可露着脸啊。"

直到简遇洲走到她跟前，陆繁还处于极度震惊的状态中。

妈呀，昨天在输液室遇到的全副武装的男人是简遇洲？！

简遇洲开口道："需要帮助吗？"

陆繁一脸蒙。

陈霄也凑了上来，嘿嘿一笑："嗨，又见面了，真巧。"

陆繁这才反应过来："啊……真巧，你们好。"

简遇洲目光掠过那只跟都折断了的鞋子："鞋子坏了？"

"……嗯。"

陈霄拍了下简遇洲的背，咬着牙低声说："对着人家女孩子的脚瞅啥呢，你又不会修鞋，走走走，还要录节目。"

简遇洲理都没理他一下，干脆利落地对陆繁说："把另外一只鞋子脱下来。"

陆繁一愣，这是要干吗？

简遇洲补充道："我有办法。"

陆繁将信将疑，把另外一只鞋子脱了下来。简遇洲接过鞋子，不由分说，直接把那跟也折断了。

陆繁："……"

陈霄："……"

简遇洲把鞋子还给她："这样就能穿着走路了。"

陈霄：简宇直单身三十年是有原因的……

陆繁嘴角直抽，强行撩妹，技术负分……

第八章

男人

现场有长达几秒钟的死寂，正在陆繁深深地被死男人的神奇脑回路震惊的时候，陈霄马上就出来打圆场了："哎，姑娘，你这鞋子坏了，不能穿着走路啊，我让我们司机送你回家好了，怎么样？"

陆繁马上婉拒："不用了，我打个车就行。"

"没关系，我们还要在这里待很久，司机也闲着没事，而且这儿不好打车。"陈霄没等陆繁说话，直接拿出手机给司机打电话了。

陆繁不再推辞，她有些肉痛地看了看自己那双刚入手不久的春季新款小细跟，只有一只鞋子断了跟，她还会考虑一下该怎么修复，这下两只都坏了，她连修都不想修了，干脆重新买双新的好了。

她不该相信死男人的。

呵呵，又有新的黑料了。

莫名被两个人冷落的简遇洲站在一旁，单手插口袋，静默地想着自己是不是做错了什么，未果。

司机很快就开车等在了旋转大门口，陆繁穿上鞋子，高跟变成平底，幸好鞋底不硬，走起路来不至于别扭。她随手把两个断跟扔进了垃圾桶，朝陈霄挥了挥手作为告别，然后头也不回地走了。

简遇洲：他呢？他好歹也帮她出了个主意啊。

陈霄忍不住哈哈一笑，拍了拍他的肩膀："宇直，蒙了吧，第一次有妹子光理我没理你吧！哈哈哈，哈哈哈，那姑娘肯定不是你的粉丝，就算是这会儿也该幻灭了。"

简遇洲面无表情地把他的手打掉："别废话，去，给我买瓶水。"

陈霄："喂喂喂，你这样把被妹子无视的气撒在无关人物上真的好吗！明明是你自己不会撩还硬撩！怪得了谁啊！"

买完水回来，陈霄发现死男人的脸还是拉得老长，于是忍着笑对他说："说真的，老简，我忍不住要多说几句了，你单身了三十年，就没想过你哪儿有问题吗？"

简遇洲冷冷地瞥他一眼："我哪儿都没问题。"

"……"陈霄沉默片刻，随即在心里冷笑一声，自命不凡、高傲自大的老处男，活该妹子不理你，你也就一张脸能看，双商都拉低平均值了，呵呵。

简遇洲似乎洞悉了陈霄的想法，反唇相讥："然而你连脸都没有。"

陈霄："……"还能不能好好说话了！

他飞快地在脑子里过了好几遍他的工资数目，这才忍住掀桌不干的冲动："你说你是不是傻，刚刚那种情况，你可以来个横抱啊，背也行啊，或者马上打电话让人重新买双贵得一塌糊涂的鞋，哪一种都比你直接折断另外一只鞋鞋跟要好多了吧！！"

简遇洲沉默了。

陈霄冷静了一下："哦，不，我只是跟你交流一下心得，并不是让你去勾引妹子，到时候出绯闻了的话我不是给自己找事做吗。老简，听我的，你现在这个节奏很好，以后想帮助妹子的时候也要像今天这样做。"

简遇洲："我知道了。"

"你知道了是指你知道怎么撩妹了，还是你知道怎么继续让妹子幻灭？"

"呵，当然是前者，我不聋，学习能力也不差。"

下午陆繁去了一趟 LX，商议提前结束工作合约的事情，公司方自然是很不乐意的。陆繁在 LX 视频公司算是顶梁柱之一，许多粉丝都是通过其他渠道看到她的视频后跟到 LX 视频平台网站的，她一走，不知道要带走多少流量。

LX 毕竟是陆繁起步的地方，也给过她莫大的帮助，陆繁并没有跟公司撕破脸，也没有为了结束合约而大张旗鼓地走司法途径，双方私底下交流了一下午，然后做出了最终的决定。陆繁如数支付违约金，并继续留在 LX 一个月，直到有下一个网播顶替她的位置。

电视台那边默许了，毕竟陆繁就算过去也只是给她一台发展不温不火的节目，并没有急到要她立刻接手。

商谈完事务，陆繁浑身都放松了下来，回家路上路过一家烤串店，想起家里那只还等着投食的大型犬，就随手给他买了一盒子烤串。

回到家里，鼻子跟狗一样灵的陆时第一时间就闻到了烤串的气味，高兴得不得了。他很喜欢吃烤串，只不过因为小时候吃到过不干净的烤串而拉了两天肚子，所以陆繁严令禁止他吃路边烧烤。陆时从小不怕爹妈只怕亲姐，不敢违背他姐的意思，所以这么多年来吃烤串的次数双手双脚都数得出来。这次他姐竟然主动给他带了烧烤，陆时都不想问一句原因，直接说了"谢谢"就拿过来吃了。

陆繁坐在沙发上，揉了揉有些酸的脚踝："你今天一天在家都做了些什么，光打游戏了？"

"我还写了一半研究报告呢，哦，对了，姐，明天一大早我就要回研究所去了，导师突然有事要交接给我。"

"哦，那我明天早点儿起来，给你做早饭。"

"不用了啦，你就休息吧，难得辞了职，在家里好好放松几天呗。"

陆繁想起明天还得去面试，说："没关系，我明天有事，早起也是顺便。"

陆时闻言，"咦"了一声："什么事儿呀，相亲？"

陆繁笑骂道："别乱讲话，你姐我难道到了必须要相亲才找得到对象的年纪了？"

陆时在心里默默地吐槽道：你都二十七岁了，还小吗？不然我总是着急你的人生大事到处给你留意好男人做什么！

"我一个人过得也挺好的，暂时还不想打破现在这种状态。"

陆时翻了个白眼："姐，等你有心上人了就不会这么想了。"

"肉麻，你懂得这么多，怎么不见你谈个长久点儿的女朋友呢？"

"……"

陆繁摸摸他的头发，叹了口气："乖，大不了我养你。"

陆时别扭地说："我才不用你养呢，你要是一辈子都不嫁人了，那还是等着我给你养老吧。"

陆繁有些忍俊不禁。

自家弟弟虽然蠢了点儿，不过有时还是挺听话，挺讨人喜欢的。

晚上躺在床上，陆繁刷着微博，正好看到"串串串么么哒"发了一条新消息。

串串串么么哒：哈哈哈，组团来探班！剧组刚来，管得还不是很严，于是成功溜进去并拍到了串串的侧脸！啊啊啊啊啊，帅哭！！

陆繁点开图片，是沈韫川低头看剧本的模样，清隽俊秀，让人一阵心动。陆繁在床上滚了好几圈，收藏了图片，然后私信么么哒。

串串我的爱mua～：嗷嗷嗷嗷，你去探班了！！竟然不叫我！

串串串么么哒：哈哈哈哈哈，临时得到的消息！而且是在萧山啊，我也是刚好顺路去的，你赶过来肯定来不及的啦！

串串我的爱mua～：……还有下次机会吗？

串串串么么哒：会有的！一定叫上你！

串串我的爱mua～：好好好，别忘记了！！

串串串么么哒：不过今天简遇洲不在啊，听说是去录节目了，真可惜，我妹让我拍他照片来着。

陆繁看到这行字，脑子里自动浮现出简遇洲把她鞋子跟折断的场景，体内的"黑粉之魂"苏醒过来。

串串我的爱mua～：我跟你讲，我今天在电视台遇到了去录节目的死男人了！

"死男人"是简遇洲"黑粉"专属的"爱称"，么么哒虽然不是简遇洲的"黑粉"，但是特别喜欢听他的"黑料"，每次听陆繁说都笑得合不拢嘴。

串串串么么哒：啊？你跳槽啦？怎么去电视台了？

串串我的爱mua～：嗯，这不是重点啦，重点是今天他把我的高跟鞋鞋跟折断了！新款的！

陆繁把今天发生的事了一遍，么么听得乐不可支，两人也是完全被死男人的脑回路折服了。

串串我的爱mua～：难怪出道十年了也没传过绯闻，你说死男人这样的找得到女朋友吗，除非女的瞎了。

串串串么么哒：哈哈哈，娱乐圈老光棍，想想竟然有点儿激动。不过宇直人还是蛮好的啦，至少还想帮你。

陆繁心里是认同这点的，她的衣柜里还有简遇洲的毯子呢。也许他也不是像外界传言的那样目中无人、高傲冷漠吧。不过，面上还是不能显现出一丝一毫的心慈手软，"黑粉"就是这样的，不服来战。

周一一大早，陆繁起床做了早餐，陆时吃完后就急匆匆走了。他的工作其实很忙，公休日通常也是不安稳的，每次都是又累又困地回家，然后火急火燎地去上班。

陆繁见到过他穿着白大褂、戴着口罩行走在生物培养架中的模样，没有平日那又二又蠢的影子，认真的眼神和严谨的动作足以让所有怀春的少女怦然心动，所以陆繁一直想不通，他的前任到底是怎么下定决心甩他的呀……

陆繁在家里做了一早上的家务，中午随便吃了一点，刚洗好碗就接到了电话。

"喂，请问是陆繁陆小姐吗？"

"嗯，是的。"

"你好，请您在下午三点前到××大酒店，我会在那里等您。"

对方似乎手头上正好有事，所以语速偏快，陆繁很快应了。

××大酒店在滨江，陆繁住的地方离那里只有半小时车程。陆繁下了公交车，走了一千米就到了××大酒店，时间把握得正好，离三点还差十分钟。

大厅里没有多少人，陆繁走进大门后，目光四下流转了一圈，很快，一个瘦瘦高高的男子朝她走了过来，上下打量着她，试探着问："陆小姐？"

陆繁点头："是我，你好。"

男子朝她笑笑："叫我小张就好，跟我上去吧。"

陆繁没有多问，跟在小张的后面上了电梯。

他们在十二楼下了电梯。酒店楼道宽敞而奢华，欧式壁灯点缀在淡黄色条纹的墙壁上，地上则是铺着暗红色滚金边的厚重地毯，把人走路的声音都吸了进去。两人一前一后地沉默走着，然后在一扇门前停了下来，小张掏出房卡，打开了门。

陆繁跟在他后面走了进去。

VIP套房的采光很好，客厅宽敞明净，落地窗半开，凉爽的风吹进来，令人神清气爽。

客厅里没人，布艺沙发上放了一件西装外套，玻璃茶几上有个篮球大的果盘，里面还盛着许多新鲜水果。陆繁没有四处乱看，小张直接领着她进了厨房："陆小姐，简哥在房间里午睡，说了让你做一顿晚饭就行，哦，对了，要有土豆炖牛肉。食材都在冰箱里，新鲜的。"

陆繁一开始没注意听，后知后觉地捕捉到一个词："……简哥？"

小张点点头，刚想张嘴的时候，突然厨房的玻璃门被拉开，一个带着初醒时的沙哑低沉的声音钻入了耳朵："小张，我的药呢？"

似乎有莫名的电流窜入神经，一路攀缘至大脑，当陆繁转过目光，与站在厨房门口那个只穿着背心和中裤的男人对上时，电流在她的大脑轰然炸开，紧接着，头皮像是要炸开，浑身都起了鸡皮疙瘩。

嘿，简遇洲？！

第九章

再遇

　　那一瞬间，陆繁大脑里掠过很多想法。

　　难怪她总觉得××大酒店耳熟，前天么么哒不刚好跟她说过，《青天壁》剧组下榻××大酒店吗！

　　难怪许宜雅会说是个惊喜，可不就是嘛，连着三天都遇到被黑对象，这种孽缘怎么没发生在她跟串串之间？！

　　最后千言万语汇聚成了一句——天哪！幸好我今天穿了球鞋不会发生昨天的悲剧。

　　简遇洲看到她的时候，目光也是一凝，冷峻严肃到刻板的面容似乎有轻微的抽动，想必脑内戏也是有点儿丰富的，很快他意识到了自己完全居家的穿着，马上就转身离开了厨房："小张，把我的药找出来。"

　　小张出去给他找药了，陆繁站在厨房里凌乱着，她绝对不会承认刚刚蒙住的一部分原因是看到了死男人的一小片漂亮性感的胸肌，还有两条藏在宽大中裤下匀称挺拔的长腿！

　　陆繁从知道简遇洲这个人开始，就没见他露过肉，无论是广告、采访还是走红毯，他的衣服扣子永远都是扣得整整齐齐。尤其是穿西装时，佩戴上纯色领结、宝石袖扣，冷厉的眼神与紧抿的嘴角都昭示着那种严谨自制的禁欲感，即使是他的"黑粉"，陆繁也不得不承认，在某几个角度，死男人诱人得不得了。

　　……是那种让人恨不得扑上去把他衣服扯烂扒光的诱人，只不过这只适合脑补，没有一个粉丝敢真这么做。

　　陆繁非常正直地表示，她从来没这么想过！

不过……那胸肌，形状线条真的是绝了……意识到自己已经想歪了，陆繁被吓了一跳，立马用冷水洗了洗脸。

打住！无论在想什么都要打住！有胸肌又性感的男人又不是只有死男人一个！

陆繁掏出手机，刷了好几张沈锟川的美照，这才成功洗脑了自己。

对嘛，当然还是俊秀清雅的串串更可口一点儿。

陆繁拍拍脸，在厨房里环视了一圈，突然想起她还没问简遇洲忌口的东西，听许宜雅说他挑食到天理不容的地步，那不吃的食物应该很多吧？陆繁走出厨房，刚好看到小张从卧室出来："张助理？"

小张看向她，笑着点点头："叫我小张就行。"

陆繁目光瞥了眼半开的房门："我想问一下，简……遇洲他有什么忌口的，或者不爱吃的吗？"

小张露出一副深有感触的神情，看那架势像是准备说上三天三夜，然而他还没开口，就被卧室里传来的声音打断了。

"没有。"

简遇洲从卧室走出来，与刚刚的背心中裤不同，他此刻已经换上了灰色的 T 恤和宽松的休闲长裤。

他加重语气，再度强调："没有忌口的，你随便做吧。"

小张目瞪口呆。

陆繁"哦"了一声，心想也不是很难伺候嘛，许宜雅肯定是夸大了，然后转身回厨房了。

简遇洲淡淡地瞥了眼小张，小张马上在嘴巴上做了个拉拉链的动作。

简遇洲转过目光，盯着紧闭的厨房门看了一会儿，然后压低声音对小张说："去买样东西。"

陆繁打开冰箱，看了看现有的食材，很快在脑海里拟定了几道营养均衡的菜色。

现在才三点多，做一顿简单的晚餐绰绰有余，陆繁也就不急了，一步步不紧不慢地料理着食材。

切牛腱子肉的时候，她不由得想，土豆炖牛肉有这么好吃？只是一道初级入门菜肴，怎么好像串串和宇直都喜欢吃？

牛肉、胡萝卜和洋葱入锅后，陆繁飞快地翻炒了几下，等牛肉两面都变色后加入一大碗热水，然后把一包从冰箱里发现的番茄红烩调料放了进去。

淡淡的鲜香飘了出来，陆繁撇去浮沫，然后盖上锅盖，大火煮开，同时开始准备下一道菜。

蒜蓉粉丝虾、耗油烩杂菌、土豆炖牛肉，还有三鲜苦瓜汤，营养均衡，荤素得宜。虽然都是常见的家常菜，摆上桌后却香气四溢，令人食指大动。

陆繁确认没什么问题后，抬头就叫："简宇……咳，简先生，可以吃晚饭了。"

简遇洲正坐在沙发上看报纸。

长腿搭在另外一条腿上，姿势随性，又显得有几分居家和温馨。

他似乎整理过头发，但是没有定型，所以看起来不像平时那么一丝不苟，微黄的阳光跳跃在他黑色的发丝间，朦胧间竟晕出光圈。

他的脸上没有什么表情，淡漠而平静，却因为温暖的阳光而淡化了脸部线条的锋锐，使他看起来没有平时那么冷峻得令人敬而生畏。

陆繁偶然瞥过，目光却似乎被黏住了。

其实只是很短的一个瞬间，但是陆繁觉得自己盯着他看了很久，最后是简遇洲淡淡地"嗯"了一声，陆繁才猛地回过神。

……宇直有毒！

简遇洲收起报纸，走到桌前，看了一会儿，然后点评道："看起来手艺不错。"

陆繁微微抽了抽嘴角，说得好像你没有吃过我做的熏鸡一样……

"你也坐下来，一起吃吧。"

陆繁坐了下来，却没有动筷。

简遇洲只是淡淡地看了她一眼，没有多说什么。他夹起一块牛肉，放到嘴里慢慢地咀嚼。

"不老不柴，味道很好。"

陆繁对自己的厨艺还是很有信心的，于是不咸不淡地说了声"谢谢"。这时她才发现张助理不在，只有她跟简遇洲面对面坐着，这场面光是想想都犯尴尬症，陆繁试图把串串的脸代入，却失败了，于是只好在内心为她跟简宇直的孽缘叹了口气。

不就是做一个月的私厨嘛，活不累，工资还高，这么便宜的事儿上哪儿找。陆繁想不出什么理由拒绝，如果只是因为她是简遇洲的"黑粉"就回绝这档子好事，那她也太幼稚了点儿。

就是不知道，串串需不需要私厨？

话说，串串应该也是住在这酒店的吧，说不定多来这里走动走动，还能遇见他呢。

陆繁一个人在那里胡思乱想，等她回过神来时，简遇洲已经解决了一碗饭了，她下意识地说了句："你的胃口挺好的嘛。"

简遇洲："……"

然后他下筷的速度明显放缓了。

陆繁看他光在那儿吃菜了，于是说："饭还有一半剩着。"

简遇洲"嗯"了一声，却没有起来盛饭，反而开始问她："你是在电视台工作吗？"

"马上就要跳槽去电视台了，以前是做美食主播的，刚好空窗期，就随便找个事打发一下时间，刚好朋友介绍了，我就过来试试看。"

简遇洲点点头："万华 TV 很适合你发展，LX 只是个视频网站，面向太狭隘。"

陆繁不由得奇怪道："你怎么知道我以前是在 LX？"

简遇洲："……"

简遇洲不愧是最年轻的数位影帝之一，临场反应能力极佳，他很快就脸不红心不跳地撒谎："陈霄昨天知道你会来试这个工作，所以提前让人去调查了一下你以前的工作背景。职业需要，见谅。"

"哦，没事，我理解。"明星就是事儿多嘛，瞎折腾。

简遇洲放下了筷子："我会让陈霄跟你商议后续的事儿，包括保密合同以及薪资问题，有什么问题你可以直接问他。"

"好的。"

简遇洲用餐纸擦了擦手，然后站起来，朝她伸出了手："简遇洲。"

突然这么正式，陆繁忍不住也跟着站了起来，有些别扭地伸手，跟他浅浅地一握："陆繁。"

他的手掌宽厚温暖，给人以莫名的安心感。

……大概是老男人独具的魅力。

陆繁一不小心又"黑"了新上任的老板一把，并且完全没有负罪感，大概是习惯成自然。

既然事情已经敲定了下来，陆繁就想早点儿离开了，还没等她道别的话说出口，简遇洲突然没头没脑儿地问她："为什么土豆炖牛肉里加了红烩调料？"

陆繁回答他："这不是菜谱里常有的做法，只不过我自己尝试过，觉得味道不错，再加上今天的菜色口味偏淡，所以加了红烩调味。"

简遇洲点了点头，没说是满意还是不满意，他很少把喜怒形于色，在任何场景都是板着脸，搞得不像是娱乐圈大亨，倒像是黑道大哥。

陆繁见没事儿了，就说："简先生，今天我就先回家了？"

"简哥。"他目光微抬，深棕色的眼眸流转着浅淡的光芒，仿若最干净澄清的琉璃，却又深邃得如一汪潭水，"你可以跟小张一样，叫我简哥。"

陆繁一阵别扭，这个称呼怎样都喊不出口，一来两人不熟，二来让她对着宇直喊哥，陆繁的心理障碍不是一星半点儿。

简遇洲很快就垂下了眼睫，那扇形的睫毛纤长浓密，在下眼眶处投射出一片阴影："随便你怎么叫。"

陆繁立马开口："老板，叫老板好了。"

简遇洲点点头："你加一下小张的手机号码，有事我会通过他联系你。"

简遇洲报了串数字出来，陆繁很快就把小张加为了联系人。

陆繁走了之后没多久，小张就回来了，手上还拎着一个袋子。

他看了眼桌上的菜，忍不住诧异道："简哥，变性了？蒜蓉、苦瓜、平菇……你不是都不吃的吗？"

简遇洲不耐烦道："少说话多做事。让你买的东西呢？"

"买回来了。"小张举高手中的袋子，"看看不？"

简遇洲"嗯"了一声："给我看看。"

小张打开盒子，从里面拿出一双阿卡沙春季新款小细跟："店员说今年这双是最贵的了，我就给买了，简哥，怎么样？"

简遇洲也看不出什么花头，心想陈霄说的应该有些道理，挑贵的买准出不了错。

"收好了放我房间里吧。"

　　小张当简遇洲助理已经有两年多了，早就琢磨透了简遇洲的性子，知道什么该问什么不该问，所以就算心里好奇，他也没有多过问，小心地收好鞋子，放到了卧室里。

　　六点半的时候，陈霄打了个电话过来，小张把今天的事情简单说了一下，陈霄"嗯"了一声："把电话给老简。"

　　简遇洲捧着杯清茶，顺手接过手机，然后在沙发上坐下："什么事？"

　　陈霄在那边哼了一声："老简，你能耐了啊，徇私舞弊、假公济私啊你，什么时候手段这么高了，我怎么不知道。"

　　简遇洲轻啧："没事就挂了，没空听你阴阳怪气。"

　　"别别别，"陈霄忙道，"讲认真的，你是不是之前就知道今天来的是陆繁啊？我说呢，前天跟你讲这事儿的时候你还老大不乐意了，说得正儿八经的，什么不喜欢陌生人在家里走来走去，现在倒是挺积极哈。"

　　听陈霄正经话说不到半句又开始插科打诨，简遇洲不耐烦地说："不知道，我也是她到了才知道的。"

　　"然后你还不好意思表现一下你那挑食的毛病对吧，我刚刚跟陆繁通过话了，她说你胃口挺好的什么都吃。我就纳闷了，老简，你是不习惯跟女孩子相处呢，还是对人家有点儿别的心思啊？我昨天就琢磨着，你又不是中央空调型的，怎么又给人家盖毯子又给人家看鞋子的，老简，你该不会是真的想泡妞了吧！"

　　"别乱说。"

　　陈霄半开玩笑半认真道："老简，虽然你这人生大事也挺愁人的，但是工作室最近忙得要命，你可千万不要搞出什么绯闻啊之类的事再烧把火啊。陆繁这个女孩是挺好的，不闹腾，明白事理，也有手好厨艺，不过毕竟是个普通人家的姑娘，你可别给她带来什么麻烦。"

简遇洲喝茶的动作顿了顿："只是做一个月的饭，你学编剧出身的？"

陈霄哈哈一笑："你小子，别以为我不知道你一有空就用流量看某个美食主播的视频。"

"……"

"小样儿，怕了没？不过我觉得我也是瞎担心了，陆繁也不一定看得上你个死男人啊，哈哈哈哈哈哈。"

简遇洲："……"

干脆利落地挂断。

他把手机丢还给小张，小张接过，看他脸色似乎有些不快，于是努力降低自己的存在感，坐在沙发角落玩微信。

无意间点开添加朋友，小张发现电话通讯录里的陆繁出现在了名单中。他有些好笑地说："简哥，那个陆小姐的微信名也好可爱啊，跟你一样。"

简遇洲微抬眼，扫了一眼小张递过来的手机，目光却突然被凝住了。

他抬手抽走手机，像是为了确认什么似的，小张"咦"了一声："简哥，怎么了？"

芒果西米露……

简遇洲微微眯了眯眼，很快，眉眼就舒展开来，他把手机还给小张，云淡风轻地说："我有她的微信，你不用加了。"

"哦……"小张有些摸不着头脑，不过没有多问，也没有添加陆繁。

小张在简遇洲身边两年多，见的人和事也多了去了，早就练出了眼力见儿，他感觉得出简遇洲跟陆繁之间好像不是刚认识的陌生人关系，他甚至怀疑那双鞋子就是简遇洲买来送给陆繁的……

啧啧，有故事，而且还是娱乐圈老光棍的桃花韵事。

围观群众表示乐见其成。


回到家里，陆繁下了把挂面，然后煎了两个蛋撒了把葱，随便应付一下晚饭。

电视上放着明星真人秀，正好是有沈辐川参加过的一期节目，陆繁看得津津有味的，半途许宜雅打了个电话过来，笑声明显不怀好意："宝贝，今天有没有收到惊喜？"

陆繁翻了个白眼："冲着钱的份儿上，我谢你。"

"哈哈哈，冲着人的份儿上呢？"

"我谢你八辈子祖宗。"

许宜雅笑得不行："我就知道你的反应，你就当有免费的美男看呗，而且做做饭就能赚那么多，美死你了。"

"行了行了，我吃饭呢，不说了。"

陆繁夹了一筷子面塞进嘴里，正好这时电视插入广告，她看到简遇洲放大版的脸猛然出现在电视屏幕上，一不小心就被面条噎住了。

她接了杯水喝下去，气才顺了。

电视上在放简遇洲代言的一款知名品牌手表的广告，他西装笔挺，面容冷峻，琉璃珠一样的眼睛里似乎有异样璀璨的光芒，直看进人的心里。

陆繁脑海里不由自主地浮现出下午看到的那一幕。高大挺拔的男人姿势随性地靠着厨房门，也许是刚睡醒，目光不甚清明，带了丝迷蒙，头发则是微微有些凌乱地耷拉下来，使他看起来比真实年龄要年轻上五六岁。正是那种刚脱离了青涩稚嫩却又不显得过于老道成熟的感觉，散发着无与伦比、诱惑人心的荷尔蒙。

她隐约想起，自己最开始喜欢看他的戏，除了颜值和演技，更是因为心里的敬仰和憧憬。只比她大三岁的男人，却好像站在了另外一个光华四溢、绚烂夺目的遥远的世界，以冷漠得让人捉摸不透的姿态看着所有人为他尖叫呐喊，那究竟是种怎样的感受？

只不过后来越长越大，经历的事多了，陆繁对明星的喜爱不再掺杂年少时的向往，而是简简单单的喜欢脸，喜欢气质。

然而此刻，她也终于不得不承认，经历过时间的流逝、岁月的洗礼，简遇洲已经从那个二十岁、面色冷淡却掩不住青涩的青年，变成了稳重沉着的成熟男人。尽管他的眉眼还是时刻堆砌霜雪，眼眸依旧深而冷，但是现在的他就像一坛散发着醇厚迷人香气的经年美酒，诱人走近。

算了吧，陆繁甩甩脑袋，乱七八糟地想了一通之后，呢喃了一句："再好也不是你的，想这么多做什么，傻子。"

面已经有些凉了，陆繁的肚子还没饱，只好加快速度。这时，手机突然响起了消息提示音，她划开一看，看到"土豆炖牛肉"五个字的时候手一抖，手机就这样掉进了面碗里。

陆繁连忙把手机拿出来，手机被面汤浸了一半，汤汁淅淅沥沥地滴下来，陆繁有些欲哭无泪。

幸好，不防水的手机难得坚强了一次，没坏。

陆繁擦干净汤渍，然后再度打开微信，那条消息还是留在最顶部，证明她刚刚看到的不是幻觉。

土豆炖牛肉：请教一下，夜宵吃什么对胃的压力小点儿？

陆繁盯着那行字好半天没反应过来，她本来想着有个串串的微信号就已经很好了，没想到对方竟然会主动跟她说话！陆繁心里冒着幸福的小泡泡，事无巨细地回答他。

芒果西米露：可以选择清淡松软易消化的食物，馄饨面条点心水果之类的，还有小米粥，管饱又营养。睡前喝杯牛奶也很好。晚上不要吃肉和蛋类的夜宵，油炸烧烤什么的当然也最好别碰。哦，对了，深夜还要工作的话，最好别喝咖啡浓茶，可以喝点清茶，醒神。
土豆炖牛肉：知道了，谢谢。
芒果西米露：不谢。

之后他们又扯东扯西聊了不少，话题都围绕着吃。陆繁不由得有些好笑，原来串串也是个吃货，而且一点儿也不高冷，平易近人得很，跟陌生人居然都能聊这么多。

这时，一条微博私信跳了出来，陆繁点进去一看，是么么哒发来的。

串串串么么哒：宝贝！一线消息！一周后串串他们剧组要去宋城取景！！去不去探班！！

陆繁的眼睛一下子亮了起来。

串串我的爱 mua ~：去去去去去！

串串串么么哒：哈哈哈，就知道你肯定会去，下周二，说好了啊，到时候再定见面的时间、地点！

串串我的爱 mua ~：好的好的，谢谢。

陆繁心情飞扬，连带着聊天用词也欢快了起来，"土豆炖牛肉"很快发现了。

土豆炖牛肉：发生了什么好事吗？

陆繁这时候心情正好，心血来潮地回复道：喜欢的明星刚好在同城拍戏，马上就能去探班啦。

遥远的某处，简遇洲看到这行字，不由自主地产生了很多幻想。

明星？同城？

最近在杭州拍戏的就只有《青天璧》剧组了，对比其他演员老的老小的小，简遇洲开始自恋地觉得，陆繁口中说的肯定是他。

呵，隐藏得还挺好，小姑娘。

他嘴角微微地、几不可见地扬起，然后故作疑惑。

土豆炖牛肉：谁呀？

芒果西米露：沈韫川呀，你知道吗？

简遇洲：……

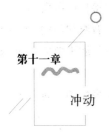

第十一章

冲动

陆繁那句话发出去后很久都没有得到回应，她忍不住心想，该不会她的"迷妹"身份暴露了吧？本来只是一时心血来潮，抱着些微好玩的心态，想看看串串知道了她是他粉丝后会有什么样的反应，结果话说出去没一会儿她就后悔了，要是串串怀疑起她是通过某种渠道知道了他的私人账号，特意接近的，然后把她删了怎么办？虽然她的确是特意接近的来着，但是被识穿的话多伤感情啊！

陆繁想了想，觉得还有补救的机会。

芒果西米露：而且那个剧组其他的演员我也都很喜欢，像林以柯、孟小赟，都是老牌演员啊。

"土豆炖牛肉"依旧没有任何反应，陆繁想串串可能有事忙去了，就不再纠结了，放下手机，把面倒了，洗了碗之后榨了杯黄瓜汁，舒舒服服地窝在沙发里看电视。

而那边的简遇洲就没那么舒适安稳了。

他翻阅着晚报，看似专注地阅读着第一版的政治新闻，目光却总是若有似无地瞥向放在茶几上的手机。屏幕暗下去后，他还会伸手点一下，然后继续看报纸。

小张自然发现了他的异样之处，偷偷瞄了他一眼，正好被简遇洲现场抓住，小张只好嘿嘿一笑："简哥，等电话呢？"

简遇洲不冷不热地从鼻子里哼了一声："看时间。"

看时间用得着看这么久吗？以为别人智商掉线了还是觉得自己撒谎技能满点呀？小张在心里吐槽了一句，突然，微信消息提示音响起，说时迟那时快，简遇洲一手抓过手机，看清了并没有新消息时，眉头微微地蹙起。

小张低头一看，不知该不该笑："呃，简哥，是我女朋友发来的，问我工作累不累呢。"

简遇洲："……"

他缓缓地放下手机，目光幽深地看向小张，小张浑身寒毛都竖起来了。

哦，他知道错了，不该在老光棍面前秀恩爱的。

简遇洲就这样沉默而森冷地盯了他半晌，随即转开目光，仿若什么事都没发生，淡淡地问："什么时候交的女朋友？"

小张身体放松了下来，笑了笑："上周刚定下来的。"

简遇洲点点头："有人管着也好，你的工作比较特殊，空闲时间少，对人家女孩子能好点儿就好点儿。"

"这个当然啦。"

简遇洲想了想，说："你也大半年没涨工资了，有了女朋友花钱的地方就要多起来了，下个月开始涨百分之二十，别舍不得花钱。"

小张眉开眼笑的："谢谢简哥。"

简遇洲"嗯"了一声，复又低头看了眼手机。

聊天记录还停留在陆繁发过来的那条——那个剧组里还有其他喜欢的演员，却没有提到他的名字。

简遇洲先是怀疑自己的眼睛，然后开始怀疑陆繁的眼光，最后检讨自己——难道自己真的很不得人心？

沈韫川……也就算了，毕竟现在很多姑娘都喜欢小白脸款，但是林以柯、孟小赟都四五十岁的老戏骨了，怎么还这么招年轻小姑娘的喜欢呢……怎么就没他呢？简遇洲觉得有点儿郁闷。

他原本觉得陆繁话还没说完，很快还会补上一句"还有简遇洲，我也很喜欢他"，然而十几分钟过去了，没有动静。

简遇洲面无表情地盯着报纸，脑袋里不断地冒出各种疑问，例如，陆繁是不是瞎了。

时间很快就到了九点，小张看简遇洲还没去房间睡觉的意思，就提醒他："简哥，明天一大早就开工，后面连着两个星期都有咱们的戏，累着呢，今天要不就早点儿休息吧？"

简遇洲翻了页报纸："你要是觉得困的话就先回房间睡吧，我再坐会儿。"

小张皱起了眉："那我还是在这里陪你吧，万一你有什么事儿再来把我叫醒的话，那多难受啊。"

简遇洲叹了口气，突然说："现在还不晚，去吃夜宵吧。"

小张连忙道："简哥，你可别又把自己弄进医院，霄哥得削我了。"

"不会的。"

小张摸了摸肚子，其实他也有些饿了，于是犹豫道："那简哥你想吃什么？"

简遇洲眼一眯："吃串串。"

第二天一早，陆繁接到陈霄电话的时候，怀疑自己耳朵出问题了。

"……简遇洲又进医院了？"

陈霄也有点儿哭笑不得："嗯，昨天他拉着小张去吃了顿串串，胃被刺激着了，刚吃完脸就疼白了，小张就把他送医院去了。"

陆繁一时有些无语，明知道自己胃不好，还要去吃串串这样刺激性大的食物，作死呢。

"那我能帮什么忙吗？"

"老简他醒来就闹着要去片场，也不肯吃医院的早饭，我就想他爱吃你做的，所以问问你有没有时间，帮他做点儿小粥，我让小张过去取，免得他拍戏到一半就低血糖晕过去。"

陆繁是拿钱做事，当然应承了下来，随即念头一转，开口道："我整日都闲着的，简遇洲病了你们应该都挺忙的，就别抽空让张助理过来了，待会儿我送去片场好了，行不行？"

陈霄有些犹豫："会不会太麻烦你了？"

陆繁笑了笑："不麻烦，我也没事儿嘛。"

"那好，我把片场位置发到你手机上，谢了啊，陆繁小同志，你可真是个大大的好姑娘。"

陆繁：怎么说着说着就开始跑口音了呢？

结束通话后，陆繁打开冰箱看了看，幸好她平日里就喜欢捣鼓吃的，常用的食材和调味品家里都有。她马上动手煮了一锅养胃粥，然后趁热盛进保温桶里，简单收拾了一下就出门了。

陆繁在公交车站等了二十多分钟，一想到粥热度下去的话功效就会差上许多，就隐隐有些心焦。

她没想到简遇洲的胃病会严重到晚上吃点儿东西就进医院的程度。

没有胃病的人是体会不到胃部抽疼时的剧烈疼痛感的，陆繁高中时得过急性胃炎，疼得她想在地上打滚，后来在药物和饮食的两方配合下才好转。

不知道简遇洲的胃有什么毛病，据说有些胃病空腹也会疼得厉害，在这种情况下他居然还去片场拍戏……陆繁皱紧了眉。

好不容易上了车，高架上又堵了。

陆繁忍不住叹了口气，看着车窗外一动不动的车流发呆。

她在杭州这么几年下来，不是没想过买辆车，以她现在的财力也足够买辆中档汽车，只不过一想到买了之后还要养车，她就嫌烦，平时坐公交坐地铁也方便得很，买车的计划就这样一直耽搁下来。不过这时候她突然就想着，要是有辆车就好了，公交还得绕远路，等她到片场，大概都要一个多小时了。

刚刚怎么就没让张助理过来拿呢？说不定这时候粥都送到简遇洲的手上了。

陆繁隐隐有些懊恼。

就因为莫名其妙的冲动，想看看他的情况，看看他病得是不是很严重。

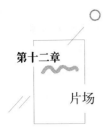

第十二章

片场

下了高架之后路况好了很多，又过了四十分钟，陆繁终于到了拍摄片场。

这个小型的拍摄基地离居民区只有半公里，平时人流量就大，为了防止闲杂人等溜进去，所以剧组在外拉了隔离带，陆繁本想悄悄溜进去的，结果刚撩起隔离带就被一个站在旁边的大哥抓了个现行："哎哎哎，无关的人不要随便进出这里。"

陆繁朝他笑笑："大哥你好，我是简遇洲的助理，来送饭的。"说完她指了指自己手上拎着的保温桶。那大哥"啧"了一声，不为所动："每天用这借口来看明星的有几十个，快走吧。"

陆繁只好掏出手机给陈霄打了个电话，陈霄大概正好在忙，没空脱身，于是让陆繁把手机给那位大哥，两人说了几句话，然后那大哥就让陆繁进去了。

陆繁还是第一次到这种拍摄基地，有些好奇地四处看了几眼。

往人多的地方走去，陆繁很快就走到了在进行拍摄工作的场地。场务人员正忙着布景，来来往往的人各司其职，有条不紊，陆繁站在一根红漆点金的大柱子下，因为踩在台阶上，很容易就把一切收入眼底。

她一眼就看到了站在中央的简遇洲。

他穿着暗色古装，戴着假发套，漆黑的长发被束起，五官深刻立体，可能是因为没有表情的缘故，整个人都散发着一种冷厉的气息。

武术指导在跟他说下场戏要注意的动作姿势，器材组的人则是把威亚的安全带绑到他腰上，简遇洲任由工作人员摆弄他的手脚，不时朝武术指导点个头，神情专注。

陆繁恍惚想起，曾经有论坛出过一个很火的帖子，楼主是圈内人，拍了许多演员工作时的照片放上网，引发了众多网友的讨论，甚至有网友组织了投票，票选个人认为工作时最认真的演员，陆繁记得摘得桂冠的就是简遇洲。

只是一张拍得很随意的照片，没有刻意的调光或者滤镜，但是照片里的男人侧脸线条冷峻流畅，眼神专注而认真，让人有些移不开眼睛。

楼主随后又爆了些料，讲简遇洲的人品性格人缘之类的，几乎没有说差劲的地方。陆繁那时候特别"黑"简宇直，一度怀疑那楼主是简宇直请来的水军，毕竟红到他那个程度的大牌，哪个是真的不讲排场没有脾气的。但是现在亲眼见到他工作时的样子，就没有当时那种幼稚的不服气心理了。

不过……他不是胃不舒服吗？吊着威亚时钢丝勒着上腹部难道不会难受？既然胃疼就乖乖在医院躺着啊，又不是缺钱花，这么拼干什么？难道不是身体更重要吗？实在不行，这种武打戏也可以让替身上啊。

陆繁不赞同地皱了皱眉。

这条戏连着来了五遍都没过，因为跟简遇洲对戏的演员不太在状态，后来好不容易过了，简遇洲被放下来的时候脸色都有些不太正常地白了。那新人演员很是愧疚，对着简遇洲鞠了好几个躬，简遇洲没责难他，拍了一下肩以示鼓励，然后就转身走了。

一直在远处看着的陆繁这才想起自己来这儿的目的，正想跟上去的时候，小张的声音突然响起："陆小姐？"

陆繁回过头，见是小张，就朝他笑了笑："张助理，上午好。"

小张看了眼她提着的保温桶："是给简哥的吗？"

陆繁点了下头："是的，听陈霄说他昨晚犯胃病进了医院，今天一大早没吃早饭就来工作了，所以我就做了养胃好消化的粥。"

小张笑了笑："那太好了，陆小姐有心了。我拿去休息室给简哥吧。"

"别叫我陆小姐了，挺别扭的，叫名字就好。"陆繁把保温桶给他，"记得让他趁热吃。"

"行。"

陆繁犹豫了下，然后建议道："我多嘴一句，他的胃不好的话，最好别吊威亚，一直压迫着上腹部的话胃痛的感觉会更加强烈的。"

小张一愣，然后面上浮现出无奈的神情："道理我也懂，只不过简哥工作一向很拼，不怎么在乎身体的，今天早上那么多人劝他在医院休息一天，他也还是按时来片场了，而且我只是个生活助理，简哥工作上的事，我没办法多干涉。"

陆繁在心里想，回去之后整理一下养胃的食谱吧，拿钱做事，总归要花点儿心血的。

"我现在还有点儿事儿，就先走了啊。"

"好，再见。"

粥送到了，似乎也没有继续留着的理由了，陆繁往回走，在拐角的地方猝不及防地撞上了一个背着大包小包的人。陆繁眼疾手快地扶了一下往后仰倒的女孩，定睛一看，就乐了，这不是魏嘉语吗。

魏嘉语晕乎了一下，看清了陆繁之后，颇为惊喜："小繁姐，你怎么会在这儿？"

"我……"

她还没说完，魏嘉语就偷笑了一下："是来看串串的？"

陆繁这才猛地想起，串串就在这儿啊，走几步说不定就能看到了，她怎么现在才想起来，马上说："对啊对啊，你知道怎么走吗？"

"当然知道啦，我们一组都是负责串串的，这会儿刚开工没多久，我可以带你去偷偷看几眼，不过不能要亲亲要抱抱哟，不然我会被师父骂的。"

陆繁失笑："偷偷看几眼就好，保证不会要亲亲要抱抱。"

陆繁从魏嘉语肩膀上拿了两个包下来，背在身上，然后跟着魏嘉语走进后台。

一想到能见到串串，还有点儿激动呢。


简遇洲站在盥洗台前，腰微微弯着，手则是覆在胃部，仔细看能看清他的手背隐隐有青筋突起，似乎是在努力地忍耐着什么。

半晌后，胃抽搐般的疼痛稍缓，他渐渐地出了口气，然后用冷水洗了洗脸。

镜子里的他面色有些青白，他只是淡漠地瞥了一眼就转开目光，抽了张纸擦干手上的水渍，转身离开。

走在过道上，小张从后面追了上来。

"简哥，终于找到你了，"小张喘着气，献花似的举高保温桶，"陆繁给你做的早饭，亲自送过来的。"

简遇洲闻言，步子放缓了一些，扭头看了眼保温桶，然后说："她来过？"

"嗯，把保温桶给我了，这会儿应该走了吧。"

简遇洲蹙眉，从小张手里接过保温桶："以后她再来送饭的话，直接让她去我休息室，不是你的活儿你瞎揽什么？"

小张："……"

小张觉得自己应该摸透了简遇洲的心思，于是补救道："陆繁好像站了很久了，在看简哥你拍戏呢。"

简遇洲不说话了，别过头，过了好一会儿，他才开口："上次你给我念的那帖子，讲了什么来着？"

小张回想了一下，然后憋着笑，严肃地回答："认真工作的男人最帅，简哥，你拍戏的时候能迷倒一大片女生，这是网友们一致认同的观点。"

简遇洲"嗯"了一声，嘴角弯起几不可见的弧度。

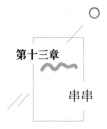

## 第十三章

### 串串

　　陆繁跟着魏嘉语走进一幢古朴陈旧的老式建筑，外面看起来年岁悠久，走到里面却是别样的一番景象，装修得十分现代化。

　　两人走到一间化妆间门前，门牌上印着"沈韫川"三个字，陆繁一想到偶像就在一门之隔的里面，心情就忍不住激动起来。魏嘉语低声说："小繁姐，记得看几眼就得走了哈，串串经纪人可凶了，对粉丝们态度挺差的。"

　　陆繁点头："我知道的。"

　　魏嘉语推门进去，陆繁跟在她后面，一眼就看到了坐在椅子上闭目让化妆师上妆的沈韫川。

　　面容清隽，温润似玉。

　　"甲鱼，怎么去了这么久，东西都拿过来了没？"化妆师在换粉刷时看了魏嘉语一眼，也看到了陆繁，"你朋友？"

　　"拿过来了，师姐。"魏嘉语把大包小包都放到沙发上，"这是隔壁道具组的，我在路上摔了一跤，她路过就帮我把东西搬回来了。"

　　她朝陆繁笑了笑："谢谢你，麻烦了啊。"

　　"没关系。"陆繁最后再看了沈韫川一眼，"没事的话我就先走了。"

　　"好，再见。"

　　陆繁走出化妆间，小心地关上门，然后长长地出了口气。近距离看男神，发现真人比照片更好看，作为粉丝的她一脸满足。

　　她在心里偷乐了一会儿，刚一转身，就撞上了简遇洲和小张的目光，顿时愣住了。

　　小张奇道："咦，陆繁？你不是回去了吗？"

简遇洲的目光转到了门牌上，定了一会儿，然后又回到她的脸上，那眼神似乎有些隐秘的捉摸不透，沉沉的，深棕色的眼睛一眨不眨时竟有几分厉色。陆繁脑子里闪过一个模糊的念头，他摆出这么一副心情不好的神情盯着她做什么？她应该没惹到他吧？念头转瞬即过，她脱口而出："有个朋友在这里，顺道来看看她。"

"哦……"小张瞄了瞄简遇洲，他的侧脸看起来有些阴沉沉的，气氛好像不怎么和谐啊，小张只好硬着头皮说，"简哥，要不先回休息室喝粥？"

简遇洲没理他，顿了两三秒后，那偏低而毫无起伏的声线响起："不是剧组的人不能在这里到处乱走，小张，你开车送她回家。"

说完，他目不斜视地走了过去。陆繁扭头看了眼他的背影，然后低声问小张："他心情不好？"

小张无奈地苦笑一声："我也不清楚，刚刚还好好的呢。我先送你回家吧，不然简哥得骂我了。"

陆繁点点头，两人边走边聊："他一直都是这样阴晴不定的吗？"

小张摇头："那倒不是，简哥的性子还是比较好捉摸的，我当他助理两年多，没见过他发很大的火呢，只是人习惯了严肃吧，不怎么爱笑，其实相处久了，还会觉得他有点儿……"小张挠着头发，勉强找了个形容词，"可爱吧。对，可爱。"

陆繁有些忍俊不禁，可爱？完全无法想象。如果这个词不是由小张来说，说不定还会被人当作高级黑呢。

小张也被自己逗笑了："我是说认真的，你猜不到吧，简哥很会玩微博，还会上视频直播平台看直播呢。"

陆繁：完全想象不到简宇直抱着手机看直播的样子好吗！！

陆繁忍不住好奇道："他都喜欢看什么直播？电竞解说？还是秀场？"

她脑补了一下简遇洲看着秀场美女主播撒娇的场景，顿时觉得整个人都不好了。

表面这么正经，私下却很火热嘛。

"这个我倒不是很清楚，只知道是周五的直播，只要到周五，再累他都要守着看。"

陆繁一愣，很快就把不切实际的猜测摒弃掉了。不少主播都选择在周五进行直播，她虽然在LX有挺大的名气，但LX的流量在众多视频网站中只能算是中游，简遇洲怎么可能会看过她的直播呢。如果看过的话，他肯定能认出她啊，然而这几天她并没有发现这种迹象。

　　想起刚刚简遇洲的冷脸，陆繁心里不由得滋生出一股憋闷的情绪。

　　想想也是，他们只是见过两三次的陌生人，她也只是拿了工资给他做饭的，凭什么要求他一个大明星笑脸以待呢。

　　尽管想法十分理性，但陆繁还是忍不住在心里犯嘀咕，白担心了，他看起来好着呢……

　　小张把陆繁送回家后，再到片场时已经是十二点了，剧组的人正在分发盒饭，小张领了两份，拿去了休息间。

　　一打开门，他就看到简遇洲正闭着眼坐在沙发上养神。他放轻手脚，把盒饭放到茶几上，然后拧开保温桶的盖子，想看看简遇洲喝了多少。

　　"简哥，你还没喝？再放下去都要凉了。"

　　小张小心地把粥倒了出来，温热甜香的气味飘散开来，小张都忍不住想尝尝味道了。

　　正在他吞咽分泌出来的口水时，简遇洲突然开口了，那声音压得有些低，不过小张还是听清了："你说我刚刚说话的语气是不是太凶了？"

　　小张知道他指的是对陆繁说的那句话，于是宽慰道："剧组里有这样的规定，简哥你说的也没错。"

　　简遇洲顿了顿："她应该没生气吧？"

　　"没有啊，简哥你放心吧，陆繁理解的，又不是小孩子，被凶一句就掉眼泪，我们回去路上还有说有笑的，一直在聊你。"

　　简遇洲这才微微松了口气，随口问道："都聊了什么？"

　　"就说你看视频直播的事儿，陆繁特别惊讶。"

　　简遇洲一僵："你……"

　　小张嘿嘿一笑："简哥你放心吧，我嘴巴严着呢，知道什么该说什么不该说，没跟她说你看的是她的直播节目。"

　　简遇洲的脸色依旧沉得像能滴下水来："你还觉得自己特别能耐

了是吧？"

"哪能啊，"小张嬉皮笑脸地把碗推到他面前，"下午还要工作，简哥，多少吃点儿吧，毕竟是陆繁特地煮了送来的。"

简遇洲把碗端了起来，那温热的香气直冲鼻子。

他在心里暗道，恐怕不是特地，只是顺便送来的吧。

来看沈韫川，顺便给他送早饭。

……

简遇洲放下碗，英挺的眉头微微皱起，似乎缠绕着一丝挥之不去的烦闷："你想喝的话就喝吧，我午睡一会儿，别吵我。"

小张忙道："简哥，你这一早上都没进过半点儿油水，要是被陈霄哥知道的话……"

"所以你闭上嘴，谁都不会知道。"

"……"

"开工再叫我。"说完后，简遇洲就掏出眼罩，躺沙发上午睡了，小张有些为难地看着保温桶里的粥，心里想着，如果他真吃了，简遇洲醒来又该给他脸色看了吧……小张叹了口气，只好忍着馋虫，合上盖子，转而去吃素菜荤菜混成一团的盒饭。

## 第十四章

### 敌对

那天下午，陈霄发现简遇洲跟沈韫川在对戏时的气氛比以往更加剑拔弩张。

简遇洲跟沈韫川关系不好在圈内不是个秘密，尽管没人知道原因，但既然这两人不对盘，又何必去触霉头呢，所以他们鲜少在正式场合中碰面，基本上举办方都会有意避免两人同时上同一档节目的情况发生。

然而这次《青天璧》的拍摄却让这两人正面杠上了，陈霄虽然知道论在圈内的名声地位，简遇洲还是能轻而易举地压倒沈韫川的。毕竟沈韫川走红不过两年多，地位不够稳固，而简遇洲已经经历了十年演艺生涯，年纪不大就成了演艺界的金牌影帝，但是简遇洲光明正大地对沈韫川露出一副苦大仇深的表情真的合适吗！！这么多眼睛看着呢！！随便一个人拍张照片流露出去就可以变头条了！

陈霄连标题都替媒体想好了。——简遇洲、沈韫川关系不合猜测落实，金牛奖影帝疑似耍大牌？

他在内心画了个十字，默默道：感谢简宇直，又为两家粉丝互吵添了把火。

其实要说是这两人有仇有怨也算不上，反正就是气场不合，前几年合作过一次后，互相就都有点儿看不顺眼的意思，平时简遇洲也不会把太过明朗的情绪流于表面，今天也不知道是抽了什么风了。

呵呵，摊上这种不替他找点儿麻烦事儿做就浑身难受的祖宗，算他倒霉。

一条戏过了之后，陈霄忍不住把简遇洲拉到旁边，低声说："你跟沈辑川又怎么了？人家安安分分的，你干吗总是给他脸色看？先不说身份地位，单讲年龄，你比他大五岁，我怎么觉得看起来你比他小十五岁呢？"

简遇洲沉默了一会儿，四两拨千斤："哦，我看不顺眼他。"

"私底下随便你怎么说，这里是片场，那么多人在呢，你可长点儿心吧。"

简遇洲嘴角轻勾，目光冷冷淡淡的："你说得很有道理，但是不行。"

陈霄快疯了："为什么？"

"对于不顺眼的人，我不想给好脸色。"

陈霄扶额："随便你吧，要是明天又有小道消息流传出去，我也懒得处理了。"

简遇洲"嗯"了一声，拍了拍他的肩膀："处理了也没有用，你做了个明智的决定。"

陈霄内心吐血三升，咬牙道："我谢谢你夸奖啊。"

"不用谢，认识这么多年了，别这么客气。"

"……"

真是老天爷派下来克他的祖宗。

今天的戏份完了之后，简遇洲回到休息室，收拾好东西准备回家，目光瞥到茶几上的保温桶，顿了顿，然后对小张说："粥也带回去。"

小张"哦"了一声，拎起保温桶："咦，怎么空了？简哥，你什么时候喝掉的？"

简遇洲表情微微僵了一下，下一秒，陈霄毫不知情地笑着说："我喝的，刚刚忙得晕头转向的，看桌上还有粥剩下来，就给喝了垫肚了。"

小张：他该不该说其实简遇洲还没喝到？

简遇洲的神情果然如同小张预料的那般阴沉森然，陈霄被他的目光盯得忍不住缩了缩脖子："怎么了这是？"

"那粥是做给我的。"

"……然后？"

"我都还没喝，全被你喝了。"

"可是这么一天下来了，你干吗不喝掉就放这儿啊，我当然以为你不要了啊。"

"我打算带回家喝的，你幼儿园老师难道没教过你不要去抢其他小朋友的饭？"

陈霄：不就一碗粥嘛，简宇直你搞得跟我抢你媳妇儿一样干什么！

下午四点半，陆繁乘车到了××大酒店。因为剧组包下的三层均有保安人员在值班，除了酒店内工作人员可以走动，基本上禁止外人来往，所以小张特地走到了电梯口等她，然后带着她去了简遇洲的房间。

"陆繁，我和陈霄哥今天晚上都有事，要出门一趟，大概要很晚回来，你如果晚上不急着回家的话，能不能陪简哥吃完晚饭再回家？"

陆繁微微一怔，呃，宇直吃饭还要人陪？十岁孩子吗？

小张连忙解释："因为简哥一整天没吃东西，陈霄哥担心他连晚饭都不吃就直接睡觉去了，毕竟这种事他也不是第一次干了……"

原来是经常性的整日空腹，难怪胃会出毛病了，都是自己"作"出来的。

陆繁点头："好，我会看着他吃完的。"

小张舒了口气："真是太麻烦你了，因为简哥不喜欢不认识的人在房间里走来走去，所以只能拜托你了。"

"不用这么客气，小事情。"

陆繁突然想起个问题："他今天没吃东西？"

小张有些无奈："嗯，可能是心情不好，所以也没食欲了。"小张犹豫了一会儿，还是小声告诫陆繁，"简哥心情不好的时候整个人都会很神经质的，疯起来连自己都咬，所以你尽量别往枪口上撞。哦，对了，千万别提沈辗川的名字，他现在一听就炸，刚刚我只是跟他提了一句昨天的串串不新鲜，他就把我赶出来了。"

陆繁："……"

有种小张把自己家的十岁熊孩子交给她暂为管教的错觉是怎么回事儿……

小张把她送到门前就走了，步子挺急的，看来真的有要紧事儿。陆繁抬手按了门铃，过了好一会儿，门才从里面打开，露出简遇洲那张有着毫不掩饰的困倦之意的脸。

陆繁不知道为什么，目光下意识地往下移了移，看到他穿得严严实实的，这才松了口气："快到吃晚饭的时间了，呃……所以我过来了。"

简遇洲侧身让她进来，开口，似是随意地问道："你吃过了吗？"

声音微微有些沙哑，可能刚醒。

"还没有，我待会儿随便解决一下就可以了。"陆繁把包放到椅子上，"要不你再小睡一会儿吧，我今天可能会做得有点儿慢，好了再叫你。"

他淡淡地"嗯"了一声，却没回房间，而是直接在沙发上躺下了。

幸而那沙发宽大柔软，一个高大的成年男人躺在上面也足够伸展开手脚。

简遇洲闭着眼，明明睡意如潮水般侵袭，意识却清醒得连陆繁走路的细微声音都能听得清清楚楚。

他想着，陆繁走路怎么像只慵懒的小猫一样，稳稳的，不急不缓，他轻而易举地就能在脑海中勾勒出她踩在地毯上的小巧白皙的足背，还有纤细的脚踝，唔……也许还有白嫩笔挺的小腿，她今天穿了及膝裙，小腿露出来了，刚刚怎么没有多看几眼……

简遇洲突然意识到自己在想什么，立马扼断了还在不断发散的思维。

简遇洲，憋多久了你，竟然开始发情了！

他眉头紧皱，在心里把自己痛骂了一顿，以掩饰一闪而过的慌乱和狼狈。

厨房里传来声响，他这才睁开眼，透过磨砂玻璃，看着厨房里的人影影绰绰的影子，似是想起了让他一整天都心情憋闷的事儿，目光慢慢地深沉起来，就像一汪毫无波澜的潭水，捉摸不透。

下一秒，玻璃门突然被推开，简遇洲下意识地紧闭双眼，装作一副刚睡着的模样，耳朵却竖得老高，不放过一点儿声响。

刻意放轻的脚步声走远了，然后玄关处传来了放鞋的声音，简遇洲这才猛地睁眼，腾地一下从沙发上坐起来，来不及仔细思考，话就脱口而出："你去哪儿？"

陆繁没想到他还这么清醒，一点儿声音就醒过来了："我去超市买点儿食材，冰箱里的不够了。刚刚过来的路上看到附近就有家超市，我会尽快买完回来的，应该半个小时就够了。"

简遇洲也不知道自己哪根筋搭错了，继续不经大脑地说："我跟你一起去。"

"啊？"陆繁有些哭笑不得地说，"算了吧，我自己就可以了，你要是被认出来怎么办？"

简遇洲不多说废话，直接回房间，一分钟后，就已经全副武装好了，帽子口罩围巾墨镜一戴，还认得出来的，绝对是骨灰级粉丝。

"附近的超市太小了，我开车带你去大点儿的超市吧，你可以把要买的都买全。"

陆繁看他一副必去不可的架势，也就随他了："那……要是被认出来的话，我可以先溜吗？"

虽然她不是什么大明星，但是认识她的网友也不少，要是跟简遇洲闹出点儿什么桃色绯闻，那她也没什么安生日子过了。

简遇洲想了想，说："可以，别忘记给陈霄打个电话来救我就行，横尸超市毕竟影响不怎么好。"

"……"

简遇洲刚出房门，没走几步，两个保镖就追上来了："简哥，你去哪里？"

"出去走走，别跟着我。"

保镖面露为难："简哥，如果你一定要出去，我们是肯定要跟你的，不然要是出了什么事，我们怎么跟陈霄哥交代？"

简遇洲早已习惯这种无法独自出门的生活了，他看向陆繁，似乎在询问陆繁的意见，毕竟这么两个人高马大的家伙跟在屁股后面，总会有些不自在。

陆繁："让他们一起去吧，超市人多，以防意外。"

简遇洲点点头："可以，不过你们必须在我十米之外。"他本来就穿戴得够奇怪了，要是后面还跟着两个大家伙，那回头率不知道要多出几倍。

下到地下车库，保镖把车开了出来，简遇洲站到驾驶座门前，敲了敲车窗，保镖摇下车窗，简遇洲言简意赅："下车，我来开。"

保镖下了车，等陆繁坐进去后，简遇洲就直接把门锁上了，然后瞥了眼站在外面一脸迷茫的保镖："你们两个去打车，到××路的大超市。"

然后，车子毫不犹豫地开了出去，只留给两个保镖一个车屁股，顺便还喷了他们一脸尾气。

保镖："……"

陆繁从后视镜里看了眼越来越远的两个孤独寂寞的人影，忍不住笑了笑："为什么不让他们上车？这样到了超市找不到你人怎么办？"

"不会，"简遇洲把围巾往下扯了扯，"他们最擅长找人了，你把我扔到大广场上他们都能在三分钟内找到我。"

陆繁浅浅地点了点头，然后就不再说话，歪着脑袋看车窗外的街景——其实那并没有什么好看的，这附近都是待建的居民区，马路也不算宽敞，甚至有几分颓败，不过这时候她也找不出其他事情做了，毕竟跟简遇洲接触的次数还只有寥寥几次，实在没有话题攀谈。

简遇洲打开音乐，节奏明快的音乐声冲淡了车厢内隐隐的尴尬气氛。

他看似专心地开着车，目光却总是有意无意地从副驾驶座上游移而过，片刻后，他低咳了一声，收心了，指尖无意识地应和节奏在方向盘上轻点着。

那动作虽然稀松平常，由他来做却分外诱人目光。

他的手很好看，宽厚有力，干净整洁，淡淡的青筋在看不见一点儿毛孔的皮肤下清晰可见，而手指又细长匀称，每一下抬起落下，指节都会微突，泛着浅浅的白。

陆繁被他的动作吸引了注意，看到他的手后有些移不开眼。通常"颜控"都会伴有"手控""声控"等属性，陆繁也不例外，不得不承认，她见过的男人的手，鲜少有比简遇洲的更好看的。

简遇洲酝酿良久，终于把一直徘徊在嘴边的话说了出来："今天在片场，我语气有些冲，抱歉。"

陆繁倏然回过神来，目光移到他的脸上，他正好也看了过来，视线短暂的接触后，两人先后撇开。陆繁看向路中央："没关系，我的确不该利用身份的便利在片场到处乱走的，以后我给你送午饭的时候会注意，或者你可以让小张到我家拿。"

"不用了。"他下意识地脱口而出，随后又欲盖弥彰地补充道，"小张手脚不利落，如果你有空闲时间的话，这件事还是要拜托你。"

陆繁应承下来："这一个月我都有空，会尽力做好该做的事儿的。"

找到了话题的突破口，简遇洲的脊背微微放松，状似无意地问起她工作上的事情："你之前说，你以后会去万华 TV 工作？"

陆繁当然不会觉得简遇洲有兴趣关心她的工作问题，不过是随口问问打发时间罢了，于是她也只是简略地回答了。他们就这样有一搭没一搭地聊了几句，很快，车子就开到了目的地。

这个时间点来超市的人还不多，他们很轻易地就在地下停车场找到了位置，把车倒进去后，简遇洲开始穿戴装备，从脖子到头顶都包着严严实实密不透风的，看起来有几分滑稽。陆繁没有当着他的面笑，转过身去却乐得不行，心想着说不定别人还会以为是个隔离患者出来透风，然后就远远躲开了呢。

他们推了一辆手推车，然后直奔二楼的食品区。陆繁在来之前就做了不少功课，对于哪些菜色养胃，心里已经大概有数，所以买起食材来很快，而简遇洲明显就是不常来买菜的人，不会选菜，只好推着车子，像个尾巴一样亦步亦趋地跟在到处乱窜的陆繁后面。

陆繁偶尔会在选菜的过程中跟他讲某种菜的效用，讲得无比仔细，可以一口气讲出同一种蔬菜的十几种做法。简遇洲默默地听着，甚至在陆繁挑菜时还会微微弯下腰，看她是如何挑的。

陆繁大概也是觉得他虚心求教的样子有点儿有趣，干脆也不停下来了，就当是直播了一次美食解说。

作为喜欢了主播美女很久且一直得不到她关注的小粉丝，简遇洲的心理活动是非常丰富的。

啧啧，一言难以概之啊。

正在这时，两个保镖在偌大的超市里终于成功找到了他们，兴高采烈地奔到简遇洲身边："简哥。"

由于他们打断了陆繁的解说，简遇洲的脸一下子拉了下来，虽然有口罩挡着看不见，但保镖们还是在春天里感觉到了一丝寒气。

两人默默地退开十步，远远地站在圆白菜货架边看着他们。

"芹菜、木瓜、鱿鱼、红薯……"陆繁一一清点着手推车里的菜，总觉得忘记了什么，正在这时，吆喝声通过扩音器传了过来："金钩南瓜三块五一斤便宜卖，卖完这批，下批就是原价五块四啦！"

说时迟那时快，围绕在蔬菜区的人们蜂拥至南瓜货架前，转眼就水泄不通了。

每到春天，南瓜都卖得很好，干燥的天气来碗南瓜粥去火最合适不过了。

简遇洲："……为什么大超市里会有这样的叫卖？"

陆繁说："超市每天都会有个阶段降价卖的，食物啊日常用品啊什么的……我去，我想起来了，我也要买南瓜！"

她一把撸起袖子，打算一展身手，简遇洲看她跃跃欲试的样子，连忙拦住了她。

"人太多，别去挤了。"

"不行，下一批就恢复原价了。"

"价钱差不多的。"

"死男人不懂，女人就是喜欢凑这种热闹，就是有这种购物欲，这不是钱的问题。"

简宇直表示他确实是不太理解女人的思维……等等，刚刚陆繁是不是口快之下，叫了他……死男人？

如果他没记错，这个好像是……"黑粉"的专用称呼。

陆繁似乎也察觉到了，沉默下来，在心里画了个十字。

死寂。

简遇洲决定当作没听到，他低咳一声："你在这里等一会儿吧。"

陆繁看他开始撸袖子，惊诧不已："你……你要去挤吗？"她刚想说那还是算了吧，她实在想象不出简宇直跟一群大婶儿挤着买南瓜的场景，太销魂了好吗。

简遇洲淡淡地瞥她一眼："当然不是。"

他朝跟两根柱子似的站在远处的保镖勾了勾手指，然后指向南瓜架子，两个保镖面面相觑，经过了好一番天人交战，最后还是认命地去挤了。

陆繁看那两个保镖被大婶儿推来推去，还畏畏缩缩不敢还手的样子，有点儿心疼又忍不住觉得好笑，她抬起头，正想问简遇洲这样坑自己的保镖真的好吗，却不小心撞进他的眼里。

他的眼睛里仿若藏着漫天星辰。

陆繁只以为自己"黑粉"的身份暴露了，顿觉尴尬，收回了目光。

没过多久，两个保镖就灰头土脸地捧着两个南瓜回来了，陆繁憋着笑，胸闷不已。

菜都买好了，去结账的途中路过饮料区，陆繁的注意力突然被什么吸引了，停下了脚步。简遇洲也停下来了，像个家长教训孩子一样，把陆繁手里的罐装饮料放回架子上："喝饮料对身体不好，尽量少喝。"

"是给你喝的。"陆繁一连拿了十几罐，"我早就听说这款饮料对胃很好了，但是在超市从来没见过，这次居然见到了，一定要多买些。"

简遇洲眉毛微挑，看到陆繁一副憋笑憋得很辛苦的样子，对她拿的饮料起了好奇心，于是拿了一罐，看了看名字。

××白花蛇草水。

作为饮料名来说，的确是够奇怪的。

简遇洲略微不解："你在笑什么？"

陆繁立马收敛表情："没什么啊。"她从简遇洲的手里把那罐蛇草水拿下来，放进手推车里，"你还有什么想买的吗？如果不买的话，我们就早点儿回酒店吧，不然你吃饭就晚了。"

简遇洲这时候良心发现了，对那两个保镖说："有什么想吃的自己去拿吧，我结账。"

虽然保镖一肚子的苦水没地方倒，但是职业操守依旧在熠熠发光，果断地摇头："简哥，回酒店吧。"

简遇洲顺坡下："那走吧。"

回去路上，两个保镖依旧是去打车，却比简遇洲和陆繁要早到酒店门口，于是又当起苦力，一人去停车，一人拎着两大袋东西吭哧吭哧地送到厨房里。

陆繁瞥了一眼单手插口袋、无所事事的简遇洲，心想做他的保镖工资一定很高，不然这不仅要保护安全，又要搬东西抢南瓜的，估计早掀桌不干了。

等买来的蔬菜肉类都放好了之后，已经快六点半了，陆繁快速地在脑子里过了遍今天要做的菜色，然后就穿上围裙，准备开工。

切菜、翻炒、装盘，一气呵成。动作之流畅迅速与酒店大厨相比，有过之无不及。

其实陆繁在双亲逝世前，跟大多数娇生惯养的女孩没什么不同，只会做蛋炒饭和泡面，然而后来父母离开，照顾陆时的担子落到她的头上，她只能扛下。最初因为经济拮据，他们吃不起饭店，而她又舍不得在任何一方面让陆时受苦，于是沉下心来苦练厨艺。这么多年下来，这些仿佛已经成了她身体内的一部分，该放什么调料，该炖煮多久根本不需考量，甚至连切菜都不需过多专注，下意识地就能完成这个过程。

曾经有粉丝在直播时感叹道，看陆烦烦切菜，永远都会怀疑这不是直播，而是加了三倍速度的后期视频。

不知何时起，厨房的玻璃门被拉开了一半，简遇洲靠着墙，目光看似随意又仿佛格外专注地看着里面正在忙碌的人。

他没有发出一点儿声音，连呼吸都下意识地放缓了一点儿。

脑海里模模糊糊地闪过一个念头：渴望有个家的人，大概都是在渴望这一幕吧？

有个知冷知热的人，为你灶边锅台，忙忙碌碌。

简遇洲二十岁出道，如今十年过去了，生活里似乎只有吃饭、睡觉和演戏，苍白得很，然而他从未觉得他的人生少了什么，无知无觉地任时光溜走，在这一刻，他的脑海里却冒出了一个突如其来的想法——也许，普通人的生活有其温馨美好之处，是他没有体验过的，例如看着心上人给自己做饭什么的……

呵呵，简遇洲，你怎么又开始脑补人家小姑娘了。

还心上人，把电影台词带到现实中，你肉不肉麻？

简遇洲面无表情地在心里对自己进行谴责，这时，目光一掠，看到了陆繁腰后那松开的围裙带子。

她似乎没有察觉，还在专注地切菜。简遇洲轻轻呼出一口气，想法来不及经过大脑，脚已经踏进了厨房。

他走到她的身后，轻轻扯过两根带子，打好了结，正准备退开的时候，陆繁突然察觉到了什么，转过了头。四目相对，陆繁硬生生地被出现在身后的人吓了一跳，手一抖，锋利的刀锋就在手指上划了一道深口，殷红的血争先恐后地涌出来。

她低低地痛叫了一声，还没举起手指细看，简遇洲已经快她一步，握住她的手放到水龙头下冲洗。

　　不知道是不是水有点儿凉的缘故，被简遇洲紧握住的那只手似乎起了鸡皮疙瘩，那感觉很怪异，甚至盖过了指尖的疼痛，所以冲了几秒陆繁就试图把手抽回来。简遇洲察觉到她的意图，更加收紧了手，然后责备般地瞪了她一眼，用一种家长教训熊孩子的语气说："又不是赶时间，切那么快干什么？再多冲会儿。"说完，他微微弯腰，仔细看了看伤口，"有点儿深，一时半会儿可能止不住。疼不疼？"

　　那种怪异的酥麻感从指尖神经开始往上蹿，直到达到大脑深处，陆繁一时之间忘记吐槽是他先神出鬼没地站到她后面的事儿，而是盯着简遇洲抓着她的那只手发起了呆。

　　他的手心是热的，紧贴着她的手背，温度转移过来后，变成了滚烫。

　　简遇洲立马意识到了自己抓着人家小姑娘的小手不放的事儿，瞬间撒手，在心里骂了自己一句禽兽，眼珠子却还是忍不住瞧着她的伤口。

　　葱白细嫩的指尖破了这么道口子，看着实在有些心疼。

　　陆繁不知道怎么开口，简遇洲也在寻思着怎么打破沉默，于是气氛就这样安静下来了。所幸，这种有些尴尬的氛围并没有持续多久，简遇洲轻咳了一声："你先冲着，我帮你切菜。"

　　陆繁连忙说："不用了，你放着吧，我很快——"

　　话音戛然而止，她诧异地看着简遇洲动作娴熟地切菜："你会下厨？"从他的刀功来看，他的厨艺绝对不止于"会下厨"这个水平。

　　"偶尔会自己做，只是没章法地乱做的。"

　　明显是谦虚之词，说不定心里正在因为别人的吃惊而暗爽呢。

　　事实上，简遇洲的心里的确暗爽，不由自主地开始炫技，那行为跟在小姑娘面前卖弄自己长处的小伙子没啥区别。

　　不过陆繁是真的很惊讶，她第一个想法就是，既然他自己会做，那干吗还要请人来做私厨？……大概是太忙了，没空也没心思自己做吧。

　　就这么一会儿，简遇洲已经把圆白菜切好了，漂漂亮亮、干净利落。

　　他看了眼陆繁被水冲得隐隐有些泛起白的伤口，这回没上手来抓，问："血还在流吗？"

陆繁关上水龙头，指尖的伤口只要不去挤，已经不往外冒血了，说："不流了。"

"电视机柜下的抽屉里有红药水和纱布，处理一下吧。"

"哦，"陆繁顿了一下，补上一句，"谢谢。"

简遇洲低头准备着食材，没应，在陆繁走出去后，却忍不住扬了扬嘴角。

陆繁简单地处理了一下伤口，回到厨房，看到简遇洲已经接替了她的工作，娴熟地翻炒着锅里的菜。

高大挺拔的男人穿着淡灰色家居服，褪去了舞台与镁光灯下的光华照人，却多了一分温存美好，让人忍不住安静下来，默默地看着。

简遇洲察觉到她的目光，微微转过头，侧脸线条没有平日人前的冷峻肃然，反而显出一丝柔和："你去休息吧，剩下的我可以搞定。"

"……"他都这么说了，陆繁也没有过多纠结，而且说实话，她还真的有点儿好奇简遇洲做出的菜的味道。

如果是黑暗料理的话，呵呵，又多一个黑点，"黑粉"表示喜闻乐见。

陆繁没有乱走，就坐在沙发上玩手机，没过多久，简遇洲就把四菜一汤都端上桌了，然后自然地对坐在沙发上的人说："吃饭了，快去洗手，手指头别碰水。"

"哦。"陆繁也下意识地应了，去厨房洗手的时候，才后知后觉地反应过来，刚刚那场景怎么有点儿怪异……好像丈夫做完饭菜招呼妻子啊……

她立马摇头，甩开这个疯狂的念头。

而且……她洗什么手啊！她只是受小张之托，看着简遇洲吃完啊，而且她的内心也是拒绝跟简遇洲面对面坐着一起吃饭的。

那场景怎么想怎么诡异！

陆繁有些郁闷地走回客厅，简遇洲已经把碗筷都准备好了："吃饭吧。"

陆繁一看桌上摆好的两碗米饭两副筷，内心有些复杂。

这一家子的即视感越来越严重了啊！！大佬，我们还算是半个陌生人，你能不能高冷一点儿，别这么接地气没脾气啊！

她在椅子上坐下，看着面前香喷喷的饭菜，忍不住食欲大开，也就不再客气，开始吃了起来。

出乎她的意料，简遇洲做的两道菜味道竟然很不错。简遇洲一看她瞪圆的眼睛就猜到了她在想什么，不漏痕迹地笑了一下，然后谦虚地回复："过奖，一般好，还是你厉害，我只是随便做做。"

陆繁：不知道为什么，竟然有点儿想打人。

突然想起了什么，她的眼睛微微一眯，然后从袋子里拿出一罐白花蛇草水，说："对胃好的，饭前喝点儿吧。"

简遇洲完全没有半点儿怀疑，接过了罐子，拉开拉环。

陆繁托着下巴，浅浅地笑了笑："这饮料是某地名产，素来有圣水的名号，你知道为什么吗？"

"为什么？"简遇洲仰头喝了一大口，下一秒，整个人像是突然被按了暂停键，从发丝到脚底，都完美地停滞住了。

"因为它不仅养生保健，而且——"陆繁叹口气，十分遗憾地看着简遇洲，"非常难喝。"

## 第十七章

### 一生

她的话音还没完全落下，简遇洲已经倏地站起，疾步走向洗手间，步调跟踉跄匆忙，陆繁实在忍不住了，笑了出来。

××白花蛇草水，亦称舌草健康水，对胃酸胃胀暑热困乏有奇效，而它逐渐被大众熟知却是因为它奇特的味道——喝一口能上天，从此没有任何坎儿是过不去的。

曾经有网友形容其为"带刺的尿"，因为形容得非常形象真实，在网络上流传甚广，网瘾少女陆繁当然也看到过，好奇得不得了，一直想试试却没有胆量，这次看简遇洲的反应，她终于坚定了不去尝试的决心。

洗手间里传来了刷牙的声音。陆繁憋着笑，回想刚刚简遇洲一瞬间变了的脸色，心里感叹，不愧是令人闻风丧胆的圣水，竟然能在半秒内让永远板着脸、面无表情的简宇直变脸，还真是名不虚传。

大概过了三分钟，简遇洲还没出来，陆繁想，是不是把他坑惨了……这么一想，心里生出了一丝愧疚，她犹豫了一会儿，然后站起来朝洗手间走去："简遇洲？你还活着……你还好吗？"

她敲了敲洗手间的门，很快门就被打开。

简遇洲迈出来，手里还拿着条毛巾在擦拭着脸上的水珠："……还好。"

"很难喝？"

"……还好。"

你脸上的每个毛孔都在写着"我很不好"好吗，你这个死要面子的！

陆繁忍住嘴角往上翘的冲动："咳，虽然味道是奇怪了点儿……不过这饮料对胃真的很好，很多都叫它救命水呢。听说是越喝越好喝的，习惯了这个味道之后就只喜欢这款饮料了，既然买都买了，而且你也不觉得很难喝，要不就……凑合着喝完吧？"

简遇洲：哪里是救命水，明明是要命水……

陆繁走回饭桌前，数了数袋子里的蛇草水，说："一共是十五罐，两天一罐，配合膳食，你的胃病短期内应该不会犯了，不过以后也要注意饮食啊。"

简遇洲一副生无可恋的样子，看着陆繁煞有其事、认真严谨的表情，一时之间竟不知道该说什么来逃避喝那个要命水的命运。

两天一罐……他连一口都咽不下去。

哦……单是回想一下刚刚那进入口腔里的味道，他就觉得他不用抢救了，他怎么没昏过去呢……

直到陆繁离开后，简遇洲觉得自己的神智还是恍惚的，他仿佛看到了世界的尽头……就这么在椅子上坐了好一会儿，他才甩甩脑袋，清醒过来，把剩下一大半的那罐水推到旁边，眼不见心不烦。

这时，他突然灵光一现，从袋子里拿了两罐，打开房门。两个保镖尽职地守在房门口。

简遇洲淡淡地说："累了吧？晚饭吃过没？"

"吃过了。"

"喝瓶饮料吧，一直站着挺累的。"

保镖连忙接过饮料，心里感叹，简遇洲还是挺有人性挺关心员工的。

简遇洲看着他们拉开拉环了才关房门，门"咔嗒"一声关上的同时，他听到外面传来两声抑扬顿挫、慷慨激昂的——

"啊！！"

简遇洲叹了口气。

辛苦了兄弟，简哥发自内心地感激你们。


之后的几天，陆繁依旧是每天准时送饭到片场，每次到简遇洲的休息室都能看到桌上放着的蛇草水以均匀的速度减少，她心想，难道他真的在喝？难道还喝出感觉喝出感情了？神人啊。

然而她不知道的是——

简遇洲把发套摘下，塞到身边一服装组小妹的手里，边扯衣服扣子边略带急促地问小张："几点了？"

小张几乎是小跑着跟上他的速度："呃，十一点五十三分，距离陆繁到片场还有七分钟。"

"快点儿。"

小张心里叫苦不迭：大哥，我可没有长腿啊，你都快得要飞起来了还快！

回到休息室，简遇洲连身上的服装都来不及脱，数了数桌上的蛇草水，发现没少，于是问："小陈呢？不是让他喝一罐吗？"

"小陈说今天身体不舒服，没有来片场。"

"小王呢？"

"呃……小王说出去相亲了，今天也没来。"

"那……"

"简哥，今天你的保镖都请假了。"

简遇洲："……"

小张汗涔涔地看着他手里的那罐饮料："既然大家都不想喝，要不，今天就倒了吧？"

"不能浪费。"

正在这时，休息室的门被打开，陈霄和陆繁一起走了进来。

简遇洲手里还握着那罐来不及处理的蛇草水，一看到陆繁，他脸色都僵硬了："……今天挺早的。"

"嗯，今天路上不堵，所以快了点儿。"

陈霄说："在外面刚好遇到陆繁，就一块儿进来了，小张，我们的盒饭呢？"

小张连忙说："我现在出去拿。"

小张溜走之后，休息室里就只剩下简遇洲、陆繁、陈霄三人，陈霄放松地往沙发上一坐："你们站着干什么，坐啊，对了陆繁，今天有做前天的拔丝红薯吗？前天就吃到一小块，馋死我了。"说完，他瞥了一眼简遇洲，"要不是某人护犊一样抱着保温桶，我至于惦记这么久吗。"

陆繁笑了笑："拔丝红薯是没做，不过有醋熘南瓜，可以吗？"

"可以，可以。"陈霄刚伸手去接保温桶，简遇洲就眼疾手快地抢走了，他单手抱在臂弯间，蹙眉对陈霄说："可以什么？这只有一人份，你还是饿一会儿等着盒饭吧，别浪费。"

陈霄："……"

陆繁忍不住笑了出来，这两人相处的模式特别有趣，一点儿也不像是大明星和经纪人，反倒像是互相看不顺眼，恨不得时时刻刻损对方一句的死党。

这时，她注意到了简遇洲手里的蛇草水，说："你这几天一直在喝？"

简遇洲浑身都是戏，完全没有半点儿心虚："嗯，喝习惯之后，觉得的确挺好喝的。"

陈霄轻嗤一声，跷起二郎腿，心道：装，你继续装。

就因为某次陆繁暗地里对他说简遇洲还是挺好相处的，建议他喝蛇草水，他竟然就真的听话地喝了。并且这话被简遇洲听到之后，这臭不要脸的死男人为了保护在人家小姑娘心中的印象，竟然变着法儿地用那要命的水折腾身边的人。陈霄也真是想给他跪了。

陆繁有些惊奇："真的？"

简遇洲点头："嗯。"他顿了顿，伸出手，把手里那罐递到陆繁的眼皮子底下，"要不你试试？"

陆繁连忙摆手："我就算了，你喜欢的话就留着喝吧。哦，对了，我看你喝得挺快，刚好昨天晚上还在网上看到有特卖的，一箱只要两百，所以就下单了。"

简遇洲："……"

三秒后，陈霄忍不住拍桌大笑，笑得眼泪都要出来了。

简宇直你也有今天！

简遇洲的脸色僵硬，半天挤出一句："……谢谢，我很喜欢。"

"饭也送到了，那我就不打扰你们了。"

陆繁说了句"再见"就转身往门外走了，简遇洲突然想起什么，开口叫住她。

陆繁转过身："有什么事吗？"

简遇洲抱着保温桶走到角落，拎起一个袋子，然后递给陆繁，面色略微有些不自然："赔给你的。"

"赔？"

陆繁打开袋子一看，里面是个鞋盒，看标记，还是双名牌鞋。

简遇洲补充道："上次不小心把你鞋子的跟掰断了。"

陆繁了然，没有扭捏，接了过来："谢谢，我收下了。"

正好这时小张从外面进来了，嘴里念念有词："又是白菜，又是胡萝卜，剧组这是在喂猪吧……"

"小张，"简遇洲叫住他，"你送陆繁回家。"

小张蒙了："啊？可是我饭还没吃。"

"猪食嘛，不吃也没关系，回来的路上在外面买点儿吃吧。"说完，简遇洲把陈霄的钱包掏出来，拿了两张红票子给小张，"我请客。"

小张："……"

陈霄："……"

陆繁适时开口："刚好我还没吃，小张，我们一起去片场外那家煲仔店吃点儿吧？"

小张攥着两张红票子，喜笑颜开："好啊，走走走。"

简遇洲："……"

陈霄目光在简遇洲和陆繁之间转了个来回，"啧"了一声。

有股淡淡的酸臭味，肯定不是他的错觉。

过了几秒，他才后知后觉：哦……那岂不是只有我要吃猪食了？生无可恋。

小张和陆繁离开了，简遇洲在沙发上坐下，面色有些郁沉。陈霄轻飘飘地睨他一眼："怎么的，想出去吃煲仔？行啊，就留我一个人在这儿好了，反正怀春的男人的心是留不住的——"

简遇洲打开保温桶的盖子，看都懒得看他一眼："别乱说。"

"老简，你还不承认哪？"陈霄打开盒饭，挖了口饭，含含糊糊地说，

"其实你对陆繁有好感我是能理解的，像你这样从来没谈过恋爱，没摸过女孩子小手的老处男，偶尔小鹿乱撞一下也是情有可原的，我也不说什么你要为自己为她考虑的话了，喜欢你就去追，追不到就再追，无论最后追不追得到，哥们儿都挺你。再说了，世界上好的女人那么多，追不到陆繁你可以追其他妹子嘛，情啊爱啊的，调剂品啦，别这么较真。"

简遇洲握着筷子的手微微一顿。

很快，他又神色如常地把一块盐酥鸡放入口中，咽下后才淡淡地说："没把握的事情我不想去做，而且……"

"而且什么？"

而且我亦只有一个一生，不能慷慨赠予我不爱的人。

**第十八章**

探望

今天是周五，例行直播的日子，虽然陆繁已经跟 LX 视频公司解约，但这个消息并没有对外宣扬，她也承诺了公司在找到接替的主播前继续开直播间，所以她早早地就跟陈霄请了假，说今天晚上不去酒店了，陈霄大方地表示工作重要，还笑嘻嘻地说薪水照给，简宇直不缺这点儿钱。

陆繁哭笑不得。

她五点钟就到了公司，刚出电梯门，迎面就遇上了陈易，于是笑着打了个招呼："吃晚饭去了？"

陈易支吾着"嗯"了一声，目光游移到旁边。陆繁顺着看过去，看到他身旁站着一个身材妖娆、妆容精致的女人，笑容适当地收敛了一些："朋友吗？"

陈易未来得及回答，那女人已经朝陆繁伸出了手，娇小纤细的手白皙细嫩，十指粉色镶钻的芭比甲非常夺目。她微微歪过脑袋，似笑非笑："你好，我是接下来接替你直播工作的李小菲。"

陆繁瞥到陈易略微有些尴尬的脸色，心下了然，也客气地跟李小菲握了握手："你好。"

陈易轻咳了一声，对李小菲说："现在还早，具体事项我们晚饭后再聊吧。"

李小菲笑得有几分乖巧甜美："好啊。"

三人乘电梯到一楼后就分道扬镳了，陆繁看了眼李小菲的背影，问陈易："经理找的人？"

陈易耸了耸肩："用钱塞进来的。本来上面只是打算给她在公众直播间腾个空位，结果你一走，让她捡了个现成的大便宜。话说回来，你怎么突然就辞职了？之前也没听你提过啊？"

"考虑了挺久的了，一直没决定，所以就没跟你说过，这次我这么突然离开，可能你要辛苦点儿了。"

陈易叹了口气："我倒是无所谓，本来就只是个兼职，只怕你的粉丝们要接受不了了。好了，我们别杵在这儿了，去快餐店吃点儿吧？"

"好。"

点了菜后，两人在座位上坐下，陈易看起来饿得不轻，狼吞虎咽的："我说，现在这管理层是越来越没人性了，一大早就把我叫到公司，我还以为出什么大事儿了呢，结果是让我跟李小菲接触认识一下，她一看就没什么经验，我给她放了好几次你做的直播还兼职讲解，嘴巴都说干了，结果到最后，还不管饭，饿死我了。"

"新人都是这样一步步走过来的，以后你跟她是搭档，耐心点儿吧。"

"我就是一想到好好的一档直播说不定就要毁在她身上，就觉得可惜，"陈易"啧"了一声，"不过她也挺可怜的，今天直播的时候网友看到换人了，肯定都要炸，到时候投诉恐吓什么的到处乱飞，就是活生生的一档子好戏上演了。"

陆繁正色："我看她年纪也不大，你能帮就帮，被网络暴力卷进去不是件好玩的事情。"

做网播虽然看似轻松，要承担的风险却一点儿也不小，尤其是行为动作一旦有任何不妥之处，都会被拎出来赤裸裸地摆在大众眼皮子底下。网播圈向来风气算不上好，自然会被盯得紧点儿，被曝光被唾骂的事例也不少见。

"轻重我当然明白的，"陈易顿了顿，"对了，还没问你，你辞了职后打算去哪儿工作？还做传媒工作吗？"

"嗯，我已经跟万华 TV 签约了，接手一档美食节目。"

陈易"哇"了一声："万华哎，那很不错了，你以后前途大大的有啊！"

陆繁被他逗笑了："吃你的吧，边吃边喷饭，真不知道你这样的人是怎么脱单的。"

陈易嘿嘿一笑："这不是又回归组织了嘛。"

"分了？"

"分了，她嫌我穷，跟一个大款跑了。"

陆繁叹了口气："虽然我不赞同她的行为，但是欣赏她敢于说实话的性格。"

"……"

"要不要姐们儿帮你出出气？直接套个麻袋，二话不说先打一顿，然后把锅甩给那老男人。"

陈易一听，解气地大笑，笑完就摆手道："算啦算啦，我是守法的小市民，不敢做。"

陆繁托着下巴，指尖点着桌子："相信我，你会发现还是单身好的，再也没人嫌弃你赚得少，嫌弃你养不起车了。"

"别告诉我这就是你一直没找男朋友的原因，你赚的钱难道还少？"陈易撇撇嘴，"说真的，陆繁，追你的人光公司里就有三四个了，你真不考虑考虑啊？"

陆繁瞪他一眼："够了啊，跟我弟一样，成天把这事儿挂嘴边，我单着怎么了，我乐意啊。"

陈易痛心疾首："我这不是在可惜你这么一棵好白菜吗！让认识的家猪拱，总比给外面的野猪拱了好吧？"

陆繁笑骂道："去你的，我为什么非得让猪拱。"

陈易叹口气，突然想起什么，眼睛一亮："对了对了，我怎么给忘了，我有一哥们儿，就在万华电视台工作的，人长得帅，能力强，我介绍你们认识吧！"

"别了吧，我不喜欢别人介绍的，太尴尬了。"

"先看看照片，合眼缘再说，反正你们就在一个地方工作，以后接触机会也很多。"陈易掏出手机翻了半天，翻出一张照片，举到陆繁的眼皮子底下，"我跟他从初中开始就是一个班的，人品那是有保证的，我绝对不会介绍个不靠谱的渣男给你。你看看这长相，鼻子是鼻子嘴巴是嘴巴，好歹也是大学被连封三年的校草，迷倒过无数怀春少女的啊。"

陆繁盛情难却，低下头看了看照片，照片里的男人五官端正、气质从容随性，看起来的确是很优秀的男人。

不过她还是喜欢串串那种奶油小生型的啊。

"你介绍的我肯定相信啊，不过这种事我不强求的，以后再说吧。"

陈易颇为遗憾："那行。"他停顿了一下，"我真好奇你以后的男朋友是什么样的啊。"

陆繁笑了笑，微微出神，脑海里似乎有个模糊的轮廓，却不甚清晰。

如果一定要找个男朋友的话，大概也会是串串那款的吧？干干净净、清清秀秀的。

跟陈易吃完饭后，陆繁就回家了，既然公司已经找到了接替的人，她也没必要再留着了。

一回到家，她就看到陆时捧着一碗泡面，盘着腿坐在沙发上看电视。陆时一扭头看到她，下巴都要掉下来了："姐？你今天不用在公司准备直播？"

"我辞职了。"陆繁把外套脱下，挂到衣架子上，"又吃泡面，你自己不会做点儿吃的？"

陆时有些震惊，想不明白怎么才过一个星期他姐就辞职不干了："……姐，你是不是被上级领导骚扰了？"

陆繁拍他的头："吃你的面。"

陆时悻悻地住嘴了。

过了大概半个小时，门铃响了，陆繁打开门，看到魏嘉语一脸苦相地站在门口，可怜兮兮地说："小繁姐，你这儿还收留晚饭没着落的流浪儿童吗？"

陆繁失笑："进来吧。"

魏嘉语喜笑颜开，窜进了门内，转眼就跟陆时打闹成一团了。

这两人明明都是二十四五岁的年纪了，混在一块儿却跟小学生似的。不过陆繁很喜欢这种气氛，平时偌大的房子里只有她一个人，总是有点儿孤单的。

"甲鱼，你今天怎么这么早就回来了？"

"明天我们换剧组啦，不跟《青天璧》了，本来就是临时借用的化妆师团队嘛。"

"哦，那你们倒是挺辛苦的。"

给他们做了两碗酸辣米粉后，陆繁就坐沙发上玩起了手机。

这会儿直播已经开始了，她犹豫了一会儿，还是登上了微博，果然如她所料，大号的个人消息快要炸了。

网友甲：烦烦你发生了什么？为什么主播换人了？

网友乙：等了一个星期结果等来一张抹了无数层粉的脸，今夜注定无眠！

网友丙：烦烦为什么还没出来！！我摔倒了，要烦烦亲亲才能站起来！

网友丁：今天的直播到底中了什么毒，感觉阿三哥和新来的妹子都不在状态，烦烦，我好想念你的黑暗料理！！

网友甲：弹幕已经把直播页面盖住了。

网友丙：别说了，我连刷十八条弹幕总算遮住了那妹子的脸。

陆繁登录直播网站，披上"马甲"进入直播间，果然，公屏上已经被不满的声音霸占了，弹幕也是清一色的"召唤术·出来吧陆烦烦"。

这情况比陆繁想象的还要严重，那妹子显然心理压力很大，手抖声颤的，已经没办法好好地继续直播下去了。

陆繁没有过多瞻前顾后，迅速编辑了条长微博发了出去。

大意就是她因为个人原因选择跟 LX 视频公司解约，同时希望粉丝们不要对新来的妹子产生偏见，在最后郑重诚恳地感谢了这一年多来喜欢她鼓励过她的粉丝。

陆繁这个大号基本上是不怎么用的，只有每周直播时更新一条，一年多下来，跟粉丝们的互动少之又少，猛地看到这么一条与个人生活相关的微博，粉丝们是痛苦并快乐着，纷纷喊着要她留下。

陆繁翻着评论区，心里微微有些酸涩，跟这群热情的小粉丝相处久了，说没感情是不可能的。

这时候陆时开始讲起在科研所的趣事，陆繁关了手机，跟吃饱喝足的两人聊了会儿天。

大概到十点多，魏嘉语回家休息了。陆繁登上网站一看，惨遭刷屏的直播已经匆匆忙忙狼狈地结束了。正好这时陈易打了个电话过来，陆繁一接起来，他就在那头哭爹喊娘："姐，姐，爹，娘，姑奶奶，你能不能回来，我一个人承受不来！"

"……我已经跟万华签约了啊。可能只是第一天这样吧，说不定以后会好起来。"

"李小菲今天直播前信誓旦旦地跟经理说会比你做得更好，结果直播开始的第一秒就打脸了，刚刚是哭着回家的。"

陆繁也不知道该说什么了："那什么，我刚开始做直播的时候一个人也没有，还不是挺过来了。"

陈易叹了口气："但愿如此吧。"

结束通话，陆繁打开微博，评论区依旧是怨声滔天，她往下浏览着，突然目光一顿。

搬砖不如吃顿饭：想离开就离开吧，你开心就好。

按照惯例，这位搬砖同志的评论又被顶上了热门。因为只是文字表达，听不出语气，网友们也不知道他这句话的含义是不是讽刺，但是评论区的画风渐渐开始变化。

网友甲：烦烦高兴就好，我们不强求，只求你每周还能发个视频剪辑。

网友乙：既然黑粉头头都这么说了，我们再撒泼实在是太不像话了！！烦烦你去哪里我跟到哪里。

网友丙：歪个楼，我觉得搬砖和烦烦都能写一部相爱相杀的狗血虐文了。

网友甲：哈哈哈，没错，烦烦一发博，搬砖上热门。

网友乙烦烦都要走了，砖砖你出来，说说你对我们烦烦到底爱得有多深。别以为我们不知道你的关注里只有烦烦一个人。

陆繁点进"搬砖"的微博一看，果然，他关注数是"1"，只有她。

陆繁汗，爱到深处自然黑吗这是……她突发奇想，回复了"搬砖"

的评论：我不当网播了，你以后会不会寂寞啊？

评论区很快就被"哈哈哈哈哈哈"刷屏了。

搬砖的回复也很快：不会，你到哪里我黑到哪里。

陆繁："……"

这是，多执着于"黑"她啊……

睡前，陆繁接到了陈霄的电话："陆繁啊，明天剧组要去宋城取景，离你家应该很远吧？你不用送啦，我让老简吃盒饭。"

然后那边传来一声闷哼，陈霄随即怒道："踹我干什么！"

陆繁哭笑不得："好的，我知道了。"

"嗯，那没什么事儿了，你早点儿睡吧。"

"好的，再见。"

宋城……陆繁握着手机，突然想起上周跟么么哒约好这周末要一起去探班来着，于是连忙给她发短信确认了时间地点。她虽然这周去了几次片场，但是除了第一天看了串串几眼，之后就再也没见到过了，作为粉丝去的话，说不定还能跟串串搭几句话呢。

陆繁兴奋地在床上滚了几圈，登上小号开始刷首页，她的首页全是串串的粉丝，刷了半个小时就保存了三十几张照片。她打开微信，盯着"土豆炖牛肉"的头像看了一会儿，然后随手点进他的朋友圈——串串的朋友圈几乎只转发一些新闻，枯燥得很，而且更新时间也很不稳定，上一条状态是一个月前的了。

然而陆繁不抱希望地点开，却发现一小时前他更新了朋友圈。

只有简简单单的几个字。

土豆炖牛肉：万事随心，听从自己的内心，不要受外界干扰。

陆繁眨了眨眼，立马点了赞。

我们的串串真是个励志刻苦的孩子，肯定是拍戏或者生活里遇到什么困难了吧，却还是这么积极向上。

她回复道：相信你可以做到的。

而另一边的简遇洲看到这条回复之后，嘴角不禁扬起。仗着隔着网络，陆繁不会知道他的身份，他的贼胆也大了起来，啪啦啪啦地又发了条朋友圈。

土豆炖牛肉：你好可爱。

陆繁原本以为对方会回自己，所以守着朋友圈，一刷，又刷出条新状态，看清楚内容之后，她下巴都要掉下来了。

串、串串难道谈恋爱了？！

不要啊！这么诡异的画风不是她家串串！！

陆繁恍恍惚惚地关掉了微信，不断地给自己洗脑，串串还是单身贵族，没错，他还是单身贵族……天哪，睡不着了！！

与此同时，某影帝私人号连发两条画风清奇的朋友圈的事也慢慢传开了。

跟简遇洲私下交情好的明星不少，纷纷表示眼睛都要瞎了，一顿狂戳简遇洲，抓着他问是哪个女人让他又臭又硬的男人心开始萌动了。

某视后：我的眼睛简直要瞎了！到底是谁！是不是圈内的！

某歌王：你什么时候脱的单！竟然不带我！友谊的小船说翻就翻！！

某主持人：宇直什么时候带上你的"小可爱"来上我们《快乐大××》吧。

某外国明星：真是令人难以自信！！

小张：简哥你是不是被盗号了……

陈霄：智障！

简遇洲高冷地一概无视，见陆繁久未点赞，心情很差。

哦……这种小心翼翼地探出橄榄枝，结果被人彻底无视的感受……男人的玻璃心受到了一百点伤害。

第二天，陆繁一大早就醒来了，在床上躺了好一会儿，总算说服自己接受了串串已经有喜欢的人了这件事。作为一个合格的粉丝，当然希望他的女朋友是世界上最好的女人，这样才能足够配得上他。不过只要他高兴就好了，他的爱情他的婚姻，粉丝真的没有任何资格插手点评。说不定就是因为恋情没有得到身边人的赞同和支持，所以串串才会发第一条微博，告诉自己遵从本心不要在意他人看法……

陆繁忍不住有点儿心疼，转念一想，这个世界上能找到真心实意彼此相爱的人太难，她又替他高兴。啊……整个世界都散发着恋爱的酸臭味，只有我保持着单身人士的清香。

陆繁从床上起来，洗漱穿衣后开始做早饭。

陆时也起来了，捧着杯热水在客厅里闲逛："姐，你今天什么安排啊？"

陆繁把煎好的荷包蛋倒到碟子里："跟朋友去宋城玩。"

"宋城？我也想去！"

"你就别去了吧，我是跟网友一起的，你去多尴尬。"

陆时颇为失落。陆繁摸摸他的大脑袋："给你带吃的。"

陆时又高兴起来，像是恨不得长出狗尾巴欢快地摇一摇。

因为要去宋城，陆繁顺便把简遇洲的午饭也做了，打算先把午饭拿到休息室再出来看串串。

吃完早餐，陆繁坐公交去了宋城，她住市中心附近，去宋城要转两趟车，幸好不是上班高峰，路上不挤，过了一个半小时就到了。

到事先说好的地点，陆繁在路边长椅上坐了会儿，过了十分钟，一个穿着长裙戴着遮阳帽的姑娘在她面前站定，问道："陆繁？"

陆繁站起来，朝她友好地笑了笑："我是。"

那姑娘捂着嘴惊叹道："哇，真人比视频上看起来更漂亮！"

这姑娘就是"串串串么么哒"，真名叫宋茗，网络上唯一一个知道陆繁的大号身份的人，虽然这是两人第一次见面，但她们相交有一年多了，完全没有隔阂，聊天也非常愉快。

买好了票，两人往宋城里走，今天可能是因为有剧组在这里取景，人比平时更多，像她们这样专程来探班的粉丝也是成堆成堆的。

她们都是常住杭州的人，宋城自然来过数次，于是没有闲逛，而是直奔取景现场。

剧组拉起了隔离带，粉丝们簇拥在隔离带外，激动兴奋地喊着自家偶像的名字。陆繁听到最多的就是简遇洲和沈韫川的名字，被气氛感染，她和宋茗也忍不住喊了一嗓子，然后两人相视大笑起来。

等了将近半个小时，有眼尖的粉丝看到沈韫川穿着服装从化妆间出来了，顿时又是一片尖叫。这会儿还没开始拍摄，沈韫川跟经纪人低声商量了几句，就朝粉丝这儿走过来了。陆繁虽然站在十八环外，只能看到沈韫川的半个头，但还是忍不住一阵心潮澎湃。

在这样的气氛下看到偶像，和在化妆间单独见到的感受是不一样的，陆繁只觉得尖叫声快把耳朵震聋却一点儿都不反感。

宋茗踩到高处，嗷嗷大叫："好帅啊好帅！"

"快拍照片啊！"

沈韫川站到粉丝们面前，朝她们做了个安静的手势，粉丝们陆陆续续地安静下来，却还是激动得满脸通红。

他问了几个问题，简简单单的，就像早饭有没有吃啊之类的，然后让粉丝们放心，他会好好照顾自己的。陆繁虽然听不见他的声音，但是听到了旁边妹子们的转达，依然觉得窝心得不行。

宋茗激动得眼眶都红了："呜呜呜，好帅！呜呜呜，帅炸了，嘤嘤嘤……"陆繁忍不住笑弯了眼。

正在这时，陆繁的手机响了起来，她从口袋里把手机掏出来："喂？"

"喂，陆繁，我是小张，你方便做下午饭吗，我过去拿……你在哪儿呀，怎么这么吵？"

"哦，我在宋城啊。"

小张诧异道："你在宋城？拍摄这里？"

"对啊，哦，我想起来了，我做了午饭，不过现在外面人这么多，我进不去啊。"

小张"哦"了一声，扭头对简遇洲说："简哥，陆繁说她在宋城，不过现在外面人太多，她进不来。"

陈霄"咦"了一声："不是说让她别过来了吗。"

正在化妆的简遇洲睁开眼："明显是担心我饿着肚子。"

陈霄、小张：你可要点儿脸长点儿心吧！

陈霄对小张说："你现在让她到亭子那边，那里人少，我现在出去找她。"

小张连忙把原话传达给陆繁，还没听到陆繁的回答，那边就传来一阵一阵间断的惊呼和痛叫，同时响起一声尖厉的"陆繁——"。

## 第十九章

### 事故

那声音太大，连简遇洲都听到了，他的脸色倏然一变，腾地站了起来，一把夺过手机，沉声道："陆繁？陆繁？"

没有回应，只有粉丝们的尖叫声。

他攥紧手机，大步流星地夺门而出，陈霄和小陈蒙了一会儿，立刻反应过来大概是出事儿了，马上跳起来跟了出去。

从休息地点绕到片场隔离带那里起码要走十分钟，简遇洲举着手机紧紧按在耳边，不放过那边传来的任何一丝声音，听到几声慌张的"踩人了"响起，他面色一沉，扯过一个工作人员，让他马上去找安保，紧接着就加快脚步，直冲出事的地方过去。

明明心跳快得好像下一秒就要爆炸，然而他只是紧抿着嘴角，面色微沉。只有他自己知道，他在用尽所有的意志力压制着躁动狂躁的内心。

他在抑制着自己去想象可能发生的场景，一想，他撑出的冷静表面就会全数瓦解。

微喘声在耳边无限放大，他好似听不见后面陈霄急切的喊声，兀自疾步向前走着，某一瞬间，可能产生的什么影响什么舆论被他全部无视，他满脑子只有一个念头，那就是确认陆繁的安全。

远远地，简遇洲就看到了隔离带后攒动的人群，忽地，陈霄追了上来，紧紧地攥住他的手肘，低声吼道："你干什么？回去待着，让安保去处理。"

简遇洲紧抿嘴角，眉目间满是焦灼，他没理陈霄，甩掉他的手，径直过去了。

陈霄急得直打转，咒骂了一句，只得跟上去。

这时候有眼尖的粉丝发现了简遇洲,尖叫声越发刺耳,恰好安保人员及时赶来,挡住了快要蜂拥而入的粉丝群。

粉丝们拼命地伸出手越过安保人员围成的人墙,竭力想离简遇洲更近一点儿,简遇洲内心正在被找不到陆繁的烦躁惶然煎熬着,整个人都处在镇静和失控的临界点,看到愈发疯狂的粉丝,他终于忍不住,爆发了。

"都不要吵了!"

这是他出道十年第一次在公共场合这么失态,也是第一次吼粉丝。

他虽然平时对外都较为疏淡,圈内交友也一直秉持君子之交淡如水的原则,但是对粉丝他总是有着特别的耐心和好脾气,所以他这一声低吼出来后,不光是粉丝,连他自己也是微微一怔。

粉丝们诧异又受伤地看着他,目光有些小委屈。简遇洲慢慢地吸了口气,冷静下来,逻辑清楚、口齿清楚地说道:"我理解你们的心情,但是希望你能平静一下,现在在你们之中发生了踩踏意外,受伤的极有可能是我一个很重要的……朋友,请你们认真小心地观察一下四周,看一看有没有受伤的人,好不好?"

前排的粉丝很快回过神,把他的话往后传递,没过多久,人头攒动的粉丝群就逐渐安静了下来,并且开始留意四周。

简遇洲按了按怦怦乱跳的心脏,微拧着眉,越过安保,挤进粉丝群。

陈霄看着他的背影,再看了眼不停地举着手机录像的粉丝,恨不得眼前一黑晕过去。他咬了咬牙,朝安保人员做了个手势,他们点了点头,也不再堵着粉丝了,而是钻入人群开始寻找。

眼前的黑暗慢慢散去,陆繁恍恍惚惚地睁开眼,朦胧间看到宋茗那满是担忧的脸。下一秒,剧痛从她的右脚踝传来,疼得她忍不住皱紧眉头闷哼了一声。

宋茗看她终于缓过来了,松了一口气:"陆繁,你有没有事?哪里痛?"

陆繁想起自己刚刚被人撞倒然后踩了数脚的事儿,心道她怎么这么苦啊,十八环开外都能"中枪"。

真疼啊。

她五官都快皱到一块儿了:"右脚,好像扭到了。"

"能站起来吗？现在好像不挤了，我带你去医院看看。"

正在这时，有人发现了她们，高声大喊："这里有人被踩到了！"

陆繁扭头一看，这才发现被踩了的不止她一个，有好几个姑娘都躺在地上，不知为何，刚刚还很疯狂，完全不顾及摔倒的人的粉丝群突然都安静了下来，甚至开始主动搀扶受伤的姑娘。

几名安保闻声而来，纷纷架起受伤的人离开人群。

这时，突然传来一阵骚动。

一道阴影笼罩住了陆繁，陆繁还未来得及抬头看清来人，一件衣服就罩住了她的脸，下一秒，整个人被横抱而起。

目睹这幕的粉丝纷纷尖叫，陆繁一惊，突然腾空的感觉很不适，她下意识地想挣脱，抱起她的人低声说道："是我。"

熟悉的声音。

被衣服蒙着，陆繁看不清他的脸，却在第一秒认出了他。

短暂的僵硬后，陆繁慢慢地放松了身体，又有些莫名的紧张。

太热了，他紧贴在她后背和腿弯处的手的温度高得有些灼烫。四周嘈杂声不断，但是他略微急促的呼吸声却压盖过所有，准确无误地传入她的耳朵。

简遇洲显然是不想她被人拍到，一路都用衣服遮挡住她的脸，快速地穿过人群，回到休息室。身后跟了好几个工作人员，都是来看事情严重程度的，宋茗也跟进来了。

简遇洲把陆繁放到沙发上，说："小张，去找下医务人员。"

小张连忙出去了。

宋茗看看陆繁，又看看简遇洲，完全不明白事情怎么会发展成这样。

陈霄看陆繁还有意识，不像是出了大事的样子，于是把闲杂人等都赶出休息室了，关上门，才长长地出了口气。

陆繁把蒙在头上的衣服扯掉，目光正对上简遇洲的眼睛，下意识地撇开了一些："谢谢。"

简遇洲的心还吊在嗓子眼，他顿了好久才从刚刚那种紧张惶乱的情绪中挣脱出来，喉结上下一滚，声音有些哑："哪里被踩了？"

陆繁不知为何有些不敢直视他的眼睛，说："……右脚，不严重，应该只是扭了。"

陈霄揉了揉眉头："陆繁，你来了宋城怎么不提前给小张打个电话？这样我好出去接你啊，偏偏去人最多的地方凑热闹，我真是不知道该说你什么好了，你是没看到老简刚刚……"

简遇洲打断他的话："还是让医务人员看一看，如果是韧带或者软组织挫伤的话，会影响你日常行动的。"

"……行。"

宋茗的表情依旧是满满的疑惑，似是完全想不明白为什么陆繁和简遇洲会有私交。

没过多久，医务人员赶来了。

《青天璧》是部主打武打戏的大制作电影，平时演员有个磕伤碰伤再正常不过了，所以剧组就配了医务组，以备不时之需。

那人拎着紧急处理的药箱子，微抬起陆繁的右脚，轻轻地旋扭几下，看了一会儿之后下结论："没事，小伤，只是肿了，没伤到里面组织，这一周注意别长时间站立，别快走跑步，很快就会恢复了，不影响平日的行动。"说完就拿出药酒给陆繁揉上了。

陆繁松了口气，如果真是韧带或者软组织挫伤，她还得在床上躺一两个月，想想就闷得慌。

药酒揉完，简遇洲总觉得她赤着白嫩嫩的脚不太好，这里毕竟都是大男人，于是顺手想帮她把鞋子套上。陆繁下意识一缩，简遇洲的动作顿住了，似也反应过来不妥，于是放下鞋子，站了起来，只是那目光还是若有似无地游过她的脚："没事就好，你在这里休息一会儿吧，待会儿让小张送你回家。"

"麻烦了。"

小张忙道："不麻烦不麻烦，那个，你先坐着吧，我去给你和你朋友拿点儿吃的。"

简遇洲开工去了，休息室里只剩下陆繁和宋茗，宋茗坐到她旁边，忍不住八卦道："天哪，你什么时候跟简遇洲认识了？你不是死男人一生的黑粉吗？我怎么感觉你们关系不错啊，他好像很关心你啊。"

"我现在兼职他的私厨，"陆繁有些心不在焉，"还好吧，关系一般。"

宋茗"啧"了一声，显然不信："不过话说回来，刚刚我真是被吓坏了，我想护你都护不住，太疯狂了，要不是最后简遇洲来了，你可能真的要进医院了。"

陆繁回想起那个穿过人群把衣服罩在她的头上，替她隔绝了外界所有的纷扰的人，心里说不清是什么滋味，有些麻麻的。

小张端着一盆水果进来了："刚赶出去买的，很新鲜，来尝尝。"

宋茗和陆繁都还有点儿心有余悸，也没什么心思吃吃喝喝，所以只拣了两三个小番茄吃。

陆繁突然想起，她的保温桶被留在原处了，里面还装着给简遇洲准备的午饭呢。

她跟小张说了，小张惊奇道："你还真的特地送饭过来呀，真是辛苦你了，简哥肯定很高兴。"

其实也不是特地送过来的，只是来看串串，顺道带来的……陆繁没能说出口。

宋茗这个"猪队友"却一下子卖了她："我们不是特地来看串串的吗？"

陆繁："……"

小张擦了擦汗，干笑几声："你们都喜欢沈韫川呀。"

宋茗点头："对啊，不过我还好，陆繁比我更迷他。"

小张："……"

他想起不久前，简遇洲还信誓旦旦地说陆繁肯定是担心他挨饿，这脸都得打肿了吧。

他绝对不能把这个真相告诉简哥……

男人的玻璃心会碎成渣渣的吧。

怜爱三秒钟。

## 第二十章

### 照片

　　在休息室坐了半个多小时，陆繁觉得脚踝好受了些，于是提出离开片场回家休息。小张道："简哥交代了让我送你们回家，不过这儿没法开车，你们到宋城东门口，我把车开到那里接你们，行不？"

　　"行，麻烦你了。"

　　宋茗搀扶着陆繁离开休息室，陆繁落脚试着挪了几步："还好，不是很痛，可以走路。"

　　"你还是省省力气吧，没听刚刚医生说了别牵动关节吗，我扶着你吧。"

　　休息室正对着一条青石板街道，两边都是古色古香的建筑物，清澈的河流边坐落着一座凉亭，春风悠然而过，拂起柳絮如雪，正是一幅令人心醉的好春景。

　　剧组就在这条街道上取景，器材道具摆得满满当当，宋茗踮起脚，试图看一眼正在拍摄的人，半晌后失望地叹口气："人都围在那儿，看也看不清。"

　　陆繁笑了笑："都已经拍到照片啦。"

　　"对哦，"宋茗捧着脸，"我一定要把那照片印个百八十张，贴满房间。"

　　陆繁也来兴趣了："给我看看你拍得怎么样。"

　　宋茗掏出手机，陆繁翻看着她拍的照片，找了张拍得最好的串串的照片，打算传到自己手机上。这时，她目光微顿，凝在了最后一张照片上，随即趁宋茗还在四处张望，微微倾过机身，选中了那张照片，和串串的那张一起发到了自己的微信里。保存了照片后，她就把消息撤销了。

　　把手机还给宋茗后，陆繁突然没头没脑儿地想道，她这么偷偷摸摸地做什么？

她微低头，看着那张照片里简遇洲的侧影，他的背挺得笔直，身材颀长而匀称，古代文人的服装穿在他的身上显得俊雅至极，而他的臂弯里却躺着被衣服蒙住了半个身体的她，画面有些滑稽而怪异，她却忍不住把这张照片保存进了一个新建立的相册。

相册名？她犹豫了一会儿，最后还是没有打。

只有一张相片的未命名相册孤零零地沉到了最底部。


到了东门口，小张已经把车停在外面等她们了，两人坐进车里的时候小张正好结束一通电话，扭头对陆繁说："陈霄哥说了，你脚不方便，这段时间就别专门来剧组送午饭了，晚餐也不用送到酒店，我会去拿的。哦，对了，如果脚不舒服的话也不用勉强的，陈哥有的是办法让简哥吃外卖。"

陆繁想象了一下简遇洲面对外卖时的臭脸色，有些哭笑不得："没关系，只是扭到了，做几顿饭还是没有影响的。"

"那是最好的了，"小张撇撇嘴，"你都不知道，简哥现在被你喂得嘴巴越来越刁，基本上除了你做的菜，其他的都不吃。下个月我们去别的地儿拍戏了，他可怎么活下去呀！"

下个月……剧组下个月就不在杭州了吧。

小张只是随口这么一提，陆繁却好像思绪飘飞去了其他的地方，只是很短暂的一瞬，她回过神："肯定有比我做得更好的私厨，不会饿死的。"

"但愿吧。"

小张先把宋茗送回了家，然后才往陆繁的住处驶去。

陆繁微微合着眼，有些困，小张突然响起的声音让她瞬间清醒："陆繁，跟你说件事儿。"

"什么事？"

"咳，今天在片场外不是发生了意外嘛，而且简哥也掺和进去了，所以肯定有知情人会透露给媒体，也许今天晚上就会有各种各样奇奇怪怪的消息流出来……"小张透过后视镜看了陆繁一眼，看她的脸色如常，专注听着的模样，于是接着说道，"你也知道，简哥人红嘛，什么小事儿都能成头条，而且他以前从来没闹过桃色绯闻，这回肯定会有媒体揪着不放。当时太混乱了，就算后来简哥用衣服盖住了你的脸，也无法肯定没有人拍下。陈霄哥刚刚说了，如果有绯闻爆出来，你就咬死不承认照片上的人是你，不要理会任何的电话和消息，我们的公关团队处理能力很强，这种小事儿没几天就能过去。这是为了避免你的生活受影响，你应该能理解吧？"

"当然，我理解的，谢谢你们。"

小张长呼出口气："这不怪你，还是简哥太冲动了，说真的，这还是我第一次看到他对粉丝的态度那么差，明天估计又会有耍大牌之类的新闻到处乱飞了……"

他后面还说了些什么，陆繁没注意听了。

她微微低下头，划开手机的解锁键，点开最下面的相册里唯一的照片。

拥挤熙攘的人群化作模糊的背景和衬托，眼前好像只剩下那个穿着一身文人雅士服装，一派高风亮节、冷峻沉肃的人。

那时候她的眼睛被衣服遮盖，看不见任何人和物，能感受到的只有响彻耳际的心跳声——急促而有力。

照片里的人靠得很近，但是一旦从那短暂却深刻的回忆中抽离出来，她突然模模糊糊地意识到，距离太远了。

真的太远了。

不知为何突然觉得有些刺眼，陆繁关掉手机，没有再看。


回到家里，陆时听到了开门声，头也不抬地问道："姐，这么快回来了？"过了一会儿没听到回答，他抬起头，这才发现陆繁是一步步挪进屋子里的。

他立马走过去把陆繁扶到沙发上坐下："摔了？"

陆繁叹了口气："运气不好，被踩了。"

陆时想想就觉得疼，"嘶"的一声倒吸了口冷气："没断吧？"

陆繁白了他一眼："要断了你就得去医院看我了。"

陆时嘿嘿笑了笑，低下头仔细瞧了瞧："没什么大事儿，就是有些瘀肿。"他打开电视机柜下的抽屉，拿出一瓶跌打药，唰唰唰地喷了几下，然后撸起袖子给陆繁揉起脚踝来。

这小子别的不会，按摩倒是很有一套。陆繁以前还没找到固定工作时在一家广告公司兼职当平面模特，每天都是踩着高跟鞋站足十个小时的，回到家脚跟要断了似的，陆时就自己琢磨出了一套按摩方法，陆繁自然而然成了他的固定服务对象。

陆繁舒服地哼唧了一声，然后干脆在沙发上躺下玩手机了，同时还左左右右地指使陆时。

陆时像老妈子一样任劳任怨，揉完脚踝揉小腿。陆繁突然感叹道："说真的，一想到过几年你就要娶妻生子，我还真有点儿舍不得了。"一想到她教出来的这么个虽然有点儿蠢，但是人好得让人找不到一丝错处的弟弟，不久后就要属于另外一个女人，还真是有点儿惆怅啊。


正在陆繁感慨之际，"吧嗒"一声，手没抓稳，手机掉了下来，砸到她的鼻子后就滑到地板上去了。陆繁捂着鼻子"嗷"地叫了一声，只觉得鼻骨酸酸疼疼的，眼泪都飙出来了。

陆时喷笑："哈哈，智障。"

陆繁默默地翻了个白眼。

陆时捡起手机，正好看到手机页面停留在相簿上，一时好奇，就点开了最新的那张照片。

那个被抱着的女人穿着跟他姐一样的印花连衣裙，嗯，是他姐。那个男的……咦，这男的是谁？竟然敢没经过他的允许就抱他姐，臭小子，狗胆包天啊。

好像有点儿眼熟？陆时凑近了仔细瞧。陆繁已经劈手抢过了手机，一手捂着鼻子一手把手机藏到身下："陆时小同志，老师有没有教过你不要偷看别人的手机？"

陆时兀自冥思苦想，突然眼前一亮："我知道那个男的是谁了！"

他倏地抓紧陆繁的肩膀，兴高采烈地说："是上次我们在输液室遇到的那位大哥！对不对？"

如果她没记错的话，这张照片简遇洲是露了脸的，为什么陆时第一个想到的会是从头发丝到脚趾甲全副武装时的他……陆繁简直不知道该说自家弟弟蠢还是眼睛毒了。

陆时高兴得语无伦次："你们果然还是勾搭上了！哎呀，姐，我真觉得那大哥挺好的，买得起名牌，去得了平民医院，装得了大款，撑得起品位，哎，我的眼光就是好，一看一个准。哎，你说这大哥也真是闷骚，骚到骨子里了，当时我问他要微信他就不肯给我，后来肯定是看上你了，还挺识货啊这家伙，等他来家里，我非得好好练练他这臭脾气，对未来小舅子啥态度呢这是……"

陆繁："……"

陆时挤眉弄眼："还骗我说去跟网友玩儿，其实是跟他约会去的吧？还玩变装秀，真会玩儿啊。"

陆繁抄起茶几上的一本书，砸到他头上："滚，你还搞什么科研，你写言情小说去吧。"

陆时的科研专业书起码有一千页，这一砸下去，砸得他眼前直冒金星，当即歪在沙发上装死了。

陆繁坐起来，一挪一挪地回了房间。

因为脚不舒服，一下午她都躺在床上，后来陆时进来给她按摩了两次，到了晚饭点又给她煮了碗泡面。

陆繁看着简陋的晚饭，直想叹气。

吃面间隙，她掏出手机刷了刷朋友圈，突然刷出了土豆炖牛肉的最新状态。

土豆炖牛肉：世间有风情万种。

陆繁脑海里自动浮现出这句话的下半句。

——独你为我所求。

她受伤地捧着心脏，开始谈起恋爱的串串，画风真的好虐，简直没眼看。被这样深情的话告白的女孩子，一定很幸福吧？

　　她叹了口气，点了个赞，想回复什么，想了半天想不出来，只好作罢。

　　夜间临睡前，她看着那张照片，直到眼睛微微发酸才闭眼休息了一会儿。

　　思绪豁然开朗起来，她给那相册命名。

　　——一心之外无人知。

　　没有任何人知道，除了她。

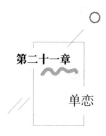

## 第二十一章

### 单恋

第二天，陆繁是被孜孜不倦地响着的手机铃声吵醒的。她揉了下眼皮子，从床头柜上拿过手机，举到耳边："喂。"

许宜雅在那边炸开了："陆小繁！你跟简遇洲勾搭上了？！有发展了？！"

陆繁立马清醒了一半："什么鬼，没有啊。"

"八卦新闻传得到处都是了，虽然你就露了半秒的脸，但是我怎么可能认错？"

因为前一天小张已经给她打过预防针了，所以此刻陆繁没有紧张失措。她简单地跟许宜雅说了句"之后再说"，然后就果断地掐断她的怒吼，打开手机新闻网页，果然，头版头条就是——《青天璧》片场突发踩踏意外，长裙女人疑似简遇洲恋人？

真瞎扯淡。

陆繁点开那个视频，时间只有短短的五秒钟，而且镜头也不停地在晃，但是很完整地录下了简遇洲把衣服脱下盖到她头上，并且打横抱起的全过程。

画质有些模糊不清，陆繁凑近了都看不出来那是自己的脸，真不知道许宜雅是怎么看出来的。

她捏了捏眼角，视线清楚后就打开微博，登上大号，幸好，似乎没有粉丝认出她，她松了口气，转而去到简遇洲的微博，意料之中，评论区全炸开了。

大部分粉丝表示在本人出面公开承认恋情前都不会相信任何八卦，也有不少粉丝扬言要是简遇洲有了恋人就要"脱粉"。陆繁看了一上午的评论，忍不住想着，做明星真心不容易，谈个恋爱也要被那么多人虎视眈眈，还是她这样的粉丝好，完全支持串串自由恋爱。

中午的时候小张来家里拿午饭，提到了这件事："没有人来骚扰你吧？"

"没有，我看过那视频了，拍得很糊，我都认不出自己。"

"那就好。"小张抓了抓头发，"脚还好不？"

"挺好的，可以走路。"

"还是要多休息，别乱动，不然容易落下病根，"小张嘿嘿一笑，"简哥原话。他还不好意思呢，特别交代我别说是他说的。"

陆繁微怔，随即一笑："替我谢谢他。"

小张走了后，陆时走出房间，好奇地问："刚刚来的是谁呀？"

一想到她弟咋咋呼呼的性子，陆繁觉得还是别让他知道太多，说："一个朋友生了点儿病，我就偶尔给他做一顿饭托人送去。"

陆时果然没兴趣问下去了，"哦"了一声，继续玩他的游戏去了。

因为简遇洲工作室的公关团队能力过硬，这条八卦新闻很快就被镇压了下去，没有任何媒体和官方转发，只不过网友们的讨论却愈演愈烈，过了数天也没见停歇。

这几天中晚两餐都是小张来她家拿的，陆繁行动不方便，几乎没出过门，每天除了观看不久后接手的美食栏目过往视频，就是刷微博时刻注意那条八卦的后续动态。

因为空闲时间多了，她花在晚餐上的心思也多了些，不再局限于好吃管饱的家常菜，而是变着花样儿做些好看的美食。今天要做的是西瓜鸡盅、四喜虾饺、五丝菜卷和彩色鱼夹，陆繁坐在沙发上舀出西瓜瓜瓤，全数放进榨汁机里，瓜皮子则是留着待用。

榨好了两杯西瓜汁，她把一杯放进冰箱里，留着让小张带给简遇洲，另外一杯则是自己喝。刚喝了小半杯，她就听到了微博新消息的提醒声音。在准备食材的间隙中她划开一看，瞥到自己大号的信息箱快要炸了，微微一愣，一种不安的感觉席卷而上，她放下手中的鱼片，洗了洗手，仔细看了起来。

评论区热门评论验证了她的不安。

烦烦，我怎么觉得前几天爆出的简遇洲恋人的脸跟你好像啊！

点赞逾过五千，有了这一条评论领头，不少粉丝也开始表示真的有点儿像，很快，这消息就传了出去，不少简遇洲的粉丝闻声而来。

明星的粉丝向来战斗力惊人，而且遇上偶像有了对象这种事情，总有一部分粉丝表现得没有理智。陆繁看到有不少网友嚷嚷着要人肉她的时候，心里汗了一把，同志们你们真的不是黑粉故意来给简遇洲招黑的吗？

果然没过多久，她的粉丝就跟简遇洲的粉丝干上了，评论区一片血雨腥风。为了避免引火烧身，陆繁连忙趁事情还没闹大前发了条微博，试图把自己从这件事里摘出去。

LX陆烦烦：上周末我跟好友串串么么哒约了出去游玩，视频中的女子并不是我，请两方粉丝都冷静一下，不要无中生有。

宋茗没拆她台，甚至特地挑了一段她们约见面时间的聊天记录截屏发上微博。

有了宋茗的帮助，陆繁想这事大概能压下来了，于是长呼出口气，粉丝太可怕，她可不想惨遭人肉。

她放下手机，继续料理鱼片，这时，门铃突然响了。

陆繁洗手出了厨房，看了眼客厅上挂着的时钟，才四点，小张这么早就来了？

打开门，陆繁却愣了一下："你们……"

小张举起两个大袋子，笑着说："今天完工早，简哥说想吃火锅，所以我们就去超市买了食材，来你家啦。"

全副武装的简遇洲"嗯"了一声，宽大的墨镜遮挡住了眼睛，陆繁却有种莫名的直觉，他在看她。

她下意识地摸了摸脸，不知道是不是有什么东西粘上去了，很快就侧身让他们进来："怎么突然想到吃火锅了？"

小张拎着两个大袋子大摇大摆地走了进去："问简哥咯。"

简遇洲似是非常不满小张这副轻车熟路的样子，瞪了小张一眼，然后脱鞋，陆繁从鞋柜上拿了双拖鞋给他："鞋子脱在这里就行了。"

简遇洲低声道谢，随即把帽子围巾墨镜全取了下来。今天气温窜得高，室外温度已经有三十度了，他还裹得这么严严实实的，陆繁一眼就看到了他额头上闷出的汗，于是说："要不我把空调打开吧？"

简遇洲微摇头："不热。"

陆繁暗自腹诽，都满脑袋的汗了，还玩欲迎还拒。

"待会儿吃起火锅来就热了。"她转身去打开了客厅里的立式空调，小张坐在地毯上吹了会儿凉风，转头看简遇洲规规矩矩地端正地坐在沙发上，连目光也不到处乱瞟，顿时觉得自己实在太不像话了，毕竟是个女孩子的家，于是低咳一声，也坐沙发上去了。

简遇洲用凉凉的目光扫了他一眼，小张连忙赔笑了一声。

陆繁从冰箱里拿出那杯西瓜汁，递给简遇洲。小张眼巴巴地看着她，陆繁猛地想起只准备了给简遇洲的，于是不好意思地笑了笑："家里没西瓜了，只榨了两杯，一杯我刚刚喝了。"

简遇洲插进话来："不用管他。"转而对小张说，"在别人家里别这么挑剔，忍着。"

陆繁忍不住笑了出来："没关系，别客气。"她去倒了杯冰水给小张，"将就一下。"简遇洲的目光移到她的脚踝处，说："你坐着休息吧，让小张去忙就行了。"

陆繁想到厨房里还没做完的鱼夹和西瓜盅，说："今天要做的菜还没做完，放着浪费。小张，你帮我洗一下火锅要用的食材吧。"

小张撸起袖子，说："行嘞。"

陆繁从厨房里搬出电热锅，说："阳台上有水槽，去那儿洗吧。"

陆繁和小张各有工作，简遇洲只能坐在沙发上干瞪眼。

过了一会儿，小张从阳台跑进来，要进厨房，简遇洲忍不住挡住他："你干什么？洗菜去。"

"我要拿洗洁精洗锅啊。"

简遇洲不耐烦地朝他挥手："去去去，阳台上待着，我给你拿出来。"

小张莫名其妙就被简遇洲当靶子轰了，顿时分外委屈，他干啥了他，要不是他看简遇洲每天苦了吧唧的，好心地提议可以来吃火锅，简遇洲还指不定什么时候能看到陆繁呢。

单恋的男人真是不可理喻。

简遇洲拉开厨房门，陆繁转头看向他："小张要洗洁精是吗？"

"嗯。"简遇洲拿了洗洁精，却没走，而是站在原地静静地看她手指灵活地捏着四喜虾饺。

"……很好看。"

这句话也不知道在夸什么，陆繁下意识地以为他在说虾饺，于是笑了笑："也很好吃，适合你这样口味偏淡的人。"

气氛有些冷下来了，不知是不是陆繁的错觉，自从上周末在片场发生了意外之后，她跟简遇洲之间的气场似乎发生了某种微妙的变化。这一周两人没见过面，这种感觉不明显，而今天，那种异样就突显了出来，偏偏陆繁还说不出哪里不对劲儿。

最后是简遇洲先打破了沉默："这几天，有陌生的电话骚扰过你吗？"

"没有，"陆繁从柜子里拿出蒸笼，把虾饺一个个地放进笼里，"不过网上还是有人认出来了，我已经按照陈霄说的那样撇清了，应该没什么大碍了。"

简遇洲一顿："那就好。如果遇到处理不了的事，记得告诉陈霄。"

"我知道了。"陆繁把虾饺都放上蒸笼，伸手捋了下掉落下来的鬓发，手指上的面粉沾到了侧脸上。简遇洲看到了，下意识地就想替她揩掉。

陆繁余光瞥到他的手，不知为何，心里紧了紧，脸也偏过了半分。简遇洲顿了顿，解释道："脸上有面粉。"

"哦……"陆繁想抬起手用袖子擦掉，简遇洲却已经动作轻柔地替她擦掉了。他的指腹略微有些粗糙，在皮肤上摩擦，隐约带起电流，迅速地往四处扩散。

擦掉了面粉，他的手指却还是停留在她的脸上。陆繁下意识地朝他看了过去，四目相对。简遇洲的眼睛专注而深邃，似乎流转着意味不明的暗光，气氛凝滞了一瞬。

下一秒，开门声打破了两人之间怪异而暧昧的气氛。小张探头进来，小心翼翼地说："简哥，洗洁精……"

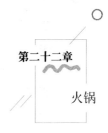

第二十二章

火锅

如果不是陆繁在场，简遇洲真想暴躁抓狂地吼小张：滚啊——

然而最后他还是只能硬生生忍下这口气，铁青着脸，抓起洗洁精的瓶子就往外走，一把塞到小张的怀里："拿去。"

小张大抵猜到自己坏了简遇洲的好事，嘿嘿一笑，趁简遇洲还没发作前溜走了，留简遇洲一个人在原地生闷气。

等小张把火锅用的食材都洗好装盘，陆繁也搞定了那几道菜，一起端上了桌。热气从沸腾的底汤里袅袅而上，陆繁扇了扇那白气嗅了嗅，转而进厨房切了些大葱、嫩姜和菌菇，一齐放进去滚。

小张把几样时蔬都放了进去，眼珠子直盯着火锅，一副口水都要流下来的馋样。简遇洲似乎很嫌弃他，站了起来，坐到了陆繁的旁边。

"想喝饮料吗？"

简遇洲问："有什么？"

"有什么喝什么吗？"

简遇洲点头，一副乖巧宝宝样。

陆繁于是从柜子里拿出一罐蛇草水："家里只有这种饮料，我平时都喝水的。"

简遇洲面部僵硬："……要不还是你喝吧。"

"我不喜欢这味道，你不是爱喝吗？别客气啦。"

小张忍笑，为了避免再次被简遇洲迁怒，他只能努力降低存在感，在菜还没熟前低头玩手机。

这时，陈霄突然打了电话过来，小张瞥了眼正在就蛇草水归属问题进行严肃讨论的两人，马上就捧着手机离开随时都有可能殃及池鱼的战场：

"喂，陈哥啊。"

"小张，你跟老简去哪儿了，人呢？"

小张走到阳台上："哦，我跟简哥在外面吃火锅呢，很快就回酒店。"

"在哪儿吃？居然不叫上我，你们吃独食啊。"

"就外面一小店，快吃完了，陈哥你别过来了哈。"

陈霄捕捉到了什么："你给我说实话，上哪儿去了？该不会上陆繁家吃火锅去了吧？"

小张："……"

"嘿，真的啊！你把手机给老简，'傻帽儿恋爱脑'指的就是他吧？八卦绯闻才压下来没几天就上人姑娘家里去，生怕狗仔拍不到是吧！"

陈霄怒火滔天，小张只好伏低做小唯唯诺诺道："简哥想吃陆繁做的，所以我就……"

"火锅还分谁做的啊？你当我傻啊？"

小张只好不说话了。

"不说了，我现在就过来。"他说完"啪"地挂断电话。

小张无奈地叹了口气，每次都要被当作泄愤的对象，他这挡箭牌可真好使。

回到桌前，被拉开拉环的蛇草水已经成功到了简遇洲的手里，他清楚地看到简遇洲捧着罐子的手在轻微地颤抖。

脑补了简遇洲脑内大戏的小张忍不住想笑，简遇洲一眼扫过来，他只能悻悻地低下头，涮牛肉吃。

香菇、玉米、鸭血、红薯、虾丸等一一放下火锅翻煮，白稠浓香的火锅汤汁诱人不已。陆繁拿了三个小碟子，开了一瓶剁椒酱，用醋、香菇酱和蒜泥搭配成蘸酱，光是闻一下就让人胃口大开，小张也拌了一样的酱，只有简遇洲因为胃不好吃不了辣，只能干瞪眼看着两人一口一个爽快。

而且小张和陆繁是面对面坐的，他坐在陆繁边上，对面只是张空椅子，于是全程都只是听着两人兴致勃勃地聊各种火锅吃法。他的脸越来越黑，看小张的眼神像是恨不得把他从窗户丢出去，偏偏这个没眼力见儿的还越说越来劲，眉飞色舞的，把简遇洲气得牙痒痒。

没过多久，门铃响了，简遇洲在桌子下踢了小张一脚，眉一抬，指使他："开门去。"

小张认命地站起来去开门。

陆繁从锅里夹了块黑鱼片："小张人挺好的，你总是对他这么凶，不怕他辞职不干呀？"话音一落，她就觉得不妥，虽说他们现在私底下也称得上是朋友了，但是也没到什么都能过问的地步。

简遇洲却很自然地接下话来："人还不错，就是有时候比较欠收拾，不凶不行。"

陆繁一怔，随即笑道："也许不是他欠收拾。"

"那是什么？"

是你太难伺候了，死男人。

她没说，笑意却从眼底蔓延开来。

这话要说不说的，憋得简遇洲十分难受，他总觉得陆繁特别向着小张，联想到小张这几日每天要来陆繁家两趟，对她家好像熟悉得不行的样子，心里顿时警醒起来："小张对他女朋友也特别欠，做他女朋友太倒霉了。"

陆繁眉毛一挑："他有女朋友了？"她一直以为像小张这样工作比较特殊的，应该没多少时间陪女友才对。

简遇洲正色道："对，而且感情很好，非常好。"

"哦，是吗，那还挺好的。可是你刚刚不是说做他女友倒霉？"

"……"简遇洲马上恢复正常表情，"我有说吗？"

陆繁不知为何有点儿想笑，忍住："可能是我听错了。"

简遇洲看陆繁表情淡淡，没有异样，悬在嗓子眼的心这才微微放下。转念一想，什么时候小张这家伙都要成他的隐形情敌了……真要人命。

谈话间，陈霄跟在小张后面进来了，还在脱鞋的时候就嚷嚷开了："陆繁打扰了啊，我来抓这两人回去……你们真的在吃火锅啊？"

小张朝他招招手："对啊，陈哥一块儿来吃吧。"

陈霄在美食面前，立马把自己到这儿来的目的忘到了脑后："好啊。"

陆繁要起身去给陈霄拿碗筷，简遇洲已经踢了小张一脚："去拿碗筷。"

小张："……"

陈霄落座，看着锅里的美食，摩拳擦掌："大热天开着空调吃火锅也是种享受啊，我来得可真及时。来来来，老简，帮我夹几块玉米。"他把碗筷递给简遇洲，自己则低头捣鼓蘸酱。

简遇洲默默地翻了一个白眼，没动。陆繁就接过碗筷："我来吧。"

简遇洲突然来劲儿了："我夹，你坐着。"说完就从火锅里找出了几块玉米，放进碗里，然后推到陈霄的眼皮子底下，"吃。"

陈霄忙着吃，懒得跟他计较，小张也眼观鼻鼻观心，当作啥都没看到。

陈霄来了之后，餐桌上聊天的人就成了他、小张和陆繁了，简遇洲又光荣地成为被无视和冷漠的对象。他的脸拉得老长，像是得不到父母关注的小孩一样，拿筷子戳着碗里的土豆，暗暗地生闷气。

突然，陆繁舀了一铁勺猪肚，盛进他的碗里："多吃点儿这个吧，吃完晚饭胃不会疼。"

简遇洲盯着碗里的鲜香可口的猪肚，半晌后，才勉强克制住暗暗得意的笑容，"嗯"了一声。

对面两人面面相觑，随后同时朝天翻了个白眼，表示看不起简宇直这"白痴恋爱脑"的表现。

中途，小张去了趟洗手间，回来后表情有了一丝微妙的变化，看着陆繁的眼神也变得有些意味不明。陆繁察觉了，于是问他："怎么了？"

小张低咳一声："那什么，陆繁，你是一个人住的吗？"

"对啊。"

小张看了看简遇洲，犹豫着道："那洗手间里的剃须刀……是你男朋友的吗？"

这话一出口，饭桌上除了陆繁，都蒙住了。

陈霄这才猛地反应过来，他们都还没了解过陆繁有没有男朋友呢！要完了要完了，这都同居了，那还有老简啥事儿啊？他瞥了一眼简遇洲，果然，神情沉得吓人，嘴角也抿得死紧，作为他多年的经纪人兼死党，陈霄很清楚，简遇洲只有极度暴躁和失落的时候才会露出这副表情。

陈霄忍不住心疼死男人了，好不容易春心萌动，对方却已经名花有主，这可咋整？

陆繁也不知道为什么他们三个人的表情都如此微妙："剃须刀？我弟的啊，他周末会回家。"

弟？

从刚刚被未知的惶乱笼罩到突然拨开云雾，简遇洲一下子没能反应过来，过了数秒才想起，陆繁的确有个弟弟，第一次在输液室遇见的时候，她不就是陪着她弟的吗？

三人又同时松了口气："原来是弟弟啊，我还以为是男朋友呢。"

陆繁有些莫名其妙，陈霄立刻把话题引开，她才没有再问。

吃完火锅，陈霄和小张负责收拾残局，陆繁倒了杯蜂蜜牛奶，在屋子里转了一圈没找到简遇洲，去了阳台才看见他靠着栏杆在看外面夜景。

"今天吃完晚饭胃有不舒服吗？"陆繁也扶上栏杆，微扭头看着他。

简遇洲摇摇头："没有。"

陆繁把杯子递给他："那就好，看来蛇草水还是管用的。"

简遇洲没说话，默默地喝了口牛奶。

初夏时节，夜风凉爽宜人，从高层往下看，灯火辉煌的城市被笼罩在无边的暗色天穹之下，光晕渲染成一片，汇成洪流，流向看不见的远方。

气氛适宜地安静沉默，却不尴尬，两人之间保持着恰好到处的距离，似乎各有所思，又好像心无旁骛地看着夜景。

不知道过了多久，简遇洲像是终于下了决心一般，叫了她："陆繁。"

那声音消散在夜风中，有种恍然如梦的缠绵低柔，陆繁几乎以为是自己的错觉。

毕竟这个形容是有点儿可笑的。

沉默寡言、待人疏远，永远板着脸，不解风情、一派沉肃的简遇洲——什么时候这样低着声音轻柔地说过话？

"嗯？"她转过了头，天际上仅有的疏星好像都落进了她明亮透彻的眼底。

简遇洲恍惚间听到自己的声音。

"你对我，是什么看法？"

# 第二十三章

## 邀请

　　陆繁一愣，以为是自己听岔了，不过看简遇洲那副专注认真的神情，大概是没错了。

　　她不知道他为什么突然问这个问题，但是显然，如果这种时候直接说"人傻钱多"，那她也太缺根弦儿了，于是陆繁打着太极："蛮好的啊。"

　　简遇洲不满于她略微敷衍的态度，执拗地问："不能更具体点儿吗？"

　　气氛有点儿怪异，陆繁在心里犯着嘀咕，大明星还缺人夸了？

　　所幸这时陈霄也走到了阳台上，打破了隐隐有些尴尬的氛围："你们聊什么呢，偷偷摸摸站在这儿。"

　　简遇洲黑着脸，别过了头去。

　　陆繁见没她事儿了就想先撤："你们聊吧，我去厨房帮忙。"

　　"哎，陆繁，别急着走，有件事儿要跟你商量一下。"

　　"什么？"

　　陈霄睨了眼臭着脸的简遇洲，心里轻哂，面上却是笑盈盈的："过几天剧组要去大清谷取景，大概要在那里住上十天八天的，你跟我们一块儿去吧，听说大清谷里有不少游玩项目，像森林探险、攀岩、露营什么的，特别好玩。"

　　陆繁一怔："这不太好吧，我不是剧组的工作人员啊。"

　　"没关系的，多个人也不会被发现，要真有人问起来，你也是我们正儿八经聘请的私厨，他们还能说什么呢？"陈霄用手肘拱了拱简遇洲，"老简，你说对吧？"

　　陆繁看向简遇洲，简遇洲煞有其事地点头道："你这些天在家里应该挺闷的，出去走走也挺好的。"

陈霄内心给简遇洲竖了个大拇指，这死男人，上道还挺快的。

听他们的提议，陆繁还是很心动的。她一直都沉心工作，从到杭州的那天起，出去游玩的次数用一只手都能数过来，难得眼下还没接手新工作，为什么不抓紧时机出去散散心呢？

"好的，那谢谢你们了。"

陈霄摆手道："别客气别客气，脚不方便还每天变着花样儿给老简准备吃的，你也够费心的了，之后还要麻烦你半个月呢。"

"还好，不麻烦，"陆繁看着简遇洲，"他还是挺好相处的。"

陆繁去厨房帮忙了，陈霄一脸恨铁不成钢地看着被陆繁夸了一句就笑得满脸荡漾的简遇洲："老简，能不能有点儿骨气啊？"

简遇洲收了笑，一把推开陈霄搭在他肩膀上的手臂，幽幽道："人生已经如此艰难，有些事情就不要拆穿。"

陈霄一愣，随即没忍住，大笑了出来。


陆繁在家里休息了一个多星期，脚腕的扭伤已经没有了大碍，恰好有天陈易约她去外面吃海鲜自助，她就兴致勃勃地出门了。

到了自助餐店，陆繁才发现陈易不是一个人来的。

"陆繁，来啦，快坐。"

陆繁在陈易对面坐下，陈易热络地跟旁边一穿着简单干净的T恤男说："这就是我以前的搭档，不久之后就要去万华电视台了，你们以后就是同事了，刚好借这个机会认识一下也不错。"

陆繁把陈易的心思摸得清清楚楚，在桌子下踢了他一脚，陈易只做未觉，朝她嘻嘻笑着。

T恤男伸出手，笑容温和大方："你好，我是方睿。"

陆繁暗地里踩了陈易数脚，面上却不好显出过分的情绪，于是与他握手，客气得体地回道："我是陆繁，以后请多多关照。"

方睿拍了拍陈易的肩膀，笑着说："陈易的朋友也就是我的朋友，以后你到电视台里有什么不懂的地方可以来问我，我一定知无不答。"

这顿饭除了刚开始有些难免的尴尬与不自然，其余时间三人都显得十分自然从容。方睿是个双商颇高的人，虽然彼此都对陈易安排这顿饭的目的心知肚明，却谁都没点破，靠着他幽默风趣的语言能力维持了平和轻松的气氛。

在交谈中，陆繁知道了方睿在电视台里担任某访谈性节目的导演一职，心想，难怪他看起来从容不迫，态度有松有弛，做这行的，时常接触些脾气难搞的大明星，没点儿能力水平的人是没办法在这么年轻的时候就坐上这个位置的。这么一想，她倒是更欣赏方睿了，有实力与长处的男性总是更容易得到青睐。

中途方睿去了趟洗手间，陆繁又踹了陈易一脚，瞪他："你作什么妖？不是说就来吃顿饭吗？"

陈易赔笑道："对啊，就是吃饭啊，顺便认识一下未来同事嘛……"

陆繁忍不住翻了个白眼："我跟你讲啊，别浪费心思，没戏。"

"为啥啊，"陈易问道，"方睿哪儿不好？"

"人挺好，但不是我的菜，懂吗？"

陈易嘟囔着说："也没见你遇上你的菜过……"

"这就不劳您费心了，"陆繁皮笑肉不笑，"总之，作为同事以及朋友，我很高兴认识方睿，但是没有再进一步的空间，没、有，没有你懂吗？"

"懂懂懂了，"陈易干笑道，"算我做错了呗，这不是觉得你俩合适嘛……这顿我请，你放开吃，啊。"

"行了，我不多待了，吃也吃饱了，我难得出来走走，想去看部电影，你们继续吃吧。"

"别啊，你这样我怪不好意思的，要不我请你看电影？"

这时候方睿回来了，听到他们在说电影的事儿，就顺口说道："你们想去看电影吗？我记得沈韬川有部新片刚上映，评论不错，要不要一起去看？"

陈易拍腿："好呀，陆繁，你不最喜欢沈韬川了吗，我们三个一块儿去吧。"

陆繁："……"

有种微妙的钻了套子的感觉是怎么回事儿……

抵不过陈易的热情邀约，而且一个人看电影总有些平淡寂寞，所以陆繁就跟他们俩一起去了。沈韫川这部新片网上的口碑很好，上映短短一周就已经圈钱过亿，陆繁出来一趟，肯定是要进电影院支持自家偶像的。

看完电影，陆繁心满意足地出了电影院，直到上了车还在跟方睿讨论剧情和演技。陈易看电影向来是看过就算的，插不进他们的话题，只好认命地开车，而方睿在这方面却有跟陆繁高度统一的见解，以至于两人越聊越投机，完全忽视了陈易。

陆繁登上微博小号，照例发了两张电影院里拍的照片，然后抬头，颇为好奇地问方睿：“你也喜欢串串吗？”

方睿笑了笑：“谈不上很喜欢，不过欣赏是真的。某次我们节目邀请过一位曾经跟沈韫川有过合作的老演员，那位老师在提及沈韫川时对他大加赞赏，说沈韫川是他见过的第二个对剧本里的人物有那么精确的见解的年轻一代演员。这一段在台本里没有，所以我的印象比较深，事后专门去找过他的作品看，的确是挺出乎人意料的。”

陆繁顺口一问：“第一个是谁？”

陈易终于发话了：“还能是谁，方睿的偶像，简遇洲呗。”

陆繁：“……”

方睿笑了笑：“没错，的确是他，我是看他的戏长大的，一直都很崇拜他。”

陆繁内心犹如有一万匹神兽欢乐地跑过，什么叫看他的戏长大的，虽然死男人是挺老的，但是也只比你大四五岁吧，你这样黑自己的偶像真的没问题吗？

……不过她也是初中时期就看过简遇洲的作品，那算不算他的戏长大的……

这个想法太有魔性，陆繁没有继续深想。

方睿转过话头来问她：“你呢？你对简遇洲是什么看法？”

陆繁：“……”

虽然她明白方睿这句话问得没有任何歧义，她却联想到了几天前在阳台上简遇洲问过她同样的一句话。当时逃避一般的敷衍在此刻想起来，似乎有了众多不合理与怪异之处。

当时为什么要逃避这个问题？她一时之间没有头绪，可能是因为简遇洲一直看着她，让她压力有点儿大吧。

眼下她却有了足够的思维空间去想这个问题。虽然她号称是简遇洲的"黑粉"，但是也不至于到自欺欺人的地步。半晌后，她给出回答："是一个值得尊敬的演员，不过因为相差的距离太远，就算他站到眼前，也只会觉得不真实吧。"

就像是天上的星星一样，再喜欢，再好看，也落不到眼前。

否则就该被砸死了。

她不愿意多想，大概就是因为潜意识里知道——不可能吧。

回到小区门口，保安不让车子进去，陈易就把车停在路边，然后让方睿送陆繁回家。最近电视和网络上总曝出各种各样的拐卖新闻，即便是中档社区也不安全，于是陆繁没有拒绝。

到了一楼电梯口，陆繁说："我自己上去吧，麻烦你了。"

"没关系，女孩子一个人走夜路总是不安全的。我看你上电梯了再走吧。"

电梯在下降。方睿跟陆繁说起了电视台的事，尤其挑着录节目时发生的趣事说，陆繁听着觉得有趣，眼角都带了笑意，恰在这时，电梯门"叮"的一声开了，陆繁脸上的笑意还没收，就跟从电梯里出来的人四目相对上了。

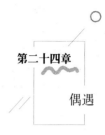

第二十四章

偶遇

电梯里的人身材颀长，低调地穿了一件黑色短款外套和同色牛仔裤，再加上遮掩面容用的口罩和鸭舌帽，即使是站在大街上也鲜少有人会认得出来，不过陆繁在跟他对视的那一刹那就认出了对方。

简遇洲怎么会在这里？他是什么时候来的？现在已经过了晚饭点两个小时了。很多个模糊的念头掠过陆繁的脑海，很快，她就打算先把方睿支走再问简遇洲："谢谢你送我回来，我自己上去就行了，再见。"

闻言，简遇洲总算把定在她脸上的目光移开了点儿，转而去打量陆繁旁边的方睿。

这男的是谁？眼生。是陆繁的朋友？

方睿注意到电梯里的口罩男目光定定地看着他们，心里有点儿不放心，没有多想，提步走进电梯："我送你到家门口。"

陆繁无奈，只得硬着头皮进去了。

电梯缓慢上升。

气氛简直不能再怪异了。

简遇洲单手插袋，微微斜过眼睛，丝毫不避讳地盯着方睿，仿佛要跟他死磕到底一样。方睿被他看得心里有些毛毛的，越发觉得不安全了，忍不住出手，把陆繁往自己这儿拉了拉。

简遇洲显然瞧见这个小动作了，眼睛沉了沉，掠过一丝细微的不满。

他手指动了动，像是下意识也想做把人拉过来的动作，不过还是忍耐下来了。

在狭小的电梯里，时间好像过得特别缓慢，好不容易到她家的楼层了，陆繁跨出电梯时长出了口气。她微微别过头，瞄了眼简遇洲，心想他这副包裹严实、目露寒光的模样，被方睿认成歹徒还真的不是没道理的。

方睿看他们两人一前一后在同层下了，也跟着出来了，一定要看到陆繁进门才肯走似的。

陆繁不好解释太多，毕竟简遇洲的身份比较敏感，在这种地方被人认出来，那下场可真够糟的。她打开门，侧身让简遇洲先进去，然后转过身对一脸愕然的方睿说："谢谢，我到家了，以后有机会再见。"

方睿一时没反应过来："刚刚那是……"他停顿了一下，带着一丝试探，"你男友吗？"

陆繁原本只想说是她朋友的，但是思维一转，点了头。

横竖她跟方睿不会有其他发展，不管方睿对她有没有好感，先把还没冒出头的苗头掐掉比较好，对两人都好。

方睿似乎有点儿失望，不过很快，就用微笑掩盖过去了："原来是这样，你男友人还挺……酷的。"

陆繁有些哭笑不得，心想刚刚简遇洲那副样子，哪只有点儿酷啊。

她抱歉地笑笑，放低声音："我……跟他刚吵过架，所以……"

方睿摆摆手："没关系。既然你到家了，那我就先回去了。"

"嗯，再见。"

看到方睿进了电梯，陆繁呼出口气，关上了门。

她转过头，正对上简遇洲靠着沙发双手环肩直看着她的目光，她没有仔细探究那目光的深意，取下包："怎么不打声招呼就过来了？嗯？怎么就你一个，小张呢，今天这么放心，没陪着你？"

"……刚好经过这附近，有点儿饿了，所以过来了。"简遇洲默然片刻，"但是打不通你手机。"

陆繁从包里拿出手机一看，说："啊，没电了，不好意思啊，你……什么时候来的？"

简遇洲微微别开头："……刚来不久，见没人，就准备回去了。"

那还好。陆繁也想象不出简遇洲等在她家门口的样子。

"你先坐着看会儿电视吧，"陆繁穿上拖鞋，走进厨房查看了下能用的食材，随即探出头问坐在沙发上的简遇洲，"就简单地做碗南瓜粥行吗？"

"不用了，"他又强调了一遍，"太晚了，你早点儿休息吧，我走了。"

"啊？"陆繁一愣，"你不是饿了吗？"

"还好，不是很饿。"

下一秒，像是故意要打他脸似的，陆繁听到他的肚子发出一串细微却不容忽视的咕噜声。

简遇洲瞬间拉下了脸。陆繁憋着笑："行了，别客气了，做南瓜粥很快的。"

至此简遇洲也不好再说什么，他在沙发上坐了一会儿，看似专注地盯着电视，实则神游天外。

今天他完工早，特地背着陈霄和小张，一个人溜了出来。其实他在五点多的时候就已经到陆繁家门口了，不过她不在家。陆繁最近都不怎么出去走动，简遇洲原本以为她只是去趟超市，所以就靠墙等了会儿。一等就等到了七点半。他有些焦急地给她打了个电话，没人接，他这才急匆匆地下楼，想去附近找找人。

却正好在一楼遇上了，和另外一个男人。

简遇洲眉头细细地皱起，种种猜测在他的脑海里成立，又被他迅速地抹去。

最后还是受不了这种令他坐立难安的煎熬，简遇洲站起来，走到厨房门口，斟酌良久，才用一种波澜不惊的语气说："刚刚那个男的，是你朋友吗？"

陆繁回头看了他一眼，随即又转回头继续搅拌南瓜粥："未来的同事，是我以前录节目的搭档的朋友。"

闻言，简遇洲那颗在滚油里煎炸了良久的玻璃心终于被捞出来了，他低声重复一遍："……同事。"

"怎么了吗？你见过他？他是万华电视台××采访节目的导演，你见过也说不定。"

简遇洲搜刮了一下自己的记忆："没有。"

"这样啊，"陆繁随口搭话，"人还挺好的。"

简遇洲内心轻嗤，暗暗嘀咕着，陆繁该不会是说每个人都挺好的吧？她也这么说过自己来着……

"而且他还说你是他偶像，跟偶像同乘电梯却不知道，真是可惜。"

简遇洲顿了顿，接下话："那你呢？"

"什么？"

"你的偶像。"

不要是沈韫川，不要是沈韫川，不要是沈韫川……

"沈韫川。我喜欢他两年了。"

简遇洲："……"

也许是今天的谈话气氛太过平和，陆繁的话头也打开了："不过我也……过你，你的电影和电视剧我每部都会看。"

话音一落，陆繁就感觉自己的面部表情僵硬了一下。不知为何，同样是对偶像，喜欢这个词，用在沈韫川身上，她说得那么顺口，一旦换了个对象，竟微妙得有些难以启齿。

简遇洲捉住了那个模糊含在嘴里的词："我没听清楚，你刚刚说什么？"

陆繁立马换了个说话："我以前崇拜过你，真的。"

简遇洲的眼睛微微一亮。

"初中的时候。"

"……"

初中的时候……

简遇洲按了按碎了一地的玻璃心，迈着沉重的步伐坐回沙发上，开始思考人生。

啊……老了。

第二十五章

长腿

陆繁端着一碗南瓜粥从厨房出来的时候，看到的正是简遇洲扶着额蹙着眉，一副苦大仇深的模样。无论在私底下还是屏幕上，她都鲜少看到他露出这样一副毫不掩饰的苦闷表情，顿时对他在想些什么来了兴趣，好奇地猜测道："你……是刚看了什么人神共愤的新闻吗？"

听到她的声音，简遇洲立时坐正，表情收敛起来，恢复成平时古井无波的刻板模样："没有。"

陆繁把南瓜粥放到茶几上："有点儿烫，你慢慢喝吧，现在还早。"

简遇洲点头道谢后，端起了南瓜粥，如陆繁所说，一勺一勺慢悠悠地喝着。

陆繁活动了一下肩膀，开始做积了两天的家务。简遇洲看似坐姿端正专心致志地喝粥，目光却一直有意无意地跟着陆繁转。

他突然冒出一个莫名其妙的念头。这一幕，好像一家人啊……妻子给上班回来的丈夫做了碗粥后开始做家务，忙忙碌碌的。作为"丈夫"这个角色，简遇洲觉得自己很有必要帮"妻子"一起做家务，于是他仰头几口把粥喝完，扯过餐巾纸抹了抹嘴后就站起来，说："我帮你拖地吧。"

听到这句话的时候陆繁一愣："啊？"她怀疑简遇洲的脑子坏掉了，颇有些哭笑不得地说，"不用了，屋子不大，我很快就能收拾好。"

简遇洲没有像往常一样，陆繁婉拒后就认怂缩头，反而是愈发坚决："我来拖地。"

"……"陆繁以为他是觉得都八点了还麻烦她做了碗粥，心里过不去，只好退一步，"那好吧……只要拖客厅就行了，房间我晚点儿用抹布擦。"

"好的。"简遇洲脱下外套，撸起袖子上了。

陆繁一脸无语地看着简遇洲在自己家哼哧哼哧地拖地，总觉得人生实在是太不真实了。

她忍不住扼腕叹息，真是太堕落了！死男人你好歹也是双料影帝啊！跟这样居家好男人的画风违和感真的好重！

陆繁还没感慨完，简遇洲手中的拖把头就撞上了墙角的架子，架子一晃，上面的花瓶掉了下来，里面插着的鲜花还有水洒了一地。

面对惨不忍睹的意外现场，两人不约而同地高度保持了沉默。

下一秒，简遇洲蹲下去捡花枝，陆繁忙走过去："我来收拾吧，这花茎上刺挺多的。"

幸好花瓶是塑料材质的，一下子坏不了，陆繁和简遇洲把花一根根地重新插回花瓶里，随后陆繁就听到简遇洲沉声说了句："抱歉，我太不小心了。"

其实简遇洲平时是不会犯这种低级错误的。只不过今天在陆繁面前表现了一把，他有些飘飘然，结果就是卖力过度，反而撞上了架子脚。

他道歉的态度这么好，陆繁怎么好再说什么，于是一笑置之："没关系，一下子花也死不了。"她目光一移，这才发现简遇洲大腿以下的裤子都被花瓶里的水打湿了，裤子脚还在滴滴答答地往下滴水，而他本人好像没有察觉，依旧微蹙着眉，不知在想些什么。

陆繁提醒他："你的裤子湿了。"

简遇洲低头一看，没有在意："很快就会干的，我先把这里的水拖掉吧。"

初夏入夜后气温降得挺厉害的，裤子湿了这么一大片贴在皮肤上，感觉肯定不舒服。而且陆繁也不敢再让他拖地了："……要不你去换条裤子吧？"

简遇洲想了想，低声应好。

陆繁走进陆时的房间，在他的衣柜里翻找着裤子，他只有周末回来，所以大部分衣服都带出去了，留下来的要么是不想穿了的，要么是大小不合适。简遇洲身量比陆时高些，陆繁找了条对陆时来讲相对大了些的裤子，然后放到简遇洲的手里："这是我弟的裤子，大小不合适，应该没穿过几次，别嫌弃啊。洗手间在那里。"

简遇洲提着裤子："不嫌弃，谢谢。"然后朝洗手间去了。

听到他字正腔圆的回答，陆繁忍不住笑了笑，随即摇摇头，拿起拖把把地上的水渍都拖干净了。

过了几分钟，简遇洲出来了，听到开门声，陆繁下意识地回头一看，目光霎时定住了。

大小正合适的卡其色休闲裤紧紧包裹着简遇洲笔直而匀称的两条长腿，把他身材上的优势都体现了出来，那腿长得实在太逆天太吸睛。平时他穿着家居服还有戏服的时候，陆繁都没有仔细注意过，这次看他穿紧身的裤子，眼前都忍不住晃了晃。

"腿控"的陆繁从他的脚跟看起，逐渐往上移，内心啧啧感叹，直到目光触及大腿上方中央，某块被有些紧的裤子勾勒出隐约曲线的部位，她才犹如触电一般，匆忙地移开视线。

哼！应该给他找一件宽松点儿的！

简遇洲完全没有察觉她的异样，也没心思欣赏一下自己的腿，径直走过去从陆繁手中抢下拖把："我来拖。"

陆繁这回不跟他争了，抱着花瓶，低着头飞快地从他身边走过去，进了厨房，然后"砰"的一声关上了门。

简遇洲："……"他开始想，他是不是又做错了什么？

厨房里，陆繁心不在焉地打开水龙头，往花瓶里灌水，眼前还不停地闪过刚刚无意间瞄到的那一幕。

回过神来，她猛地拍了几下自己的脸。好烫啊。

又不是大学期间没跟室友一起看过片，以前还会跟室友高谈阔论呢，现在害臊个什么劲儿？只不过是个大致轮廓，又不是透视眼，里里外外都看得透彻……

陆繁哀号一声，捂住脸，实在是太堕落了！竟然不受控制地在脑海里想象……

她突然有些无法直视简遇洲了，现在连走出厨房都好像成了一个莫大的考验。

　　深吸了一口气，她捧着花瓶，打开了门，简遇洲已经把地拖完了，陆繁目不斜视地把花瓶放回架子上，有些干巴巴地说："那什么，谢谢你帮我拖地了……现在已经晚了，你再不回去，小张和陈霄他们该担心了吧？"

　　这句话的含义已经明显得不能更明显了，简遇洲沉默了一下，取过外套："那我就先回去了。裤子我会洗好，下次送过来。"

　　短暂的安静后，他又补上一句："再见。"

　　片刻后，关门声响起。陆繁这才长长地出了口气，脑子里一直紧绷着的弦也松了下来。

第二十六章

醉酒

当天晚上陆繁翻来覆去都睡不着，总觉得脑海里有一团理不清拆不散的杂乱思绪，就这样半梦半醒到后半夜，她还是拿起床头柜上的手机，摁开。

未接来电里的确有个陌生的电话号码，应该就是简遇洲的私人号了。陆繁把他的号码存到了通讯录里，为了避免被他人发现，没写名字，而是备注了"死男人"。

……说不定之后还会有什么联络，先存下来应该没关系。

盯着那串数字发了会儿呆，陆繁的眼睛都有些发涩地疼了，她揉了揉眼睛，无聊地刷了会儿微博。

微博有个功能，查看附近的人最近发的微博，陆繁无聊时就会去刷这个，总是能看到很多奇葩搞笑的言论。看了大概半个小时，她有了些困意，想要关掉微博睡觉，却突然发现了手机联系人微博号的推荐。

一般人都会屏蔽这个功能的，毕竟都想自己的私人生活有隐蔽性，不会公开在或熟或不熟的联系人眼下。陆繁一下子对这个缺心眼儿的人来了兴趣，于是点了进去。

搬砖不如吃顿饭，手机联系人：死男人。

……陆繁闭了闭眼，再睁开，还是这行字。

明明每个字都认识，怎么凑一块儿就这么陌生呢？

简遇洲是那个每周都要挑她刺、找她不痛快的"黑粉"？什么！！陆繁觉得自己的三观正在接受毁天灭地一般的摧毁与颠覆，眼前都晕晕乎乎的了。

她想起小张跟她说过，简遇洲会上视频网站看直播，当时她怎么猜也不可能猜到，他看的就是她的节目啊！！

思维转过了弯之后，陆繁冷静了下来，不过一想到简遇洲披着"小马甲"在网上不遗余力"黑"她的样子……哦，天啊，说好的高不可攀呢，要不要这么接地气啊！而且她一点儿都不想成为被他揪着小尾巴黑的对象好吗！！

陆繁点开他的头像，发现他的历史微博只有寥寥二十几条，都是转发的新浪微博。

以前不觉得，现在一知道他的身份，才反应过来，这个画风真的很像他……

但是一看他为"1"的关注数……陆繁的心里有点儿复杂。

怎么说呢，被简遇洲这么暗戳戳地围观，感觉还真是有点儿怪怪的……倒不算是厌恶，就是有点儿隐秘的羞耻……

发现了这个大真相，陆繁刚酝酿出来的一点儿睡意也荡然无存，她反复点开简遇洲曾经写的评论，越看越觉得此人心机深不可测，浑身是戏，把一个"黑粉"的角色演绎得完美至极。而且与现实性格反差巨大，他真的不是双重人格吗！

直到看到了最近的一条评论，他回复的——你去哪里我就黑到哪里。

心跳快了半个节拍。以前看，她一笑而过，只想着这人还真是固执，而现在，这句话怎么看，意味都似乎有了一丝不同。这微妙的差别让陆繁忍不住浮想联翩，脑海里冒出一个又一个荒唐滑稽的猜想，最后被她一一否认掉。

摇摇头，她关掉手机，不再去看。

万籁俱寂，她听到自己的心跳声仿佛就在耳边。

怦怦怦，一声又一声，有力而急促。


之后的两天，简遇洲没有再出现过，中午晚上两餐都是由小张来拿的。陆繁数次想问，却又不知道该问什么，小张似乎洞悉她的想法，笑嘻嘻地说简遇洲这几天赶着拍戏，基本上都是夜戏，腾不出空来吃现成的。

陆繁微微有些尴尬，自以为隐藏得很好的心思被戳破，总难免有些无措，所幸小张脑子活络，没有借此大发疑问，否则她也不知道该怎么应对。

转眼就到了剧组进大清谷拍戏的那天，小张早早儿地就开了车过来，停在楼下等陆繁。陆繁钻进车内，看到简遇洲正合着眼，半歪着上身在后座昏昏入睡，她不由得微微屏息，连动作都放轻了一些。

陈霄坐在副驾驶座上，转过头来，看陆繁轻手轻脚的样子，忍不住笑了笑："没关系，吵不醒他的。昨天晚上一演员的戏杀青了，导演就请大家一块去撸串喝啤酒，他也喝了几杯。这家伙酒量差得人神共愤，闻酒气都能脸红，以前都不碰的，这几天可能心情不太好，昨天晚上突然来了一招以酒浇愁，拦都拦不住，然后就昏睡到现在了，把他搬上车的时候都没吵醒他。"

陆繁有些惊奇，毕竟现在这时代，一点儿酒都不能沾的男人实在不多。她又十分好奇喝醉酒后的简遇洲是什么样的，于是频频侧过头，用余光瞥他。

其实他看起来跟平时差别不大，即使是坐着睡觉，两臂也环着胸，坐姿仍旧稳妥端正。只不过脸比往常要红了些许，因为肤色不比小白脸那样白皙，这红晕倒不明显，但点缀在他苦大仇深、忧国忧民的脸上，总有一分喜感。

陆繁心里痒痒的，真想把简遇洲歪着脑袋的醉态拍下来，片刻后，她终于忍不住动手了，迅速地掏出手机对准他拍了一张。

结果那响起的快门声惊动了前面的两位，两人一齐转过头来看。陆繁一脸懊丧地抓着手机，竟然忘记关静音了！

陈霄猜到了她的举动，笑着说："私藏可以，别外泄啊。"

小张也嘿嘿一笑："别说，简哥一喝醉酒，看起来比平时柔弱不少，整一个打了水的娇花似的。"

陈霄哈哈大笑："像，真像，而且还有个坏毛病呢，平时老老实实的，一喝醉酒就喜欢抱着玩具熊睡，跟小孩子一样。"

陆繁："……"

她的脑海里还没勾勒出那幅场景，突然，一股灼热的气息靠近了她的脸侧，下一秒，手臂就被人紧紧地抱住了。

陆繁浑身僵硬。

简遇洲似乎觉得只抱着手臂不舒服，两手环绕过去，紧紧地环住了她的腰，下巴则搁在她的肩膀上。

他的手温度很高，贴在薄薄的衬衫上，她的皮肤都能感觉到那温热。她浑身的寒毛都竖了起来，下意识地推了他的肩膀一把，简遇洲蹙紧了眉，环得更紧了。

陆繁不自在到了极点，酥麻的感觉自浑身的神经末梢攀爬到了大脑里，她连手脚都不知道该怎么放。

她现在完全不用想象简遇洲抱着玩具熊的样子了，现在她就是那只玩具熊的替身了！！

透过后视镜，陈霄和小张都看到了这一幕，忍不住喷笑出声。

简遇洲听到吵闹声，有些不悦地"啧"了一声，不安稳地扭着脑袋。

陆繁僵硬地举起手，拍拍他的头，他不动了。

"……"

这难道就是传说中的"嘤嘤嘤，求摸摸求抱抱"吗？

第二十七章

摔倒

原本以为简遇洲只是一时出手抱她，很快就会发现感觉跟抱玩具熊不一样然后撒手，结果他竟然一路都抱得死紧，甚至上身倾了过来，沉沉地压在陆繁身上。陆繁一路如坐针毡，想推，又不敢用力，偏偏前面两人还笑个不停，不断地用手机拍照："等老简醒过来，我得给他看看，让他知道一下自己睡觉时是怎么轻薄女孩子的，哈哈哈。"

陆繁有些无奈："你们就别凑热闹了……他什么时候会醒？"她的腿都麻了。

"以前喝一杯，是睡到十二点的，这回喝了三杯，大概要到下午了吧。"小张落井下石，"而且把他玩具熊抽走，他还会发脾气呢。"

陆繁："……"

她意识到自己摊上了个大麻烦。

车子开了两个多小时后拐进了人烟稀少的山区道路，大清谷是个近年发展起来的自然化旅游参观景点，交通还不太方便，幸而出入的道路并没有其他山区那样崎岖不平。拐了好几道弯，几人头都被转晕了，终于找到了目的地。

入目就是一大片辽阔的草地，蓝天、白云、绿地，远处还有郁郁葱葱的树林，处处都透着一股令人心旷神怡的清新气息。

大清谷的区域很大，剧组避开了游人聚集地，在一座山脚下的民舍落了脚。

车停下后，三人都犯难了，对着兀自睡得香甜的简遇洲干瞪着眼。

陈霄和小张合力扯他胳膊腿儿都扯不动他，颇有些哭笑不得，几番尝试后，只剩下束手无策。

虽然车上有冷气，但是被简遇洲这么缠了一路，陆繁额头上还是沁出了一层薄汗。她也对眼下这情况无计可施，这人抱她抱得死紧，两个大男人都拉不开，这回她该怎么脱身，难道就让简遇洲像无尾熊一样抱着她，然后由小张和陈霄一块儿把他们拖进房间？！画面太美，肯定惊呆一众路人。

正在三人一筹莫展时，简遇洲似乎嘟囔了一句什么，陆繁微微低下头，凑近他的嘴边，想听清他说什么。几秒后，他又含含糊糊地念了一句，这回陆繁听清了，在叫她名字呢。

陆繁以为他清醒过来了，放轻声音："是我。房间里比车上舒服，回去再继续睡吧，松手吧？"

不知简遇洲是不是听进去了，箍紧她腰的手终于微微松软了下来，小张和陈霄一人扛一边手臂，把他拖进民舍去了。

路过的工作人员正在布置器材道具，见到这一幕都忍不住想笑，三杯酒就晕乎成这样，也是没谁了。

身上的压力消失了，陆繁总算是轻松了点儿，她跳下车，脚下一软，差点儿跪了。扶着车门，她揉了揉发麻的脚，原地蹭了几下后才慢慢好转。

剧组包下的这片民舍装修得干净整洁，屋里窗明几净，虽然比不上五星级酒店，但是依傍绿水青山，清风透窗而过，也是不错的居住环境，能让人在喧嚣的城市中翻滚的灰尘一片的心得到难得的一丝清静。

陆繁四周闲逛了一圈，然后才心满意足一身轻松地回到民舍。

陈霄给她安排了一个单独的房间，跟简遇洲面对面，远离了剧组内其他人员，避免了可能发生的麻烦。陆繁回到房间，往那铺了凉席的床上一躺，丝丝凉凉的感觉就从背部神经攀绕上来了，在炎热的夏日来到这样山清水秀、凉风习习的地方，无疑是一种莫大的享受。

她原本打算补补觉的，今天起得早，在车上也没能睡着，结果刚躺下没多久她就想起对面屋里还醉得七荤八素的简遇洲。她内心挣扎片刻，还是认命地下床，想给他炖碗醒酒汤。

民舍的主人是位风烛老人，搬了张小矮竹椅坐在廊下，没有去看忙忙碌碌的剧组人员，而是自个儿在那儿发呆。陆繁犹豫了一瞬，便上前，询问是否能借炭炉子和瓦罐，老人耳力不好，她说了三遍老人才颤颤巍巍地指了指厨房的方向。

陆繁进厨房一看，食材、锅具应有尽有，大概是剧组知道进了山区，送盒饭不太方便，所以干脆打算做大锅饭吧。

她在垒了几大摞的蔬菜肉类里挑了一会儿，然后挑拣出新鲜的牛骨、香菇和萝卜，在水龙头下洗净后切好备用。

陆繁老家在浙江西方一个乡村里，家里每到有客人来访就会做瓦罐鸡，倒入红酒糟一块儿煨，掀开盖子时，那香气能飘出很远。虽然城市里鲜少有人再用炭炉子炖汤，但她还是更喜欢这种古老朴实的方法，用瓦罐炖出的汤，滋味与砂锅、铁锅相去甚远，鲜香得让人恨不得把舌头都吞下去。

炭烧起来了，陆繁往瓦罐里倒了水，待水半滚时放入生牛骨，然后盖上盖子。

煨汤需要的时间长，她就拿着手机边玩边守，待牛骨炖得差不多了，她又把萝卜和香菇一块儿放进去，加以调味的小茴香、香叶等。

牛骨汤炖好时，罐子盖一掀，奶白色的热气腾腾而出，湿热又浓香，诱得人嘴里直分泌口水。陆繁剪了几段葱，又撒了一小把盐，然后取了一个瓷碗，一勺一勺地把汤舀进碗里，盖上盖子。

正在这时，有人寻香而来，倚在门口看了半晌，最后还是忍不住开口："你在炖什么汤？很香。"

陆繁回过头，一瞬间惊得连勺子都快摔在地上。

串、串串！

她倏地站了起来，然后把激动得发颤的手背到后面，勉力维持镇定："那个、牛骨香菇汤。"

沈铝川看出她的紧张，朝她温和地笑笑，然后迈步走了进来。

他弯腰仔细看着瓦罐里的汤，然后抬起头，询问地看向她："……剩下的，你还要吗？"

陆繁一怔，从他的眼里看出一丝光亮，忍不住想笑："我已经盛了一碗了，剩下的不要了。"

"真的？"沈韫川确认后就又拿了个碗，"倒了挺可惜的，正好我没吃中饭，你不介意的话我就吃了？"

陆繁觉得串串现在这副拿着碗等她同意的模样特别可爱，说："嗯，你吃吧。"

沈韫川不再客气，拿起勺子，把瓦罐里的碎牛肉和香菇、萝卜都舀到了碗里。他显然是饿坏了，也没端着样子，而是大快朵颐起来。

他吃喝的姿态很像陆时，再加上他也的确比陆繁小，不像简遇洲那样，光是面对面就给人一种极为严肃、端重的威压，所以陆繁很快就放松了下来，嘴角也带上了笑："剧组里不管饭？"

"那倒不是。"沈韫川咽下嘴里的食物，"今天比较忙，大家都饿着肚子。看来还是我比较幸运，能找到这里。"

他话语一转："你是组里负责做大锅饭的吗？以前好像没见过你。"

陆繁想象了一下握着大铁勺翻炒大锅饭的自己，忍俊不禁："不是……不过跟这个性质也差不多。"

沈韫川没有继续问，而是说："你炖的汤很好喝。"他望了望见底的碗，试探着问，"你……几天炖一次呀？"

其实只看气质和面相的话，人们很容易把沈韫川归于清冷的高岭之花一类，虽然偶尔嘴角含笑，却是不易相交的人，陆繁也一度这么以为。不过此刻短短的对话后，她却觉得沈韫川就跟自家弟弟一样，外人面前样子端得很高，一副"我很跩我很厉害别惹我"的模样，私底下却还是软萌好说话的。

"妈妈粉"瞬间转变成了"姐姐粉"。

陆繁看他亮晶晶的眼，不忍心让他失望："汤不常炖，不过每天都会下厨做菜，如果你想尝尝看的话，我可以每天多做一点儿。"

"真的？"

陆繁点头，斟酌了一会儿，道："其实吧……我是你的粉丝。"她抿嘴笑，"能为偶像做几顿饭菜，我才应该兴奋才对。"

沈韫川笑了笑，眉眼清雅，整个人犹如水墨画中浓墨重彩的一笔，雅正清隽。

难得见到一次偶像，而且发现串串现实中也如此讨人喜爱，陆繁有些小开心，试探着问："请问你方便给我签一个名吗？"

沈韫川一笑："当然方便，喝了你的汤，我正在想要怎么谢谢你呢。"

陆繁雀跃不已，转头四处看，在灶台上发现了一支木头铅笔，于是把那支铅笔递给了沈韫川。

不过这里找不到纸，怎么办？她怕待会儿沈韫川就要去工作了，于是干脆把自己的T恤贡献出来。沈韫川在她的白T恤上写下签名，可能是担心铅笔灰会掉，他特意多描了几遍加重痕迹。

这件T恤值五百万！陆繁乐滋滋地看着签名，心想待会儿就把衣服换下来，以后就供在家里了。

很快，她想起还没给简遇洲送汤呢，于是连忙端起瓷碗，跟沈韫川道别。

陆繁走到简遇洲的房门口，抬手敲了敲木门，没有回应，她轻轻地推了一把，门"吱呀"一声开了。

房间里只摆着几件简单的家具，甚至连地砖都没有，但是阳光透过窗户照映出浮尘，却给人一种安静宁谧的感觉。

简遇洲就躺在凉席上，睡姿不太端正，抱着个枕头，脸都快埋进去了。

陆繁放轻手脚，把瓷碗放到桌上，原本想转身离开的，结果却鬼使神差般地在床前微微蹲下，视线齐平地打量着简遇洲的脸。

他的面部线条冷硬严肃，整张脸不苟言笑时的确给人一种无形的压迫感，不过入睡时，眉眼都柔和下来了，那纤长的睫毛在下眼眶处投下一片扇形阴影。陆繁就这样看了许久，忍不住伸出手去碰碰他那长得过分的睫毛，一触及，简遇洲就蹙眉，挥手打开她的手。

陆繁哑然失笑。

好吧，不逗他了。

她正欲站起来，躺在床上的人却猛地伸出了手，紧紧地拽住她的手腕，陆繁脚下一歪，半个身体就摔到了他的身上。

简遇洲闷闷地哼唧了几声，手不由自主地环住了她的腰，然后悠悠转醒，睫毛微颤着抬起。

陆繁悚然地与他仍然惺忪的睡眼对视。

哦，这幅场景真够人浮想联翩的。

简遇洲好像一时间没认出她，眨了眨眼，随即讷讷地问："你……"

陆繁手忙脚乱地从他身上爬起："那个，我只是来给你送醒酒汤的！"说完，她指了指桌上的瓷碗以证清白。

手心一空。

微妙的失落感毫无征兆地漫上心头。

简遇洲刚醒，思维还不太清晰，他盯着自己的手心和陆繁的脸看了许久，这才清明过来："……谢谢。"

他揉了揉额头，撑着上身坐了起来，目光却在无意间掠过某个地方时滞住了。

她的白 T，显而易见的字迹——

沈韫川。

第二十八章

煮夫

　　他双眼如潭，幽深而暗沉，陆繁顺着他的目光低下头，看到了自己 T 恤上的签名，不知为何，她下意识地用手挡了挡："……那你快趁热喝吧，喝完休息一会儿会舒服点儿。"

　　简遇洲却好像没听到她的话，目光定定地看了一会儿那签名，然后自言自语："字真丑。"

　　听不得偶像被言语攻击，陆繁争辩一句："你写的好看？"

　　简遇洲掀起眼皮子看她一眼："不信？"他从包里摸索出一支万宝龙钢笔，不由分说地微微扯住她 T 恤的衣摆，落笔。

　　陆繁瞪大眼："你干什么？"

　　她话音未落，简遇洲已经笔走龙蛇一挥而就，盖上了钢笔盖子。

　　陆繁低下头看，发现他也在她 T 恤上写了个名字，瘦劲的字体处处藏锋，苍劲有力，自有一番凌厉风骨。相比之下，沈韫川飘逸俊秀的字迹当真少了一分矫若惊龙的味道，逊色不少。

　　而且不知道他是不是故意的，落笔处正好就压在"沈韫川"那三个字的上头，字体还大了几号，惹眼得很。

　　没有对比就没有伤害……

　　简遇洲微微吊着眉，像是等着她夸奖似的，陆繁心里为他孩子气的攀比心理感到好笑，故意怄他："可我还是觉得沈韫川的字有灵气。"

　　简遇洲的眉毛一下子就耷拉下来了，郁郁沉沉，不说话。

　　陆繁端起瓷碗，掀开盖子，然后递到他眼下："喝吧？"

　　他接过碗，却没动作，陆繁只好说："不过你的字更有风骨。"

他这才满意了一般，眼里映出一丝"我当然知道，你不用说出真相"的意味。

下午剧组人员都在忙着搭建场地，简遇洲无所事事，就杵在厨房看陆繁准备晚餐要用的食材。厨房里除了陆繁，还有几个给剧组做大锅饭的，民舍厨房里只有锅炉灶，烟气滚滚，在炉灶后面烧柴的人咳得震天响，没一会儿就满脸都是乌黑的烟灰。

陆繁也被呛得咳了几下，转头对简遇洲说："你去外面吧，这里呛。"

简遇洲看着手忙脚乱的饭工，心想剧组肯定以为这里会有煤气灶、高压锅，所以招了些不会做锅灶饭的，看看这厨房里烟气飘的，呛出毛病来怎么办？他一撸袖子，走到灶后："我来。"

烧柴的人一愣，局促地搓着手："那个，不好意思麻烦您啊……"

"晚了大家都吃不上饭。"

那人一听，只好不再推辞，把小矮凳让给了简遇洲。

陆繁满脸惊奇："你会做？"

简遇洲淡淡道："不就是烧柴吗，小时候调皮，家里后院都被我烧过。"

陆繁："……"

坐在灶后小矮凳上劈柴点火的简遇洲实在太有烟火气息，与平时那副冷淡矜傲的模样相去甚远，陆繁不知为何忽地觉得有些有趣，眼角也不自觉带上了笑意。简遇洲睨她一眼，然后抹了抹脸："我脸上有灰？"

"没有，"陆繁转过身去切菜，顿了顿，故意道，"不过有法令纹。"

简遇洲："……"

听到他们谈话内容的员工暗暗疑惑，简遇洲这人平时绝对算不上平易近人，没有接触过的人甚至都有些怕他，他们不知道为什么陆繁敢开简遇洲玩笑。

大概这就是传说中的，以食为天吧……

有了烧柴起火的开头，之后简遇洲也自然而然地加入了做大锅饭的队伍，当陈霄走进厨房看到简遇洲挥舞着大铁勺翻炒铁锅里的青菜时，表情不亚于看到十级飓风。

画风不对啊宇直！说好的高贵冷艳呢！你怎么可以为了追妹子放弃

气质！气质啊气质，气质都不要了吗！！看看你自己现在的样子，以后绝对沦为家庭煮夫不解释！！

还有，他不觉得炒大锅菜就能撩到妹子。

当天的晚餐，剧组人人都称赞叫好。大铁锅做出的饭香喷喷软糯糯的，吃惯了高压锅饭的城市人一下子就能爱上，甚至有人光吃白饭也吃得高高兴兴的。

众人坐在篝火前说说笑笑，简遇洲下意识地在人群中扫了一圈，没发现陆繁的身影，以为她有事走开了，于是先吃饭。吃了大半，还不见她人，忍不住问陈霄："有看到陆繁吗？"

陈霄耸肩："你一个眼珠子光绕着她转的都没看到她，我会看到吗？"

简遇洲轻喷一声，放下饭盒，陈霄连忙拉住他："你干啥啊，说不定陆繁是不喜欢跟这么多陌生人待在一块儿，你干吗非得找到她，多招人烦。"

简遇洲沉默了，然后坐了下来。

陈霄心想他可能戳到简遇洲的伤口了，于是轻咳一声："那什么，追妹子也是要有方法的，距离产生美，懂不？话说……你跟她说过心意没有？"

简遇洲幽幽地看着他。

陈霄一拍脑门。

智障啊……他低念，然后问道："你都没跟她说过你的想法，如果一个劲儿地跟在别人屁股后面转，真的会招人烦，就算你长得帅也没有用。除非……"

简遇洲挺直脊背，侧耳倾听："除非什么？"

陈霄压低声音："除非她其实对你也是有意思的，这样就不会嫌你烦了。"

想到这种可能性，简遇洲不禁有些激动，心道，陆繁好像从来没嫌他烦过，那是不是代表她对他也是有意思的？

"其实要验证这个也很简单，"陈霄慢悠悠地喝了口水，享受着简遇洲竭力按捺着焦灼迫切的表情，半晌后才说道，"你找个机会跟她对视，超过十秒她还不躲躲闪闪移开目光的话，那肯定就是没戏了。越早躲开说明你在她心里的分量越重，死男人，这都不懂。"

简遇洲坐不住了，腾地站了起来去找人试验了。

陈霄叹了口气，想他一个曾经叱咤风云、扫荡一切困难险阻的金牌经纪人，如今竟然沦落到给情窦初开的老男孩出谋划策的地步，空有一腔抱负与才华，无奈宇直现在一门心思在女色上，实在是可悲啊……

陆繁会去的地方无外乎三个，房间、厨房、洗手间，简遇洲先去了她的房间敲门，没人应，随即转头朝厨房走去。

远远地就看到厨房里亮如白昼，灯光透过格子窗，映射在屋外的青草地上。

简遇洲忍不住驻足。他在心里编排好了见到陆繁之后要做的所有事，然后微微吸了口气，带着一副慷慨就义的表情，庄重严肃地奔赴战场。

走到木门前，他伸出手，正欲推门而入，却在听到屋内传来的另外一道声线时倏然停住了动作。

# 第二十九章

## 发现

听说剧组今天晚上还要连夜拍戏，所以陆繁吃完晚饭就扎进厨房了，想给简遇洲煮一碗香菇鸡丝粥。虽说已到夏日，但山区昼夜温差大，寒气入体人容易生病，喝一碗热气腾腾的粥暖暖身体再适合不过了。

文火慢吞吞地舔舐着瓦罐底，陆繁坐在小矮凳上，保持一个姿势看了近半个小时的电视剧，然后放下手机，伸展了一下手臂，扭扭有些酸的脖颈。

夜风从半开的木门外吹进来，陆繁抚了抚起鸡皮疙瘩的手臂，然后站起来，想去把门关上。手刚搭在门上，她就看到外面走廊上站了个人，四目相对，她认出来那是沈韫川的经纪人，听魏嘉语说过，沈韫川经纪人李文长是个脾气很坏的人，很不好相处。

不过毕竟是偶像的经纪人，爱屋及乌心理作祟，陆繁还是礼节性地朝他微笑着点了点头，随即合上门。然而她刚转身想坐回小矮凳上时，李文长敲了敲门扉："能不能占用点儿时间？我有事想说。"

陆繁一时有些奇怪，串串的经纪人能跟她说什么？她打开门，李文长跨了进来，上下打量了她一会儿，开门见山："你是简遇洲聘请的私厨？"

"我是。"

"听韫川说，你做的饭菜很好吃。今天他的晚饭是你特意留出来的？"

因为下午答应过沈韫川，所以陆繁做晚饭时多加了点儿量，没想到李文长竟然会知道这点儿小事。他的语气和神态其实让人觉得并不舒服，陆繁脸上客气的笑容微微收敛了。

"并不是特意，只是顺便，"陆繁顿了顿，"如果是感谢的话，沈韫川已经说过了，您还特意过来说一遍，实在没必要。"

李文长的眉头皱了起来，不再绕弯子："你是他粉丝吧，不管你是因为什么目的跟组进山的，我希望你都能远离韫川的私人生活，我不想听到任何关于你和他的传言，我现在要你的保证。"

他这话已经说得很不客气了。陆繁听魏嘉语说过，李文长尤其关注沈韫川私人感情方面的动态，不允许任何绯闻出现，也不能容忍沈韫川做出格的事情给他光鲜亮丽的形象上染上污点。与其说沈韫川是他手下的艺人，倒不如形容为赚钱工具比较合适。

陆繁不是没脾气的人，她的脸也沉下来了，语调虽然不急不缓但已经有了一丝薄怒："李经纪人，我跟组的理由很简单，只因为我目前是简遇洲的员工。是的，我的确是沈韫川的粉丝，但是我从来没有借身份之便主动接近过他，如果对这一点有疑虑的话，您可以去问沈韫川。"

听过的漂亮话太多，李文长对陆繁的话并没有几分信任，他伸出手："给我你的手机，我要检查一下你有没有偷拍照片。"

陆繁简直要被他的不要脸震惊了。

李文长瞥见方桌上的手机，劈手抢过。手机屏幕还停留在电视剧的页面，不需要输入密码就能直接回到面板打开相册，陆繁一下子急了："还给我！"

她记得很清楚，相册里有一张照片，是她从宋茗手机里"偷"来的。

是简遇洲抱着她的背影。

李文长素来跟简遇洲还有陈霄不对盘，如果这张照片被李文长看到了……她有点儿不敢想下去。

正在这时，木门猛地被推开，一道高大的身影挟着屋外寒气，直入门来。

陆繁看了过去，看清简遇洲的脸时，微微一愣。

他怎么会在这儿？

简遇洲一扬手就轻而易举地从李文长手里夺过了手机，低沉道："不经过允许就翻女孩子的手机，不太好吧。李文长，你好歹也是个四十几岁的老男人了，怎么还为老不尊了？"他的语速不快，语气里也听不出多少恼怒，只不过那阴恻恻的表情让人有些不寒而栗。

李文长同样不快："这件事跟你没有关系，我只是在杜绝可能发生的麻烦，如果这事搁在你身上，陈霄也会这么做的。简遇洲，你别揽事。"

"如果只是个普通人，我也许不会插手管闲事，"他看向陆繁，很快移开，"不过陆繁是我请来的私厨，凭什么让你给她脸色看？她如果有做得不对的地方，陈霄会告诫她的，同样的，这件事跟你没有关系。你有空在这里为难一个小姑娘，不如回去教训一下沈韫川，到我嘴下抢食是怎么回事儿，成心跟我过不去？"

"至于手机里有没有偷拍的照片，我相信陆繁，她说没有肯定就是没有。你也别太把沈韫川当个宝吧，人人见着他都要往上凑？如果我没记错的话，他最近的状态是越来越差了，前几天他一个人就拖慢了整组的拍摄进度，心态这么浮躁，跟你这个经纪人应该脱不了干系吧？与其揪着别人不放，不如想想怎么解决自己的麻烦。"

李文长的脸臭得不行，强制自己忍耐下满腹的怨气和怒火。平时他时常仗着自己年长，对简遇洲说教两句，简遇洲向来是轻嗤一声，从不还嘴，今天不知怎么回事儿，一张嘴像机关炮一样把他堵得半个字都吐不出来。如果是普通人跟他这么说话，或者沈韫川这样顶嘴，他早就骂回去了，但是他还有理智，平时有些小别扭没有大碍，但是如果真的跟简遇洲撕破脸皮，以后的路也许就不好走了。

他迅速地权衡好利弊，半晌后冷着脸丢下一句："明天让陈霄给我一个处理结果！"

说完，他转身就走。

简遇洲按照惯例，毫不留情面地嗤笑一声："天冷路滑，小心走路，别把老骨头摔碎了，最近的医院也要开两个多小时车呢。"

李文长脚下一个趔趄，愤愤离开。

事态转变太快，陆繁一下子还没反应过来，待她再抬眼时，就看到简遇洲正低垂着目光，直直地看着她。

他的表情有些古怪，糅杂了期待、失落、关心等复杂的情绪，陆繁鬼使神差地打破沉默："第一次听你说这么多话……"

简遇洲平时可以说得上是沉默寡言的，说的话往往都是言简意赅，陆繁第一次见他这么犀利直接地损人。不得不说……挺过瘾的，尤其是看到李文长把一口鲜血混杂着脏话一齐往肚下咽的模样。

"那种人就是欺软怕硬，你不用理会他，"他想了想，补上一句，"以后你都跟我待在一块儿，这样他就找不到空子找你麻烦了。"

"哦……"陆繁点点头，"谢谢你。"

简遇洲淡淡颔首，短暂的沉默后，他终于还是忍不住开口："你给沈韫川做饭了？"

那语气，跟小孩子质问父母是不是更喜欢邻居家孩子一模一样，陆繁刚刚心里的阴郁薄怒散去不少，有些忍俊不禁："你听到了？真的是顺便，中午我在炖汤的时候他正好经过，我看他没吃中饭，就把剩下来的牛肉香菇汤给他吃了……然后见到偶像一开心，就答应他以后晚饭多做一点儿，给他留份儿……"

最后一句她说得有些虚，语气都弱下去了。

简遇洲紧抿着嘴角："不准。"

"……"陆繁茫然，"不准什么？"

"不准给他留份儿。他又不付你工资，凭什么吃白饭？"他的语气硬邦邦的，毫无商量余地，"以后有剩下来的，倒掉都别给别人吃。"

雇主最大，迫于淫威，陆繁只好点头："我知道了。"

简遇洲似乎还想说什么，欲语还休。陆繁给他搭台阶："你还有事吗？"

简遇洲深吸了口气，下定了决心一般："陆繁，你看着我。"

陆繁疑惑地看他："怎么了？"

简遇洲突然伸出手，抓住她的肩膀："别说话。"

"……"

他的气息离得太近，陆繁顿时浑身僵硬，肩膀微微耸起，不敢动。

她就这样迎着他的目光，看进他的眼底。

他的眼神是前所未有的灼热，陆繁只觉心间某根弦紧紧绷起，耳边能清晰地听见自己突然加快的心跳声，一声又一声，像是在重重地叩击她的心门。

她睫毛微微一闪，下意识地想垂下目光躲开。简遇洲却先一步松开了她的肩膀，脸转向一侧，以手握拳，抵在唇边轻咳一声。

陆繁手心有些发麻，微微向后退了半步："什、什么事？"

简遇洲满脑子都被"我怎么这么快就先败下阵了""我都还没看到她的反应""我是不是傻"刷屏了，他含糊敷衍道："忘记了……我想起来再来找你吧。"

"哦……"

"……快开工了，我先走了。"

他甚至没等陆繁的回答，就夺门而逃，快步穿过走廊，走到无人处才慢慢放下步子。

月上夜中天，月下人凄凉啊！

简遇洲沉沉地叹了口气，站了一会儿，想给陈霄打个电话问在哪儿开工，拿起手机一看，才发现手里握着的手机是陆繁的。

大概是刚刚从李文长手里抢下后，忘记还给陆繁了。他没心思注意这小事，陆繁竟然也没有注意到。

手机屏幕还亮着，简遇洲做了会儿心理建设，原本想返回去还手机的，结果目光在移过相册时，脚动不了了。

……他也很想知道陆繁有没有偷拍沈韫川……

不行，他要是翻小姑娘手机，那跟李文长有什么区别？

……区别就是目的不同吧，他是善意的，没错，他只瞄一眼……

简遇洲四下环顾，周围没人经过，他慢慢地吸了口气，严肃地点开了相册。

里面有十几个不同的相簿，简遇洲一眼扫过，却在看到沉在最底下的相簿名时滞住了。

——心之外无人知。

而且只有一张照片。

如果他语文老师还活着的话，这句话……应该是句暗恋情话吧……

不安、疑虑、暗恼等等情绪一冲而上。简遇洲大脑有一瞬间的空白，点开那相簿的手指也在轻微地颤抖。

如果是别人，如果是其他的男人……种种恶劣黑暗的念头从他的脑海里一闪而过，然而那些困住他思绪与呼吸的念头却在点开那张照片后的一瞬间消失殆尽。

他不可置信地微微睁大了眼，呼吸停滞片刻。

正在这时，一阵急促的脚步声从走廊上传来，他转过头，正好看到急奔而来的陆繁。

她的长发都被夜风吹乱了，却完全没有心思去梳理："我的手机！……在你这里是吧？"

简遇洲深深地看着她，暗淡的月光照在两人身上。

他强忍下澎湃的感情，面不改色地应道："在我这里，过来拿。"

……

朝我，走过来吧。

第三十章

表白

简遇洲神色无异，微微抬起的手里抓着她的手机，陆繁不疑有他，看他依旧如常的表情与神态，确定对方并没有看到相册里的那张照片，于是暗暗松了口气，提步朝他走了过去。

简遇洲的目光看似平淡，却暗藏着潮涌，一丝不错地盯着步步朝自己走近的人。月光朦胧，轻而易举地就把人藏在心底最深处的情思翻搅出来，待她走到他的跟前，简遇洲下意识地往前走了半步，然后张开双臂，把人拥进了自己的怀里。

陆繁的下巴撞上他的肩膀，微痛，扑面而来的气息相当炙热，她一瞬间有些恍惚，没有任何动作。

简遇洲收紧手臂，掌心紧贴着她的后脑勺和腰身，把陆繁的脑袋按在自己的胸前，同时微微低下头，凑近她的耳边，放轻呼吸的节律。两人就这样维持着诡异而死寂的气氛长达数秒，等陆繁开始有了想挣脱的小动作时，简遇洲却不让，死死扣住她的脑袋，闷声道："抱一会儿。"

陆繁不知道事情怎么突然演变成这样了，难道简遇洲又喝醉把她当玩具熊了？她感觉被他用手揽住的腰在一阵阵地发麻酥软，心跳快得她有些语无伦次："你……怎么了？"

"你不要说话，安静一点儿。"

"……"陆繁没再说话，但是浑身别扭。山区夜风有些沁凉入骨，但是他的怀抱又炽热不已，一冷一热间，全身的寒毛都竖起来了。

她直觉现在的简遇洲有些不对劲儿。不知是什么心理作祟，她慢慢地从一开始的僵硬放松下来，原本抵在他胸前的双手也微微蜷缩，整个人都处在一种矛盾而纠结的状态。

半晌后，简遇洲还是先捺不住了，低声说："你还是说几句话吧。"

陆繁："……说什么？"

简遇洲："什么都可以。"

陆繁："你是不是喝酒了？"

简遇洲："不是。"

陆繁："你是不是冷？"

简遇洲："不是。"

陆繁绞尽脑汁，不得其解，只得沉默下来。

简遇洲快被她的沉默是金逼疯了，忍耐地主动开口："你怎么不问我是不是喜欢你？"

陆繁一怔，神鬼使神差地顺着他的话接下去："那你是不是喜欢我？"

简遇洲闻言，抱着她的手微微一抖，随即放开她，低下头，深深地看进她灿若星子的眼睛。半晌后，他的脸上晕开一丝可疑的微红，他低咳了一声，抬手掩住她的眼睛，斟酌良久，给出一个郑重的回答："是。"

这回轮到陆繁哑然了。

半晌没得到回复，简遇洲有些急了："你怎么不说话？"

陆繁恍恍惚惚的，以为自己出现幻觉了，简遇洲……在跟她表白？！

她实话实说："我还没想好说什么……"

简遇洲看她还蒙着的表情，不像平时那般温和客气下隐隐的疏远，忍不住趁她还没回过味儿来前多揩点儿油，于是手又环上了她的腰："你可以说说你的手机里为什么会有宋城那天的照片。"

陆繁一怔，他看到了！

那种小秘密被对方知晓的感觉实在不好，她有些羞恼，抵开他越靠越近的身体："你……你怎么可以看我手机啊！"

简遇洲暗暗想着，原来陆繁害羞起来的时候跟怀春少女一样。她的性格柔中带刚，他原本以为即使她知道他看了她的手机也只会一笑置之——大概是因为看到小秘密了吧，不过这两颊绯红、语含轻嗔的神态语气，却让他从心底里泛起一丝丝甜意。就像是有个声音在他耳边说着：看，简遇洲，这个女孩心里是有你的，所以才会羞窘。

他的嘴角越扬越高，开口时却是低低的道歉："对不起，我知道错了。"

他一下子服了软，陆繁有气也撒不出来。她嘴巴张了张，最后还是没吐出话，下意识地就想先逃，没想到简遇洲这次却不像以前那样认怂，反而是强硬地一把从背后捞住她的腰，让她的后背紧紧贴上他的胸膛："你是不是有什么话漏了跟我说？"

陆繁掰不开他的手，于是歪过脑袋干瞪着他："没有！"

简遇洲只当她还在害羞，忍不住低低地笑了一下："骗人。你还没有一张照片诚实。"

陆繁的脸蛋滚烫，脑子里好像变成了一团糨糊，她急于找个地方冷静一下，至少也要躲避一下简遇洲无处不在的气息，不然她都无法平静下来思考问题。

"你……先放开我。"

"不放。"

陆繁终于忍不住开骂了："你怎么这么不害臊。"

简遇洲一愣，然后笑声更响了，不再逼她，而是把手机递到她眼皮子底下。陆繁正待要抓，他又收了回去。陆繁看他那唧瑟得不行的模样，真恨不得挠花他的脸。

简遇洲摇了摇手里的手机："陆繁，正面看着我，告诉我你的想法。"

陆繁一触及他的目光就忽闪着移开了，她深吸了口气，努力平复了一下混乱的心绪："我没有想好……真的还没想好。"

至少比直接的拒绝要好多了……虽然有点儿小失望，不过简遇洲不是急于求成的人，他很明白要得到最好的果实就要比其他人付出更多耐心的道理，于是不再逼她："我等你想好，不过在那之前，你不准躲我。"

简遇洲平时冷淡寡言，两人在一起，向来是客套的对话居多。陆繁的心里一片迷茫，完全不知道怎么突然间他就变了个模样。

"……好。"

简遇洲把手机还给她。陆繁接过手机，正待要离开时，简遇洲突然又轻攥住她的手腕，她一转头，一枚湿热的轻吻落在额头上，下一秒，他就举起双手退开几步，脸上虽然没有显露过于明显的情绪，但是眼底的喜色是掩不住的："我保证不再动了。"

陆繁抬手摸了摸额头，没再敢看他，掉头就走，步子比来的时候还要急。

坐在厨房里，陆繁看着空气中虚无的一处出神发呆，回想起刚刚落在额头上的轻吻，脸颊慢慢地开始泛红。

她立马抓起桌子上的木扇扇脸，待脸上的温度降下来一点儿后她才长呼出口气。

一些事情在今夜之前她完全不起任何怀疑，经过刚刚的事情之后，她才隐隐约约地明白了，其实简遇洲对她有好感并不是一夕之间的。在经纪人口中分外挑食的他却完全不在意她做什么菜色；宋城里不惜冒着被传绯闻的风险穿过人群把庇佑的衣服盖在她的头上；喝醉时嘴里含含糊糊地叫过她的名字……陆繁是个感情迟钝的人，再加上她从来没有肖想过这种可能，所以一直都忽视了细节，而那些没被她关注过的小事却在此刻愈渐明朗，越回想她就越觉得自己简直迟钝得令人发指。

陆繁抓了抓头发，烦乱不已。

她的确是喜欢简遇洲的，但那喜欢到底有多少分量，到底有没有到她愿意扛起未来可能发生的非议流言等外界压力的地步，她真的不清楚。

陆繁一直认为，只有在有了足够的心理准备，承担得起可能带来的所有甜蜜与痛苦后，才能开始一段你情我愿的感情。她这么多年，有过好感的男性不是没有，但是她很明白自己的感情太容易幻灭，对方是她生命中可有可无的存在，她没有信心自己能跟一个不够爱的人走下去，所以才一直单着。贸然开始一段感情是不负责任的，所以她才需要时间好好想清楚，并非敷衍搪塞简遇洲。

她的思维渐渐清晰明朗起来。

如果她跟简遇洲在一起，将要面对的是经常性的两地分离，还有随时被媒体大众发现的危险，现在的粉丝都太疯狂，见不得偶像有对象，公关掩藏得再好，网民也能把女方扒拉出来，直接晾在大众眼皮子底下供大众点评议论。陆繁只想平平静静地过日子，赚点儿小钱，养辆车，再买两三套房子，她无法想象自己的生活被虎视眈眈的那一幕。

看起来这段感情不会顺利，甚至可能他们还要偷偷摸摸，像做贼一样。

陆繁紧紧攥着手机，屏幕里是那张照片，男人的背影很高大，怀抱着她的时候，好像能用自己的身躯把所有的风波困难都抵挡在外，只留给她一隅宁静安稳之地。

到底……怎么办呢？陆繁的眼中流露出一丝迷茫。


竹林深处，剧组正在进行夜间拍摄，灯光打得亮如白昼，陆繁隔得老远就看到了明晃晃的一片，还有来回走动的人影。

她手里捧着一盅香菇鸡丝粥。粥煮的火候正好，黏而不稠，鸡丝与香菇的香气完美融合，令人食欲大开。

陆繁在竹林外徘徊良久，终究还是没走进去，而是掏出手机给小张打了个电话。

小张打着哈欠走出来，四处看了看，看到她之后就朝她走了过来：“怎么不进去呀？”

陆繁胡诌：“有点儿黑，不敢走。”

“哦。那给我吧，我拿进去，简哥的戏份正好快完了。”

陆繁把粥递给他，忍不住叮嘱道：“趁热喝。”

“我知道，我会提醒简哥的，外面怪冷的，你也早点儿回屋休息吧。”

陆繁刚刚出来时加了件外套，不过还是觉得有些冷，于是点点头。看小张走进竹林了，她也回屋了。

今天一天都没好好休息过，陆繁活动了一下筋骨，然后就拿上换洗衣物，打算去洗个澡。

民舍的条件不太好，浴室是单人间的，就在房间后面，正对着一座幽深的山。陆繁走进浴室，关上吱呀作响的木门，然后拧开昏黄的吊灯。

幸好，虽然浴室简陋了些，热水却是充足的。

陆繁洗好后，开始穿衣服，突然听到外面响起一阵脚步声，由远及近。

下一秒，简遇洲的声音就响起了：“陆繁？”

陆繁沉默，当作没听到。

没听到回答，简遇洲好像走了。陆繁呼出口气，飞速把睡衣套上，然后推开木门，在看到靠在旁边泥土墙上的那黑黢黢的人影时悚然一惊。

待看清是简遇洲，她紧绷的心才稍微放松了一些："你站在这里吓人干什么！"

简遇洲目光飞快地瞥过她那盖不住膝盖的睡裙下笔直的双腿，然后目不斜视地看向她的脸："你答应过不躲我的，为什么让小张送粥？"

第三十一章

游戏

在躲他吗？陆繁微微有些茫然，又很快回过神来，目光别开："我先回屋披件外套。"

她只穿了件夏天的睡裙，单薄的衣料抵挡不了山风，简遇洲微微皱眉："多穿点儿。我在屋外面等你。"

陆繁飞快地越过他，回自己屋里才松了口气。她披上外套，走到窗户前往外一看，简遇洲果然还站在院子里，身姿笔挺，不知道在想些什么。她踌躇片刻，还是推开门，走到门外廊上："你有事儿吗？"

简遇洲摇头："没什么事儿，只是过来看看。"

"收工了？"

"嗯。"

陆繁有些不敢正面对上他的目光："那你早点儿休息吧……晚安。"

她刚转身，简遇洲就开口叫住了她："陆繁。"

她疑惑地转头看过去。

简遇洲组织了一下语句，然后才状似不经意地说："明天没有我的戏份，一整天都有空，既然已经来了大清谷，不如一起去玩玩那些娱乐项目？听陈霄说，丛林探险和定向越野挺有意思的，你……有兴趣吗？"

这是在约她？想到要独处，陆繁的心就开始乱了起来。

简遇洲看她半晌没回复，连忙补充一句："你要是不喜欢危险的项目，我们也可以爬山钓鱼之类的。"

陆繁："……不用了，就森林探险吧。"

简遇洲还在绞尽脑汁地想怎么约小姑娘呢，蓦地听到陆繁答应了，有些欣喜过望："你同意了？"

"嗯。"

"那我现在去整理一些要带的东西。"简遇洲走到自己房门前，想到什么又转过头来叮嘱陆繁，"记得要带件厚点儿的外套，早上的时候森林里还是很冷的。"

陆繁："哦，我知道了。"

回到屋里，陆繁从行李箱里拿了件风衣外套，挂起来看了看，皱眉，觉得不好看，于是又翻箱倒柜地找另外的衣服，等终于找到件合心意的衣服时她才蓦地反应过来，她那么看重穿什么干什么！陆繁把衣服挂起来，就直接躺到床上，拉过被子盖过头顶，过了许久，被子里闷得人难受，她才露出脸。

外面依稀还能听到点儿嘈杂的声音，窗外正对着大山，虫鸣声不止，然而陆繁却能清晰地听到自己微微有些急促有力的心跳声。辗转了半个小时，还是没睡意，陆繁坐起来，打开窗子，探出头去透透气。

正在这时，手机消息提示音响起，她坐回床上，点开一看，是简遇洲发来的一条短信。

简遇洲："明天你想吃什么零食？"

陆繁："随便，别带太多，太重。"

简遇洲："好的。"

过了一会儿，他又发了一条过来。

简遇洲："早点儿睡，明天八点我叫你。"

陆繁勾了勾嘴角，关掉手机，躺回被窝里。不知是不是刚刚透了气的缘故，屋里好像没那么闷了，她没一会儿就被睡意淹没，沉沉入睡。

第二天陆繁七点准时醒来，她向来有早睡早起的习惯，每天七点就能自然醒。

她一看时间还早，于是换上衣服，到院子里活动一下身体。八点整，对面的房门打开，简遇洲穿着一身休闲装走了出来，那墨镜和太阳帽一戴，减龄不少。他看到陆繁已经醒了，微微一怔，然后中肯地点评道："早起是个好习惯，要保持。"

陆繁哭笑不得："你怎么带了这么多东西？"她指了指简遇洲背后的那个登山包，鼓鼓囊囊的，也不知道他往里塞了什么东西。

"多吗？"简遇洲皱眉，返回房间里，拿出了另外两个大袋，"还有很多东西没装进去。"

陆繁："你是去玩项目的还是搬家进森林的？"

简遇洲正色道："首先，吃的东西要带足吧，一整天的时间，要补水、补蛋白、补营养，否则体力流失很快。其次，为了避免意料之外的情况发生，要带够能自救的物品，攀缘绳、打火机、帐篷……"

陆繁："停停停……你一个晚上的时间上哪里找来这么多东西？"

"叫小张去买的，这附近有专门卖这些物品的地方。"

陆繁哑然，看他那大包小包的样子，觉得自己如此轻装上阵，还没有一个男人细心……多么痛的领悟。

都准备好后，两人离开民舍，乘上观光车，往项目地点驶去。观光车上只有他们两人，简遇洲把墨镜摘了下来。陆繁问道："今天小张怎么没跟着你？"

简遇洲："我休息又不是他休息，他还要帮陈霄跑腿。"

陆繁："……那陈霄知不知道你溜出去玩啊？要是被人认出来了怎么办？"

"没关系，他知道的。至于被人认出来……等认出来之后再说吧。"

……心真是够宽的。

观光车开了半个多小时就到了森林探险项目报名地点。现在还没到暑假，也不是双休日，来玩的人不多，一大早就赶来的更是寥寥无几，除了他们两个，只有四对小情侣在报名。

简遇洲目光扫过那几对抱抱亲亲你侬我侬的小情侣，忍不住偷瞄了陆繁一眼，陆繁却完全没注意到他的目光，而是自顾自地看着旁边立着的项目公示牌。

简遇洲暗地里叹了口气。

很快轮到了他们，两人把钱付了之后，工作人员拿了两套装备给他们，看到简遇洲的大包小包后轻描淡写地说："游戏规定，不能自带任何东西，水、食物，还有求救器都在装备包里，不会有任何意外发生，请放心。"

简遇洲瞪圆了眼，压低声音："你们分配的食物营养不够怎么办？"他伸出手，拉住陆繁的手腕，"人要是脱水了中暑了怎么办？"

陆繁："……"

工作人员："……这是规定，请配合。"

陆繁见简遇洲还不死心，连忙劝阻，轻声说："算了吧，别跟工作人员起争执。"

简遇洲看陆繁也向着工作人员，只得不情不愿地放下包。

工作人员："我们会为您保管好物品的，请尽管放心。"

两人背上工作人员准备的登山包，坐上了缆车。

两人面对面地坐着，陆繁看到简遇洲脸上还挂着略微不满的神情，不由得有些好笑："规定嘛，又不是只有我们要遵守。而且他们准备的东西也足够了。"

她翻看着包："水、压缩饼干、求救器，还有驱虫剂和紧急处理的药物呢。"

简遇洲不知是突然听到了什么，浑身一僵："……驱虫剂？"

"对啊。"陆繁还没发觉，"现在是夏天，山里肯定蚊虫很多。"

简遇洲："……"

他原本约陆繁出来玩，只是想增加一些相处时间的，但是看陆繁兴致勃勃的模样，还有缆车下连绵一片的深山老林，简遇洲突然发现，来玩森林探险真的不是一个好主意……

过了两分钟，缆车到达终点，两人下了缆车。

这里就是游戏开始的地点了。

两人的包里都有张简略的地图，大致描绘出了从起点到终点的路线。游戏规则也非常简单，这一路上有十面旗帜，隐藏在各处，到达终点时手中的旗帜越多，得到的奖励也就越多，游戏时间是没有限制的，只不过每隔一个小时，工作人员会联系他们一次，确认安全。

陆繁跃跃欲试："走吧。"

简遇洲："……"

他现在深陷在"我应该带她去看电影逛街的""我为什么要选这个鸟不拉屎的地方约会"等情绪中，原本他还存有一丝幻想，陆繁会害怕胆小地躲在他后面，或者拉着他的手寻求保护，然而事实真相是她拿着地图，兴致高昂地走在前面，都把他丢在后面了。

简遇洲深深地叹了口气，认命地跟上。

这片山林鲜少有人工动过的痕迹，只有靠近断岩处才能看到护栏。

郁郁葱葱、绿树成荫，行走在其中，让人感觉浑身都放松了下来，这里没有炎炎夏日的酷热，有的只是一阵阵沁凉舒适的凉风。

为了游客的人身安全考虑，游戏方肯定是事先对这片山林进行过安全检测的，所以陆繁并没有什么担忧，而是闲适自在地漫步其中，半晌没听到简遇洲说话，她转过头去看，这才发现简遇洲被她落在后头了。

陆繁停住脚步等他："你怎么走这么慢？"

简遇洲严肃地看她："你跟在我后面吧，山上说不定会有毒蚊虫。"说完，他就往脚边和四周猛喷驱虫剂。

陆繁看他一副如临大敌的模样，长长地"哦"了一声："简遇洲，你……怕虫子啊？"

简遇洲浑身一僵，很快就冷静下来："没有。我是担心你被咬了。"

陆繁暗笑不止。

行吧，他想逞强就让他逞呗，要是最后看到虫子就哭爹喊娘的，她肯定得好好地嘲笑他一顿。

一想想简遇洲看到虫子就跳脚的惨样，陆繁笑得压都压不住。

简遇洲表情有一丝龟裂，强调道："我真的不怕。"

"行行行，相信你。好了，继续往前走吧！我们都走了十几分钟了，这附近应该有面旗帜了。"

跟着地图走，走了一个多小时，却还是没见到旗帜，两人只好先找处地方歇脚，顺便补充点儿水分和能量。

这时，简遇洲从口袋里掏出了五六根蛋白质棒，陆繁笑道："你还藏私了！"

"如果全被拿走，那我昨天晚上不是白忙活了。"简遇洲拆开一条，递到陆繁嘴边，陆繁下意识地低头咬了一口，随即简遇洲就着她的那口继续把剩下的半根吃了。

陆繁的脸腾地一下就红了："你……"

简遇洲好似浑然未觉哪里不合适："还要吗？"

陆繁连连摆手。

这时，她目光一凝："简遇洲，你别动。"

简遇洲："怎么了？"

陆繁："你头上停了一只草蜢。"

简遇洲："……"

"还挺大的。"

"……"

"你千万别动啊，不然就该跳你脸上去了。"

"……"

他浑身僵硬得犹如一座雕塑，连一根头发丝都不敢动。陆繁没说的时候他没感觉，她一说，他还真觉得头上好像有什么东西在爬。

要命啊，折寿啦！

陆繁死命地憋住笑，从他头上拿下一小段枯枝："哦，不是草蜢，我看错了。"

简遇洲："……"

第三十二章

回应

休息片刻，两人再次上路。他们逐渐走进了树林深处，天光被浓密的枝丫遮挡，连吹过的风都显得阴凉了不少。

两人之间的气氛却是分外轻松，就像信步走在后院中一样。简遇洲瞄了眼陆繁，自她捉弄他成功之后，就一直这么偷笑个不停，还要自认为体贴细心地照顾他的感受而憋着笑，肩膀耸动不已。

简遇洲深觉自己的形象崩塌了，而且还是在陆繁的面前，这简直比被"黑粉"攻击还要让他抓心挠肝。

陆繁轻咳一声，抹掉眼角笑出来的一点儿泪花，决定粉饰太平，不去践踏死男人的自尊心："我包里的那瓶驱虫剂还没用过……嗯……太重了，要不你帮我拿一下吧？"

简遇洲的面部肌肉微微抽搐了一下，他的那瓶的确被他的一路猛喷用光了……

他努力调整好表情，从陆繁包里掏出那瓶驱虫剂，说："那我先帮你拿着好了。"

"谢啦。"

两人相安无事地往前走，简遇洲在前面驱虫开路，陆繁则拿着地图在后面研究。

"这附近有一面，我们慢慢找吧。我去左边，你去右边？"

简遇洲立马否决："不，这样容易走失，我们要在一起。"开玩笑，要是两人一直分开走那他来这种地方不是白受罪了吗！说什么也得把自己的形象重塑一下啊！

"那好吧。"

树林里能安插旗子的地方很多，两人几乎是一棵树一棵树地找，就这样地毯式地搜索，到了下午五点，他们已经找到了八面旗子，而听工作人员说，以往找到最多的就是八面，简而言之，他们只需要再找到一面就能破纪录然后拿大礼品了。

陆繁斗志昂扬，简遇洲难得看到她如此充满童趣的一面，嘴角微微勾起，心想就冲她这么高兴，怎么的也得把第九面找到。

然而天公不作美，过了半个小时，天空开始飘起雨丝，只短短片刻，雨势就开始变猛。

陆繁伸出手，手心里滚着豆大的雨珠，满脸遗憾："天气预报说今天没雨的啊。"

简遇洲："夏天山区里就是这样的，雨来得快去得也快，我们先找个地方躲一下。"

说得容易，但偌大一片森林，要找到一个避雨的地方哪有那么简单，树下他们也不敢久待。简遇洲看陆繁头发肩膀全被打湿了，水珠顺着脸颊直往下滴，整个人看起来有些可怜兮兮的感觉。他立马把自己的外套脱了下来，不由分说地就把陆繁整个头连带上半身罩住了。

陆繁一愣，然后开始撩衣服，简遇洲干脆连人带衣服都给抱住了："套着，不许脱。女孩子不能淋雨。"

陆繁急了："你也不能淋啊，现在剧组拍戏进度这么赶，你要是生了什么病怎么办？"

"我是男人，淋点儿雨不会要命的。"

他揽紧了陆繁的肩膀，目光在朦胧滂沱的雨雾中寻找躲避之处。

"我们不能站在这里，前面有块突出的山岩，我们去那里躲一躲。"

陆繁竭力想露出脸看路，简遇洲却好像还是担心她淋到雨，把她裹得严严实实的，搂着她的肩膀往前面那块突出岩石走去。

她眼前什么都看不见，只能跟着简遇洲的步伐和引导，跟跟跄跄地往前走，却好像一点儿也不担心下一刻会摔倒在地。就像在宋城那次，当他把她抱起后她的心一下子就定了下来，好像有他在就不会再发生任何意外。

没有缘由和来因的信任。

靠近山岩，他们才发现那里面竟然是个小山洞，能容纳三四个人同时进去。简遇洲护着陆繁进了小山洞，然后半朝着大雨，坐在稍外面点儿。陆繁没察觉异样："你坐进来吧，外面会淋到雨。"

简遇洲低咳了一声："没关系，我就坐外面。"

陆繁看到他目光闪烁躲避，低头一看，这才发现因为淋了雨，她衣服都被打湿了，紧紧地贴在皮肤上，把身材曲线全勾勒出来了。

她的脸腾地一下就红了，不再说话。简遇洲似乎也觉得尴尬异常，努力保持镇静："你先把我的外套披着吧。"

"……哦。"

她把衣服穿上，两人同时都松了口气，简遇洲也挪进了洞里。

外面因为下雨的原因，天色暗得很快，小小的山洞里也黑黢黢的，满鼻尖都是青苔混合着雨水的清凉气息，静谧异常。

半晌后，简遇洲问她："冷吗？"

"还好。"

"这雨好像一时半会儿停不了，我们按求救器吧，不然入夜了太危险。"

陆繁一想到他们只剩一面旗子就能打破纪录，有点儿可惜，但为了安全着想，还是说："好的，你按吧。"

他们配备的求救器有定位功能，不消多长时间就会有工作人员来接他们离开森林，只不过现在外面雨这么大，可能离工作人员过来还有段时间，两人就有一搭没一搭地聊天以度过这等待的时间。

这时，陆繁突然"咦"了一声，然后弓起身体，伸手去摸石壁。摸到了一面旗子后她欣喜过望："这里居然也藏了一面，简遇洲，我们破纪录了！"

昏暗的环境下，她弯起的眼睛里似乎散发着异常的亮光，简遇洲微微一怔，然后勾起嘴角，声音也不自觉地放低放柔："还是你厉害。"

陆繁笑了笑，把旗子收进包里，说："不知道礼物会是什么，应该不会是纸巾和小玩偶这种吧？"

突然她想起什么，忍笑道："其实送玩偶也挺好的，你喜欢抱着睡嘛，给你正好。"

简遇洲一僵，完全不明白为什么出来玩一次，自己的小秘密好像全被陆繁知道了，这让他老脸往哪儿搁？

"不，我不喜欢玩偶。"

陆繁靠着石壁："哎呀，又不是什么见不得人的秘密，小张和陈霄早就把你出卖光了。"

"……"

陆繁忍不住笑了："其实你这样挺可爱的。"

简遇洲：他虽然喜欢听陆繁夸他，但是不想听她说可爱啊！！那不是形容小女生或者小猫小狗的吗！！

两人的呼吸在狭窄的空间里此起彼伏，陆繁微微有了些困意，简遇洲似乎看到她一垂一垂的脑袋了，于是伸出手，轻轻地把她的头按到了自己的肩膀上。然后自己也歪过脑袋，在她湿乎乎的头发上蹭了蹭。

陆繁半睡半醒，迷迷糊糊间呓语了几句。简遇洲听不清她在说什么，低声道："陆繁？"

她"嗯"了一声，睁了睁眼又合上。

这种时候人最不设防，问什么都能回答实话，简遇洲微微吸了口气，开始缓缓地诱哄："陆繁，你喜不喜欢我？"刚问完他就觉得自己多此一举，陆繁肯定是喜欢他的，毋庸置疑，于是他换了个问题，"你什么时候接受我？可以给个准确的时间吗？我好有个心理准备。"

陆繁的头低了下去，简遇洲连忙捞了她一把。

她抿抿嘴，眼睛睁开条缝，似乎也有一丝迷茫："不知道……"

失望。简遇洲暗暗叹了口气。然后一个念头浮了上来，他吊着心，一字一字斟酌着问："你更喜欢我还是沈锟川？"

等待的时间尤其漫长，简遇洲屏着口气，感觉自己就像是等最后审判的死刑犯似的，无奈地笑着摇摇头。

等了太久，就在他以为陆繁真的睡过去了的时候，她小声说："不一样的……"

简遇洲一下子来了精神："怎么不一样？"

这回陆繁没有再回答，真的睡着了。

简遇洲不再吵她，握住她冰凉的手，轻轻地搓揉着，直到她的手恢复温热了还舍不得放开，依旧是珍若珠宝般握在手里，时不时轻轻捏一下。

如他所料，这场雨下得太大，工作人员在滂沱的雨势中无法正确定位他们，直到雨小了些，才看到简遇洲守在外面接应。

陆繁走了一整天，这一觉睡得极为香甜。睡意蒙眬中她感觉自己似乎趴在某人的背上，那人的步子走得很稳，她没有被一颠一颠的感觉。她下意识地收紧了手，环抱住简遇洲的脖子。

简遇洲的步子停顿一下，很快就继续在工作人员的带领下往山下走。

夜空中星点稀疏，暗紫色的天穹仿佛一块巨大的幕布倾轧而下。山路不好走，简遇洲一步步都走得十分小心，背上的重量好像带有一种隐秘的香甜，让他一背起就不想再放下。

陆繁慢慢地醒了过来，歪着脑袋看简遇洲的侧脸。

这人总是这样。在她为任何可能发生的危险而忧虑时，他都会来到她身边，抱起她，拥着她，背上她，无声地告诉她，无论是什么事，他都能护着她。

她微微低下脑袋，眼眶有些发酸。

雨过之后，夜空仿若水洗，连空气都带着一丝入骨的清凉，她抬头看着那几颗闪着微弱光芒的星点，突然觉得，此情此景最适合聊表心意了。

她鼓足勇气，低声叫他："简遇洲？"

简遇洲侧过脸："你醒了？"

陆繁微微红了脸："刚刚那个问题，我还没说完。你不用等我什么时候给你答复了，就现在吧。"

简遇洲的脚步停了下来。

"我喜欢串串，却没有能力爱他……不过你可以。"

你不用等我了，我也一样喜欢你。

# 第三十三章

## 游玩

　　当天陆繁和简遇洲回到剧组的时候已经是深夜了，大部分人都没有发现简遇洲消失了一天，除了无时无刻不为老男人的终身大事操碎了心的陈霄和小张。他们打了无数个电话给简遇洲，全是未接听，两人私底下猜测，要么是被拒绝了躲在哪个角落暗自伤神，要么就是成功了然后高兴得完全把还要回来拍戏的事儿忘了。

　　陈霄和小张守在上山的路口等了很久，才看到黑暗中徐徐前行的身影，两人张望了一会儿，认出是简遇洲，然而人走得近了他们才看到挂在他脖子上的两只等身情侣玩偶，还有已经趴在他背上睡着的陆繁，顿时惊讶得下巴能砸穿地球。

　　简遇洲走到他们前面，停住了步子。小张张着大嘴："简哥……"

　　简遇洲眼一横，嫌他太吵了，小张捂着嘴噤声了。陈霄似笑非笑地双手环胸，压低声音："坦白从宽，发生什么好事儿了？"

　　"回去再说。"他状似不耐烦，微微扭过头看陆繁有没有被吵醒。看到他那眼里流露出的一丝喜悦和几不可见的甜蜜，两人齐齐倒吸了口冷气，在旁边咬耳朵。

　　"这是撞上山鬼，被附身了吧？"

　　"别说了，我牙酸，真硌硬人。"

　　简遇洲轻轻地"啧"了一声，不搭理他们，带着成功脱单的刺眼光芒迈步往前走。

　　陈霄作为在场唯一一个单身人士，表示心都碎成了渣渣。要完要完，死男人都脱单了，他的桃花怎么还无迹可寻呢？难道真的要熬到四十岁成为中年棋牌室一朵花吗？

小张终于从简遇洲成功追到陆繁的冲击中回过神来："不容易，真不容易啊，简哥那撩妹手段，能追到陆繁简直是奇迹啊！"

走在前面的简遇洲当然听到了，脚下微微一个趔趄，然后回过头狠狠地瞪了眼小张。

怎么地，这是在怀疑他的人格魅力？他根本不需要什么撩妹手段好吗，他靠的是内在美好吗！

"简哥，你这两个抱枕哪儿来的呀，该不会是陆繁知道了你喜欢抱玩具，所以送给你的吧。"

简遇洲："……"

他咬牙道："玩游戏赢的，现在的工作人员，不好好想奖品，就送玩偶，一点儿新意都没有。"

陈霄和小张一愣，然后一齐笑了起来，心想你不就是喜欢这个嘛，真是要命。

他们一人一只帮他分担了。

陆繁睡得很熟，三人一路上的偶尔拌嘴她也没听见，直到简遇洲把她放到床上的时候她才恍恍惚惚地睁了下眼："到了？"

简遇洲低低地"嗯"了一声。

"你一直背着我？"她有点儿不好意思，不知不觉就趴在他的背上睡着了，背着她走了这么久，简遇洲肯定累坏了。

"不重，你还能再胖十斤。"

陆繁哑然失笑。

一时间两人都没再说话，简遇洲坐在床边就这样静静地看着她。陆繁被他看得脸有些红了，于是撑着上身坐起来："你……还不回房间休息吗？"

简遇洲似乎这才意识到他该回自己房间，说："这就回去了，你好好休息。"

"嗯。"

陆繁准备洗个热水澡再睡觉，否则身上总感觉黏黏糊糊的，她下床走到衣柜前翻出睡衣，一抬头，看到简遇洲还杵在房门口："还有事吗？"

简遇洲似乎有点儿难以启齿，随即轻咳一声，从背后抱出一只等身玩偶，义正词严地说："游戏送的，给你吧。"

"你留着吧，你喜欢。"

简遇洲："……我已经有一只了。"

陆繁笑了笑，接过玩偶，艰难地举着抱到床上："那好。"

简遇洲默默地看着她，斟酌良久，最后试探着开口："你还记得下山的时候说的话吧？"

陆繁一怔，哭笑不得："当然记得，你难道以为我是在说梦话？"

"当然不是。"他立马否认，然后沉默一秒，"我只是觉得，既然我们已经是两情相悦的恋人关系了，那么在各自回房睡觉前，是不是应该交换一个晚安吻？"

所以他这是在提醒她作为恋人的义务吗……陆繁有些好笑，不过看他那么认真的表情，又有点儿说不出来的羞怯。

简遇洲看她默认了，于是低咳一声，走上前，微微低着头看她。她瓷白的脸上浮现出一丝红晕，两眼有些躲闪，是与平日里完全不同的小女儿家羞涩之态，看得他心痒不已，只觉得自己的手心都麻了，一时间也不知道该如何动作。

两个人就这样尴尬又暧昧地面对面站了几秒钟，陆繁心想，她也别指望死男人开窍了，主动吧。于是抬起头，迎上他的目光，飞快地踮起脚在他脸上亲了一下，然后抓起睡衣就跑出房间："我去洗澡了！！"

简遇洲愣在原地，心跳骤然加快，脸轰地一下红了个彻底。

……脸怎么这么烫，完了，肯定是淋了雨，发烧了。

他摸了摸自己的额头，喃喃了两句，然后带着迷之笑容，心满意足地回房间去了。

第二天，简遇洲被自己的乌鸦嘴说中，真的发烧了。

剧组正在赶进度，男一号却在这关键时候歪倒在床上了，顿时愁得不行，只好把其他演员的戏份提到前面。简遇洲原本想强行下床工作的，被小张和陈霄拦住了，他现在已经烧到三十九度了，还去工作，不怕出人命吗！不过简遇洲从不听他们的，最后是陈霄把"终极武器"陆繁祭了出来，简遇洲才安分下来，乖乖地躺在床上。

陆繁知道他发高烧之后就一直在床边陪他，他也不肯睡觉，就一个劲儿地看着她。

吃了退烧药后温度还是没降，陆繁把手覆在他的额头上，滚烫滚烫的，她忍不住皱起了眉："怎么会突然发起烧了？"

是昨天淋了雨的原因吧？他一直把外套披在她身上，自己则被雨淋了个彻底。

简遇洲看不得她这副担忧的神情："就是发热，又不是大病，睡一觉就好了。"随即努力轻松气氛，"我想大概是昨天晚上你亲了我一下，所以我体温飙高了，你现在再亲我一下，我大概就能进医院了。"

陆繁瞪他一眼，不知该笑还是该骂："你还有心情开玩笑？要是再被我抓到你想偷溜出去，就让陈霄把你绑在床上。"

简遇洲知道她在关心他，得意之色溢于言表："你在这里坐着，我就不溜出去。"

陆繁不轻不重地拍了拍他的额头，忍着不由自主往上翘的嘴角："我去给你煮点儿退热的汤，你好好休息，知道吗？"

简遇洲有些恋恋不舍地轻轻拉住她的手："我知道了。"

这人从昨天晚上开始画风就一直不对劲儿，也不知道是不是被烧坏脑子了。陆繁虽然这么想着，但是心里总是甜丝丝的，握了握他的手后就去厨房了。

等陆繁走了之后，小张才探头探脑地走进屋里。

简遇洲瞥他一眼，霎时又恢复成了平时那"爱答不理我最酷"的画风。

小张坐在床边凳子上，嘿嘿一笑："简哥，来分享一下你追到陆繁的经过呗。"

简遇洲不冷不热地轻嗤一声："干你什么事？"

小张不乐意了："简哥，好歹约陆繁去玩森林探险也是我提的主意吧，你怎么能过河拆桥呢？"

他不提这茬还好，他一提，简遇洲就想起自己怕虫子的事情被陆繁知道的事儿，一秒钟毁形象啊，顿时脸拉得老长。

小张一看他的表情就知道在森林里肯定发生过什么不愉快的事情，立马转移话题掀过这页："不说就不说吧，留着简哥自己回味儿就行。"

简遇洲觉得自己是个十分有人情味儿的老板，小张虽然狗腿了点儿，猪队友了点儿，但是至少也推过他一把，他向来赏罚分明："鉴于你还是有点儿帮助的，我决定涨你工资。"

小张喜笑颜开："谢谢老板，老板发大财！"

发大财就不用了，简遇洲暗暗想着，早点儿娶媳妇才是正事。

陆繁在网上查了资料，然后用生姜、白萝卜、葱白，再加入红糖来煎煮。她弄好汤端进房间里时，简遇洲正靠在床头看书，看到她进来后马上就把书放下了。

"趁热喝吧，退热驱寒的。"

简遇洲接过碗，喝了一口："有点儿苦。"

"咦？加了红糖还会苦吗？"陆繁狐疑地浅浅尝了一口，"不苦啊。"

简遇洲目光盯着碗沿某处，然后默默地转动着碗，就着陆繁刚刚碰到的地方，慢慢地把整碗都喝了："嗯，甜的。"

陆繁蒙了蒙，反应过来他的话里藏话后，微微有些羞恼。

……算了，不跟脑子烧糊涂了的人计较了。

第三十四章

归途

　　简遇洲的这场病来得快去得也快，当天下午睡了一觉醒来后，温度就已经降下去了。

　　简遇洲体验过了被陆繁照顾的美妙感受，一向最为兢兢业业的影帝第一次动了消极怠工的念头，巴不得病拖得久一点儿才好。

　　然而幻想妙不可言，现实却总能一巴掌把人打醒，他病一好，陈霄就把他拖下床开工去了。

　　为了避免引起不必要的猜测流言，陆繁依旧像前几天一样，要么在房间看书玩手机，要么就待在厨房里捣鼓食材，人前基本上跟简遇洲说不上几句话。

　　而晚上简遇洲又要赶戏，每每都是深更半夜才收工，然后在陆繁窗前站一会儿，深刻检讨自己抽不出空来陪女朋友的失职行为。

　　对于这些，陆繁当然是不知情的，她早已做好心理准备了，跟简遇洲在一起，没有过多时间相处算是轻的了，她想得很开，心里也没有怨言，所以每天都是照样地过。直到某个晚上半夜醒来喝水，陆繁才看到站在窗户外看她的人。

　　陆繁："……"

　　简遇洲："……"

　　陆繁梗着脖子咽下水，剧烈地咳嗽起来："你、你站那里吓人啊！！"

　　简遇洲状似无辜："我没有想吓你。"

　　陆繁毛骨悚然道："你该不会每个晚上都站我房间外面吧？你演恐怖片啊！"

　　简遇洲连忙解释："没有，我只是刚好路过，顺便看看你睡得好不好。"

陆繁顺了口气，勃然加快的心跳这才慢慢平稳下来："你刚收工？"

"嗯。"

"那早点儿休息啊，晚安。"

说着她就摆摆手，打着哈欠回床上去了。

简遇洲也慢吞吞地说了句"晚安"，一步三回头地回了自己房间。

他觉得陆繁可能在赌气，毕竟自己这几天都没跟她好好说过几句话。

女孩子大概就是需要好好哄着，好好宠着的生物吧，简遇洲虽然经验不足，但领悟和幻想能力满分，他觉得再这样下去不行，陆繁肯定会觉得他追到手了就冷落她了，他必须得空出一天半天，好好陪她。

于是接下来的两天，他几乎是拼了老命地拍戏，基本上他的戏份都是一条过，终于在最后一天争取到了半天的休息时间。

他陪陆繁在厨房里一起吃了顿午饭，然后就穿戴上遮挡工具，两人在小张的掩护下成功下了山，坐上了开往游客区的观光车。

出来约个会，搞得跟特工做任务似的，有点儿说不出来的好笑和刺激，陆繁靠在简遇洲的肩膀上，忍不住笑了起来。

简遇洲特别享受陆繁靠着他的感觉，温温软软的，头发丝偶尔掠过他的手臂和脖颈，痒痒的，也让人内心骚动。

难怪小年轻都喜欢黏黏糊糊，简遇洲暗暗想道，有个小女朋友的确是值得开怀的事，恨不得抱着她跟所有人嘚瑟。

两人之间没有过多的言语交流，多数时候都是简遇洲捏捏陆繁的手，然后陆繁拍他大腿还击回来，接着他又去摸她耳朵，像是完全不会厌烦这种幼稚的小动作一样。

简单而甜蜜。

到了游客区，简遇洲压低了帽檐："想去哪里玩？"

陆繁翻看了一下记载了游玩项目的小本子："我们别去人多的地方了，免得惹出麻烦。"

简遇洲点头，他也不想第一次约会就被破坏了。

两人跟着地图，把人少的项目都玩了个遍，类似于猜谜、射箭、滑草之类的，玩得很开心。

临近傍晚，两人租了匹马，慢悠悠地在草原上散步。夕阳西下，广阔的草原镀上一层金色，在远处连绵青山的映衬之下，这片景色更显静谧安然。陆繁往后靠在简遇洲的胸前，他一只手牵着马绳，一只手揽着她的腰以防她摔下马去，两人一时无言，心底一片平和温馨。

这次大清谷的戏份拍完后，剧组就要离开杭州，去下一个城市取景了，两人大概得有好久见不到。简遇洲没主动提起这事，陆繁心里明白，也没有戳破，她已经在脑海里预演了所有将来可能发生的事情，知道以后未必轻松，但是人又何必让还没发生的事困扰自己呢？即便两人时常聚不到一起，但是各有各的工作和生活，也不是必须要黏在一块儿才能活下去的。他们都已经过了为了感情失去理智狂热发疯的青涩年纪了，看待问题也比二十出头的年轻人更加理性沉着。

陆繁曾在网上看到过一段话，是对爱情最佳状态的诠释，她深以为然。

两个人，在一起时开开心心吵架和好，分开时想念对方却不是非要待在一起，不费神、不累人，不用琢磨、无须纠结，就好像忘记了两人在谈恋爱这件事一样。

爱情退尽了青涩时的轰轰烈烈，被岁月淘洗后留下来的就是这样平淡温馨的实质吧。

那也是陆繁最向往的状态。

简遇洲低下头，手又不自觉地开始捏她的手指："在想什么？"

"想晚饭吃什么。"

"前面有家农家菜，喜欢吃吗？"

"好啊。"

简遇洲甩了甩马绳，马打了个响鼻，不理他，依旧慢悠悠地走，时不时停下来吃草。

陆繁忍不住笑："马不怕你哎，我小时候听奶奶说过，小动物不怕的人肯定是好人。"

简遇洲："……它一点儿也不小。"

陆繁失笑，转头睨他一眼："关注重点错了吧，我是在夸你是好人啊。"

强行被喂了一口糖，简遇洲的眼里漫上一丝笑意，转而收紧了搂着她腰的手："再多说几句。"

陆繁受不了他这副求夸奖求抚摸的小妖精样，笑着说："你怎么这么像向老师讨小红花的小学生呢？简十岁？"

简遇洲脸一沉："谁跟你讲这个外号的？哦，肯定是小张，这小子，最近我没心思整治他，他就爬到我头上来了。"

"你是不是经常整小张啊？哎，说起来他也挺可怜的，摊上你这样的老板。"

简遇洲不乐意了："他又暗地里跟你吐槽我什么了？我是吸血的资本家吗？我月月一万多的工资供着他，他倒在背后嚼我舌根嚼得欢快。看我回去不把他收拾服帖了。"

"他也没跟我说什么，"陆繁状似不经意地说，"就是你逼着手下的保镖替你喝蛇草水的事儿。"

简遇洲："……"

陆繁："哦，还有你那次一个人来找我，在我家门口等了几个小时的事儿。"

简遇洲："……"

陆繁："被我从家里'赶走'后一个人买醉……"

简遇洲："……别说了。"

陆繁忍笑道："多亏了小张我才知道这么多，以后他就是我的线人，你可别把小张赶走。"

简遇洲暗道，看来必须要灭口了，只有死人才能保守秘密。

陆繁笑完了，脑袋在他脖颈处轻轻蹭了蹭。简遇洲被她蹭得心痒，忍不住按住她的脑袋："做什么？"

"突然想蹭一下呗。"陆繁的嘴角含着笑意，心里暗自腹诽：你这个心口不一的死男人……

简遇洲实在抵挡不住她跟撒娇一样的行为，缴械投降："你到底想做什么？"

"简单。你以后心里想什么都跟我说，别一个人在角落里瞎猜测，做得到吗？"

简遇洲的眼神游移。

陆繁举手卡住他下巴："看我。"

他垂下目光，定在她的脸上就有些移不开了，陆繁满意道："做不做得到？"

"……嗯。"

"那就好。"陆繁复又靠上他的胸膛，嘟囔了一句，"死男人就是麻烦，谈恋爱还要女生教？都三十出头的老男人了……"

简遇洲听到她的吐槽，嘴角一抿。

他明明还宝刀未老……哦，不对，他这把宝刀都还没出过鞘呢。

简遇洲不由自主地开始浮想联翩……他偷眼瞄陆繁，她兴致高昂地牵着马绳，时而俯过身抚摸马的鬃毛。弯腰的时候，贴身的 T 恤把她苗条勾人的身段都勾勒了出来，他连忙狼狈地移开目光。

叹了口气，看来还有得熬……

到了农家乐，两人下马，把马匹还给了附近的工作人员，然后陆繁帮简遇洲整理了一下帽子口罩，这才一起走进小饭馆。

农家乐里的人不多，两人找了个靠窗的位置坐下，镂空雕花木窗外就是广阔无垠的草地，非常赏心悦目。两人点了四个家常菜，菜还没上，简遇洲去了趟洗手间，陆繁就坐在座位上乱翻着菜单。

这时候几个年轻男人结伴走了进来，坐在了他们旁边一张方桌上。

陆繁低着头，犹能感觉到从旁边投过来的打量目光。她抬起头，平视过去，那几人立马收回视线，低声笑着说着什么。几秒后，其中一个穿着 T 恤牛仔，干净爽朗的大男孩站起来，走到她面前，毫不扭捏地直奔主题："你好，请问能交换个联系方式吗？"

陆繁："……"

被搭讪不是第一次，但是被这样明显还在读大学、比她小好几岁的大男孩搭讪还是头一回。陆繁正想摇头时，简遇洲回来了。

他走到桌前，目光在那几个起哄的男生身上转了一圈，再看向正在搭讪的大男孩，就明白了情况。

他径直坐下，慢条斯理地擦手："要联系方式？"

他的声音压得低，又刻意变了个调，陆繁都差点儿听不出来。

大男孩原本以为这是男朋友，正准备打退堂鼓，但是简遇洲下句话又让他燃起了希望："我帮她给吧，她不好意思。"

说完他就掏出手机，调出陈霄的电话号码，报给了男孩。

男孩如获至宝，兴高采烈地回去了。

陆繁："……"

简遇洲拉着她去了二楼小包厢，陆繁哭笑不得："你干吗这么耍一个大男孩。"

"现在的大学生，不好好读书，就知道谈恋爱打游戏，成绩拿不出手，泡妞倒是能写本心得秘籍了，"简遇洲轻嗤一声，"免费给他上一课，不要相信陌生人。"

陆繁："……"

当天晚上他们回去的时候，陈霄暗地里把简遇洲拉到一旁，然后把手机递给他："来来来，脱单人士，快来帮我分析一下，你猜这个姑娘是谁，是不是剧组里的？真有眼光啊。"他的语气里透露着一股浓浓的"终于有伯乐发现我这匹千里马"的感叹与欣慰。

简遇洲嫌弃地看了他一眼，然后接过手机，定睛一看。

陌生的电话号码，发了好几条短信过来。

我觉得你很好看，真的。

我能追求你吗？

请问你有恋人吗？

简遇洲一看那发信时间，心里有了判断，面不改色地把手机塞到陈霄手里："你明天可以留意一下剧组里哪个女孩一直在偷偷看你。"

陈霄摩拳擦掌："哈哈哈哈，终于到我大展身手的时候了，简宇直你等着，我肯定比你早脱离老处男这个身份。"

简遇洲双手环胸，意味不明地轻嗤一声，转身就走。

陆繁后来从简遇洲口中听说了这件事，笑得前仰后合的，一想到陈霄得知事实真相后的样子，她就觉得可怜又好笑。

笑完了，她抹抹眼泪："我说，你还是早点儿把真相告诉他吧，多伤感情啊。"

"他这辈子还没被追过，让他嚯瑟吧。"

陆繁："……"


第二天，剧组开始收拾道具，准备离开大清谷。

陆繁在厨房整理剩下的没吃完的食材，突然听到房门被敲了两下，她转过头，看到是沈韫川的时候，讶然道："啊，串串……"她依旧有小粉丝见到偶像时的小紧张，"有什么事吗？"

沈韫川走进来，斟酌着开口："我知道了我的经纪人前几天为难过你的事了……"他似乎也有点儿难以启齿，但最后还是认真地看着陆繁的眼睛，"我很抱歉，他……脾气不太好，你生气是应该的，我只是来替他说一句抱歉。"

陆繁其实已经忘了那档子事了："不用，我没有放在心上，只是……"只是有点儿心疼还是个大男孩的串串有这样一个奇葩的经纪人，平时肯定不太好受吧？只不过这话她没资格说，也帮不上忙，只能在心里叹气。

沈韫川呼出口气："那就好。"他摆摆手，"我就是来说一句，不然心里不踏实，马上得走了，下次有缘再见。"

陆繁笑着跟他说了再见。

回去的车上，陆繁心里还想着这事，按捺不下，于是小拇指勾了勾简遇洲的手心。简遇洲把目光从车窗外收回来，看向她。

陆繁先是给他一颗糖，握住了他的手，简遇洲的脸色果然柔和下来了，仿佛她接下来问什么他都不会板起脸一样。陆繁于是放心地问："你跟串串，是不是真的有过节啊？"

小张和陈霄齐齐咳嗽起来，而简遇洲的神情果然又沉了下来，语气里微微有些不悦和酸意："你问这个干什么？"

陆繁立马安抚他，又是揉耳朵又是摸脸的，简遇洲总算缓和过来了，被她讨好的小动作逗得忍不住翘起了嘴角。过后他一只手枕在脑后，淡淡道："我跟沈韫川之间没什么过节，我也不会跟一个比我小五岁的大男孩过不去。"

小张、陈霄：骗人！！你明明特别不待见串串，每次都拿被抢了媳妇的仇视眼光看他！！

"那为什么外界都传你们关系不佳？"

"哦，我只是不待见他经纪人，就是上次在厨房要拿你手机那人。"

陆繁点头，她记得李文长。

"他其实是我刚出道时的经纪人。"

陆繁一脸讶然。

陈霄恨铁不成钢地看着倒豆子似的把陈年旧事全倒给媳妇的简遇洲："你怎么不干脆把你小时候喝的什么奶粉、小学有没有偷摸小女孩手的事都告诉陆繁呢？简遇洲，你妻奴啊你！"

虽然这事说出来也没什么大不了，毕竟都是好几年前的事了，但是圈内最忌讳翻旧账，过去就是过去了。陆繁马上发誓："我保证不会说出去的！"

陈霄搓搓额头，重重地叹了口气，也憋不住话了："李文长的确是老简刚出道时的经纪人，那时候我还只是个刚进公司没多久的小人物，李文长的资历比我要老得多，他看中了老简的才能，从另外几个经纪人手中把他抢走了。"

陆繁专注地听着。

"不过你也知道了李文长这人的性格，老简在他手下简直是乱七八糟的，广告嫌小全推了，片约嫌制片公司不好也要推，老简这么块金子在他手里愣是两年多也没大红，说到底还是他狗眼看人低，看不上别人，别人又怎么会待见老简呢？后来……"他瞥了简遇洲一眼，似乎不知道该不该继续说，简遇洲微微颔首，面无表情，只用心地抓着陆繁的手指玩。

"后来他就急了，想走歪路捧红老简……咳咳，你懂的。"

陆繁一愣，然后反应过来了。该不会是……

简遇洲瞥她一眼："放心，他没成功。"

陈霄忍笑道："就是这样了，然后李文长又犯了什么事，公司把他开除了，老简就转交到我手里了。没想到他沉寂了几年，突然又当上了沈

180

韫川的经纪人，这回似乎是找到红的正确路子了，沈韫川被他带红了，结果一年前在一个电影节上，他在后台公然挑衅我们，说三年内要让沈韫川红过简遇洲。"

简遇洲嗤笑一声，点评道："我当时理都懒得理他。"

小张应和道："对啊，他当时说完后，整个后台都没人瞅他的。"

陆繁："……"她替李文长犯尴尬症。

陈霄叹了口气："所以啊，不是我们总是针对沈韫川，是他们先来找我们麻烦，我们怎么好不回敬呢？"

仿佛解开了一个惊天秘密，陆繁喃喃道："原来是这样……"随即偷偷瞥简遇洲一眼，真不好意思，她"黑"了他这么多年……要是知道这人最后会是自己的男朋友，她当初怎么地也不会这么快倒戈阵营，从"路人粉"变成"黑粉"吧……

简遇洲被她那含着一点儿小歉疚的眼神看得心都软下来了，转头颐指气使："你们，转过头去。"

小张和陈霄撇撇嘴，心道谁要看你们的恋爱光线，一齐转回了头。

简遇洲把陆繁环在怀里，陆繁靠在他的肩膀上，低声说："你刚出道的时候，一定很不容易吧？"

简遇洲淡淡道："忘了，十年了。"

陆繁抿抿嘴，环住他的腰，心想，幸好他没有一直忍下去，没有遭到挫折就放弃了演艺路，否则她怎么会遇到他、喜欢上他呢？

"你以后要对陈霄好点儿。"

听到这句话，陈霄的嘴角一抽。

简遇洲却知道陆繁指的是别再像昨天那样欺负陈霄这个老处男，眼里晕开一丝笑意："他有受虐症，就喜欢别人欺负他，不然他会觉得自己没有存在感，你别担心他。"

陈霄："……"

车开到了陆繁家楼下，陆繁下了车，简遇洲也跟着下来了。

陈霄看了看表："晚上七点的飞机，你们还有五个小时的时间，老简，手机记得开着，待会儿司机来接你。"

"知道了。"

回到家里，简遇洲径直把人抱起来，陆繁下意识地惊呼了一声，抬手抱住了他的脖子，十分煞风景地说："你还没脱鞋！"

简遇洲一愣："我待会儿帮你拖地。"

说着，他就抱着她走到沙发上坐下。陆繁坐在他的大腿上，感觉这姿势有些怪异暧昧，而他的呼吸又凑得太近，于是脸微微泛起红晕。

简遇洲抱着她的腰，头抵着她的肩窝，浅浅地呼吸着，片刻后，他低声说："不想走了。"

陆繁顿时也生出一丝不舍，摸摸他后脑勺粗硬的头发："要不，我双休日去看你？"

"不用了，"简遇洲的嘴唇有意无意地掠过了她的脖子，陆繁不由自主地缩了缩，"你一个小姑娘，跑来跑去多累，又不安全……每天给我发张自拍吧。"

陆繁嘟囔着："我不是小姑娘了……"

"大姑娘，繁繁，陆小繁，小宝贝，乖宝宝。"他的声音里含着一丝笑意，"你喜欢听我叫你什么？"

"……你从哪里学来的，别告诉我你无师自通。"

"没吃过猪肉也看过猪跑，我年轻时候接过偶像剧的。"

"……"

"看来你比较喜欢乖宝宝。"

"你从哪里看出我喜欢啊！"

"因为我在说乖宝宝的时候，你的脚指头蜷了一下，行为学证明这是……"

"你不要告诉我因为你接过悬疑侦探剧！"

"嗯。你很聪明。"他凑到陆繁耳边，小声叫她，"乖宝宝。"

其实他的语气并没有刻意地调笑狎昵，仿佛真的只是在叫一个小名一样，但是陆繁还是顿时红了脸。这人……无师自通太快了！

简遇洲看着她布满红晕的脸蛋，眼睛慢慢地暗了下去，片刻后，他低下头，好像在小心翼翼地征求意见般，说："乖宝宝，能不能亲一下？"

## 第三十五章

### 着迷

　　他说话时呼出的气扑在她的耳垂上，一阵麻意侵袭而来，陆繁不由自主地蜷起了手指，低垂下目光，避开他过于灼热的视线。见她只是抿着唇不说话，简遇洲忍不住又问一次，这回声音压得更低了："行不行？"

　　他光嘴上撩她还不够，手指也在有意无意地挠着她的腰，陆繁怕痒，被他一下一下猫抓一样挠得浑身轻颤起来："你别挠我啊！"

　　简遇洲道："回答我，就不挠了。"

　　陆繁真是败给他了："好，行，可以，随便你。"

　　简遇洲的眼中染上一丝笑意："乖宝宝。"他果然移开了放在她腰上的手，改为环住她的脖子，顺势将她的脸微微扳向他。

　　两人的鼻子几乎是相贴着的，简遇洲的指腹轻轻地摩挲着她的下巴，细腻温软的肌肤让他有些舍不得移开手。她的睫毛微微扑闪着，像蝴蝶扇着翅膀一样，带着一丝羞怯和微不可察的紧张。这副柔软模样让简遇洲看得心都像化了似的，他自喉间轻叹出一口气，然后微微偏过脑袋，嘴唇终于轻轻地贴上向往已久的柔软。唇瓣相触的一刹那，仿佛有无形的微弱电流窜过全身，简遇洲情不自禁地搂紧了她，让她更靠近自己，恨不得完全不留一丝缝隙。

　　唇舌交缠，呼吸炽热，鼻间满是对方的气息，却依旧贪心地想要更多。

　　原来是这个滋味……简遇洲想着。

　　要多亲一会儿，不然下次都不知道什么时候才能尝到甜头了。他脑海里模模糊糊地闪过这个念头。

　　不知道被他断断续续地吻了多久，陆繁实在是忍不住了，推了推他的脸："你够了没，说好的亲一下，我舌头都麻了！"

这句话完全不是假话，嘴唇和舌头都被他不餍足地反反复复啃咬舔舐，火辣辣地发着麻。

简遇洲被她推开，眼中掠过一丝失落，暗自念叨："男人的话你也信……"

陆繁耳尖，听见了，眼一眯就要从他腿上下来。简遇洲连忙揽住她，凑到她脖颈间轻轻地蹭了一下："我开玩笑的，再抱抱。"

"我想去洗手间。"她已经憋了很久了……

简遇洲这才依依不舍地放开她，目光落在她微微有些红肿的嘴唇上，回想起刚刚每一下的亲密触碰，有些心猿意马，忍不住又凑了过来。陆繁立马顶住他的额头，然后从他腿上跳了下来："我要去收拾东西了，你坐在这里看电视吧。"

他作势要站起来："我帮你。"

"不用了，你坐在这里不动就是帮我大忙了。"

简遇洲沉默，的确，如果他去帮她，肯定没心思整理东西，到最后又黏到一块儿去了。

把行李箱里的衣服和日常用品放回原位后，陆繁开始扫地、拖地，离家十天，地板上都已经有了一层薄薄的灰。简遇洲主动把脏活累活抢了过去，把洗花瓶这种小事交给她。陆繁欣然接受，坐在沙发上慢条斯理地用小毛巾擦拭着茶几上的盆栽，认为自己理所应当该做家务的男子汉大丈夫简遇洲则吭哧吭哧地用抹布擦着地。

陆繁擦完盆子，走到阳台前，拉开落地窗帘，让外面的阳光都照进来，房子顿时明亮许多。

简遇洲探头问："阳台要擦吗？"

"这个留着我擦就行了。"她擦完栏杆，走回客厅，阳光一照，空气里的浮尘非常清晰。她蹲下去手指在地板上一抹，指腹上还有一层灰。她叹口气，有些无奈又有些好笑地看向简遇洲，"简大明星，你该不会是第一次做家务吧？"

简遇洲故作镇定："当然不是。"

像简遇洲这样出身好名气大的大明星，上赶着伺候他的人大概都能排一条街，想想也不太可能会自己擦地拖地。陆繁也不戳穿他，挥挥手："你还是坐在沙发上休息吧，或者去房间里睡一觉也行。"

简遇洲一步一回头地看她，最后定住脚步，镇静自若地说："我可以学的。"

陆繁被他怪异的执着弄得哭笑不得："这没什么好学的啊。"

简遇洲微微蹙着眉。他总不能以后让老婆做家务吧，那他不是成吃白饭的了。家务问题常常是夫妻之间矛盾爆发的引线，简遇洲绝对不能让这种情况发生，于是再次从陆繁手中抢过抹布："我来，你站在旁边教我。"

陆繁拗不过他，只得蹲在旁边，看他一下下用力地抹着瓷砖。

擦地砖根本不是什么需要学的事儿，简遇洲却以十二万分认真的态度对待，时不时问陆繁一句擦干净了没。陆繁蹲在一旁，看他微抿着嘴角的侧脸，些微笑意慢慢漫上眼，忍不住道："你是不是怕我嫌弃你不会做家务呀？"

简遇洲动作一顿："没有。"

陆繁伸出手揪揪他的耳朵："放心，我不会嫌弃你的，我弟也从来不干家务，我也没把他赶走啊。"

被她一安慰，简遇洲的心里更有种说不出来的憋屈和别扭了，说："我只是觉得我有义务要帮你分担，否则以后结婚了因为这种小事儿闹矛盾怎么办？"

陆繁一愣。两人确认关系都还没几天，他居然就想到结婚后的事儿上去了，她的脸微微一红，拎着一块脏抹布站起来："我去洗一下抹布。"

简遇洲看到她晕红的脸，猜到她害羞了，心情放晴了不少，甚至到最后开始哼着歌儿，边奋力擦着地砖边幻想着婚后生活。

搞完卫生已经过去一个多小时了，两人上上下下、里里外外把家里都收拾了一遍，最后累得瘫在沙发上。陆繁靠在他肩膀上休息了一会儿，抬头看了下客厅墙上的挂钟，然后推推他："你去房间里睡一觉吧，待会儿还要上飞机，太累了。"

简遇洲没有反对。

陆繁站在两张房门前左右为难，让他睡她的房间还是陆时的房间？

简遇洲似乎也想到了什么，主动提出："我不进女孩子房间的。"

陆繁哭笑不得："算了，你还是睡我那儿吧。我弟房间乱七八糟的，我懒得收拾。"

简遇洲露出一个不知是得逞还是勉强答应的迷之微笑，跟在陆繁后面进了房间。

陆繁的房间装修以淡蓝色为主，清新淡雅，简洁大方，阳光从放置了小矮桌和数个玩偶抱枕的飘窗外透进来，照得房间内干净明亮。

虽然这是未来媳妇的房间……但是女孩子的房间还是不要到处乱瞟比较好，简遇洲规规矩矩地在软椅上坐下。陆繁转头看他一眼："睡床上来啊。"

她主动邀约，简遇洲怎么可能欲迎还拒？他连忙在床边坐下，转而用带着些微期待的目光看她："一起睡？"

陆繁被他用那种目光看着，推脱的话怎么都说不出口，再加上坐了一早上的车又搞了这么久卫生，她的确有些累了，于是也躺上床，陪简遇洲一起睡。

两人侧着身，面对着面睡，简遇洲伸出手有一下没一下地梳理着陆繁掉落下来的长发，把它们都乖顺地捋到耳后，露出她白皙姣好的面容。

陆繁长得很好，五官周正，精巧秀致，再加上皮肤白皙，给人一种大方而明媚的感觉，尤其是抿着嘴唇笑起来的时候，那澄净明亮的眼睛微微一弯，既惊艳又耐看。

简遇洲恍惚想起自己第一次注意到她的时候。

应该是大半年前了吧，他闲暇时翻看微博，看到了一位网友转发的他的教学视频。画面里的女孩虽然戴着口罩，看不清脸，但是生动有神的眼睛十分抓人。简遇洲在圈内这么多年，什么类型的美女都见过不少，向来只停留在欣赏的地步，然而那次却鬼使神差地点了进去。

他看着她落落大方地将美食的介绍与历史娓娓道来，博古通今，声如珠玑，尽管她做出来的东西实在不堪入目，但是简遇洲还是成功地被她吸引了注意力。

她垂眉低笑的时候，她利落下刀的时候，整个人都洋溢着一种温和又不失柔韧的光芒。

他当时想着，这个女孩的眼睛生得真好，让人一点儿都生不出隔阂，反而忍不住想接近。

后来她把口罩摘下来，简遇洲的目光就移不开了。

那种感觉很奇怪，不像是一见钟情，但是偏偏就是看对了眼，瞧着很舒服。

之后的发展就在情理之中了，他追到了LX视频网站，每周都守着她的直播。其实那时候陆繁还不算红，直播间里只有寥寥一千多人，公屏上刷得却很欢快，他有时兴致一起，也会给她送小鲜花小礼物什么的，尽心地扮演着一个小粉丝的角色。

那时候陆繁在网站里还会跟粉丝们互动，因为人不算多，简遇洲也被她翻过两三次牌。虽然隔着屏幕，但是她在对他说话，那种感觉挺怪的，简遇洲却觉得心里很舒服，又有点儿隐秘而不为人知的小雀跃。

时间推移，陆繁红了，直播间动辄上十万人，简遇洲这艘破船就这样可怜兮兮地被大潮掀翻，再也没有被陆繁翻过牌。

然后……老粉丝为了博得注意力，就"黑化"了。

简遇洲思及此，眼睛里流露出一丝柔软的笑意。陆繁也在看他："你笑什么？"

简遇洲朝她靠近，一只手搂过她的腰，把她抱在怀里，低笑着回她："高兴。"

"为什么？"

"找了个漂亮媳妇，又会做菜又会赚钱，我福气好。"

陆繁闻言，也忍不住抿唇一笑。她微微抬起头，只能看到他的下巴，然后就窝进他怀里，温热而令人安心的气息传了过来。她想道，应该是她福气好才对，会下厨会赚钱的女人不难找，但是想找一个像简遇洲这样的男人，太难了。

这么一想，陆繁觉得自己真是捡了个大便宜，开始打趣他："简遇洲，你是不是早就对我有所企图了？"

简遇洲否认："没有。"

"黑粉，嗯？"

简遇洲："······你在说什么？"

"搬砖不如吃顿饭？"

简遇洲："······"

陆繁笑了出来："你真幼稚，小学生吗，靠欺负女同学来表达好感？"

简遇洲："······"

"好了，不笑你了，"陆繁拍拍他僵硬的背，"被我知道了也没什么嘛，我都没怪你每次都要'黑'我呢，乖哈，我不生气。"

简遇洲这才微微放松了脊背，嘀咕道："你怎么知道的？"

"要想人不知，除非己莫为咯。"

简遇洲深刻反省："对不起。"

陆繁一怔，失笑："别这么认真呀，我说了我没往心里去。"

简遇洲乘胜追击："那你亲我一下，证明你没生气？"

陆繁："······"

他说的亲一下，肯定不止一下吧？

陆繁想起刚刚被他缠着的样子，顿时感觉舌头一阵发麻，立马低下脑袋，装睡逃避。

简遇洲低头吻了吻她发顶，突然轻声叫她："乖宝宝？"

陆繁闷闷地"嗯"了一声。

简遇洲又叫了她一声，然后紧紧抱住："······我一有空就回来看你。"

"嗯。"

"离那个什么方睿远点儿，以后男同事不管已婚未婚的都要保持距离······哦不，我不是不放心你，我是不放心他们。"

陆繁轻哼一声："你当谁都跟你一样？"把她当什么宝贝似的······

"我是男人，我懂男人想什么，那个方睿肯定对你有意思。"

陆繁："······"

可怕的男人的直觉。

两人又细细碎碎地说了些什么，后来就相拥着慢慢地睡着了。

简遇洲浅眠，手机铃声一响起他就睁开眼了，马上摁掉电话，以免吵醒好梦正酣的陆繁。

他拿着手机坐了起来，回了短信过去，然后扭过头，静静地看着熟睡的人。

怎么就这么顺眼，就一直看不够呢……如果可以，他真想把她打包了随身携带，让别的男人再也窥视不了她，但是陆繁有自己的工作，他不能不顾及她的想法和感受。

他俯下身，在她微张的嘴唇上落下轻若羽毛的一吻。甜香的气息攀缘而上。

最后是手机再次响起才拉回了他又坠入温柔乡的意识，简遇洲遗憾地结束了这个吻，然后逼着自己起床离开。

# 第三十六章

## 分离

　　一周后，陆繁正式进入电视台工作。她接手的那档美食节目叫《挑战美味》，平均收视率无比惨淡，上一位主播跳槽了，把烂摊子留了下来，陆繁新进公司，只好硬着头皮顶上。

　　作为一个电视台的主播，工作比普通网播要繁重得多，不仅要录制节目，还要拟写台本、邀请嘉宾等，都需要尽快掌握。幸好陆繁在之前就已经做过功课，临时接手也不显得忙乱失措。

　　进了电视台的第三天，几个同楼层的同事邀请她一起去聚餐，陆繁欣然前往。到了一家海鲜自助店，她这才发现除了几个刚混眼熟的女同事，座位上还坐着不久前见过的方睿。

　　方睿看到她也有些讶异，然后微笑着朝她点头："原来她们说的新同事就是你啊，欢迎欢迎，快坐下来吧。"

　　一个女同事奇道："咦，你跟陆繁认识啊？"

　　方睿摸摸鼻子："她以前的搭档是我死党，我们之前一起玩过一次。"

　　"哇，那真是太巧了，"女同事把陆繁拉到空位子上坐下，正好跟方睿面对面，"我们还担心陆繁不自在呢。"

　　这是陆繁几天来第一次见到方睿，他跟上次见面一样，举止大方得体，言语幽默风趣，陆繁本来还觉得他们之间多多少少会有点儿尴尬，不过方睿对她的态度跟其他女同事一样，她心里微微松了口气。

　　她向来不擅长跟对自己有好感的男人交流接触，太费心神，再加上现在有了"人形醋桶"简宇直盯着，她当然更是敬谢不敏。

　　上次她明里暗里已经把婉拒的意思表达得很清楚了，想来方睿对她应该是没有其他的想法了，陆繁人也放松了下来，与同事们笑谈着。

大概过了半个小时，又一个同事姗姗来迟。

坐在陆繁旁边的姚静静咋呼开了："吴琳卉，怎么这么慢啊？我们还以为你不来了呢！"

吴琳卉笑了笑："有一部分导演不满意，重新录了一遍，我给你发过短信了啊，让你们别等我。"说着，她转过目光，看向陆繁，不动声色地打量后主动伸出手，"你就是陆繁吧？你好，我是吴琳卉，三号摄影棚的。"

电视台里普通的小节目是不能拥有一个独立的摄影棚的，很多收视不好的节目都是按着时间段的前后，挤同一个摄影棚，陆繁接手的《挑战美味》就是挤在公用摄影棚的节目之一。

而吴琳卉这样的自我介绍，显然是非常简单粗暴，一听就明白她在电视台的成绩不错。

陆繁伸手与她握了握，微笑着客套。

吴琳卉在方睿旁边的空位上坐了下来，笑着朝他打了声招呼。方睿也客气地笑了笑，态度稍有收敛。

陆繁用余光把其他几个同事心照不宣的笑容收入眼底，恍然。

难怪方睿旁边的位子一直被空出来，看来他们还是很有同事爱的，出来吃饭也不忘撮合。

陆繁只做未知，专心地吃自己碟子里的海虾。《挑战美味》要做的改变太多，这几天她每天熬夜想台本，饭也没好好吃，脸色看起来明显差了一些，跟简遇洲视频时她都要抹点儿BB霜遮遮眼底的淡青，怕他皱眉担心。

今天难得出来吃顿大餐，得好好补回来。

这时她手机铃声响起，她一看来电人，就拿餐巾纸抹抹嘴巴："我出去接个电话。"

姚静静道："哦，你快点儿啊，待会儿我们去抢生蚝。"

"好。"

陆繁走到了洗手间才接起电话："喂？"

"这么久才接，在忙吗？"

简遇洲的声音有些低哑。

陆繁叹了口气："你听起来比我还累，有空就睡一会儿吧，一天不打电话又不会怎么样。"

简遇洲听到她的声音就精神了一些，轻松道："那不行，怕你被别人拐走了。"

陆繁暗道，我都还没担心你被女演员揩油呢。

"吃晚饭了吗？"

"……吃了。"

"骗人，肯定又偷偷把剧组发的盒饭倒了。"

"吃习惯了你做的，其他的就吃不下去了。"

"你胃才刚好点儿，别又把自己折腾出毛病，半夜去医院吊水。"陆繁想了想，"我有空给你做点儿能存着的肉脯零食，给你寄过去。"

简遇洲道："谢谢老婆。"

陆繁哭笑不得，随他叫了。

"你晚饭吃了吗？"

"在跟新同事聚餐。"

简遇洲顿时如临大敌，追问道："男的女的？"

"都有。"知道他在担心什么，陆繁补充道，"男的都成家了。"

简遇洲"哦"了一声："成家了好，现在新时代的男人就是要成家了才有动力工作赚钱。"

陆繁："……"

两人又扯了一些闲话，手机机身都发烫了，还舍不得挂掉电话。很快那边就有人催简遇洲干活去了，简遇洲这才依依不舍地对陆繁说："你要好好吃饭，不要熬夜啊，工作忙也别累到自己。"

陆繁心虚："嗯，我知道了。"

"待会儿给我发张自拍，别忘了啊。"

"快去开工啦！"

"行，老公这就去搬砖打工赚钱了，毕竟以后还要养一大家子呢。"

陆繁失笑，她原本绝对猜不到外表高冷淡漠严肃死板的简遇洲，内里却截然相反。

反差萌吧……她想。

收好手机回到位置上，姚静静挤眉弄眼地戳戳她："男朋友查岗了？电话一打就是半个小时，我们都快吃完了。"

陆繁笑笑，大方点头。

在座的女同事开始哀号："这个看脸的世界啊，空有一身才艺的是不是永远都脱不了单了？"

方睿笑了笑："你们这个想法就不对了，脸是挺重要的，但也不是唯一标准，谁说长得不好看就找不到对象了？而且陆繁不仅自身条件好，能力也高啊，她男朋友肯定不是只看脸的。"

陆繁一听，心道这人情商倒是挺高的，两边不得罪。

姚静静笑骂道："就你会说好听的，这么花言巧语，怎么没见你也找个女朋友呢？"

她这话一落地，在座的人都有意无意地瞥向吴琳卉，吴琳卉也不尴尬，大大方方地笑着问："对啊，方睿，你是不是要求太高了，还没找到看得上眼的？"

方睿极快地扫了陆繁一眼，陆繁看到了，只做未觉。吴琳卉想必也是察觉了，目光在陆繁脸上顿了一顿，很快移开。

陆繁懒得去探究餐桌上的人各异的脸色，默默地把生蚝肉挖出来送进嘴里。

我就吃饭，不说话，能不能当我不存在……

吃完晚餐，众人都撑着了，当即有不少人表示要去 KTV 继续玩，陆繁这几天比较累，想回去睡觉，就婉拒了。

姚静静直呼可惜，但也没勉强。

陆繁慢悠悠地走到公交车站，揉了揉撑着的肚子，刚好瞥见对面有家便利药店，于是去买了盒消食片，就着水咽了。

这时一辆黑色现代在她跟前停了下来，车窗缓缓摇下，方睿探头来叫她："陆繁，我送你回家吧，你一个人不安全。"

陆繁一看时间还早，回绝道："不麻烦你了，公交车很快就来。"

方睿直言："我有话想跟你说，上来吧。"

陆繁略一迟疑，打开车门上了车。有话敞开了说，总比藏着掖着好。

方睿知道她家地址，车子安静地滑入了车流之中。

车内广播正在放沈锟川的新歌，他是三栖明星，干净的男声唱起歌来也分外动听。陆繁安安静静地听完整首温暖的情歌，才开口问："方睿，你有什么事要跟我说？"

方睿也猜到陆繁不会绕弯子，笑了笑："还没想好。"

陆繁："……"

"看你不怎么想上车，只好随便编个理由咯，陈易让我多照顾照顾你，我总不能让你一个女孩子单独回家吧？"方睿微微斜过眼，然后咳了一声，"我知道你肯定猜到了什么……没错，我的确对你挺有好感的，但是知道了你有男朋友，我不可能再插手的，所以你没必要躲着我。"

陆繁微觉尴尬。

方睿朝她笑笑："以后在一个地方工作，见面机会还有很多，总不可能一直都避着吧？你刚来，遇到什么难处就跟我说，我能帮就会帮的，当朋友也很好。"

陆繁只好说道："谢谢你了。"

方睿找了好玩的话题，之后的聊天倒也不显得枯燥，陆繁渐渐有些困了，方睿不再吵她，把车内广播也关了。

睡意袭来，陆繁迷迷糊糊入睡之际，恍惚间听到了一声遥远的好像来自天边的尖叫声，下一秒，就是刺耳的令人牙根发酸的急刹车声。

身体猛地前倾，然后被安全带紧紧地挡回靠背。头一阵眩晕，胸腹也被勒得闷痛，陆繁紧皱着眉睁开了眼，眼前还一阵阵发黑。

方睿急促的喘气声在耳边响起，陆繁猛地回过神，扭头去看。

他一脸惨白，整个人都像座雕塑一样僵住了，双目圆睁，直愣愣地瞪着前方。车前灯照亮的一片区域里，一个人影匍匐在地，一动不动。

两人对视一眼，被轰然冒出的景象弄得大脑一片空白。

撞人了？！

第三十七章

相处

　　方睿先一步镇静下来，他按住想打开车门出去查看情况的陆繁："你在车上坐着，我下去看。"

　　说完他就解开安全带，下车了。

　　暮色四合，黑黢黢的天幕倾轧下来，这条不太有车经过的路上连路灯都装得很少，只有车前灯惨茫茫的白光照亮一片。陆繁在车上坐了一会儿，看到躺在地上的人影似乎在挪动，方睿则蹲下去与他交谈。陆繁想了想，也下车了，急急地走到躺在地上凄凄哀哀地惨叫着的中年男人跟前，他看起来伤得挺重的，陆繁掏出手机："我打医院电话吧。"

　　方睿伸手，摆了摆，阻止了她。

　　陆繁正想追问的时候，中年男人哀叫道："不去医院，我还要去接我女儿……你们给我医药费，我自己去……"

　　陆繁和方睿对视一眼，在对方眼里看到了同样的意味。

　　哦，碰瓷的。

　　方睿第一次遇到这事儿，没破口大骂，也没一走了之，而是似笑非笑地跟对方攀谈："那你需要多少？"

　　中年男人颤巍巍地伸出一根手指。

　　"一百？"

　　摇头。

　　"一千？"

　　摇头。

　　方睿叹了口气，从钱包里拿出一张一元纸币，放到中年男人肚皮上，拍了拍："演出费。快去接女儿吧。"

中年男人急了，死死拽住方睿的脚不让他走："你这人，怎么撞人了还要赖！来人啊救命啦，撞人都不用赔钱啦！我要是死了，我女儿一个人怎么活啊！"

陆繁、方睿："……"

陆陆续续有人围了过来。

中年男人身上的伤痕颇多，他骑的电瓶车则倒在了车前，看起来确实有些像车祸现场。陆繁走到车身前，仔细地查看了一番，看清楚了并没有任何碰撞摩擦的痕迹后，当机立断地打电话报警。

不管到底有没有撞到人，报警都比私了要更正确，他们不想当冤大头，但也没有缺德到不敢承担责任。

等警察来判定就好。

中年男人始终都紧紧抱着方睿的腿，开始上气不接下气地说自己女儿的凄惨身世，什么亲妈走得早，因为穷在学校受欺负等，围观群众闻言唏嘘不已。看着陆繁和方睿的眼神也开始渐渐不善起来。

陆繁揉揉脑门，靠着车门休息了一会儿，没过多久，一辆警车鸣着笛开到了现场。

大致了解了情况后，警察检查了方睿的驾驶证，然后蹲下去跟中年男人交流。他凄哀痛苦的样子以假乱真，再加上看到警察来了也没有半丝慌张，警察一时无法判断，于是把三人都一块儿带回派出所去了，打算调出监控再调查。

莫名其妙就到了派出所，陆繁只觉倒霉，难得今天能有空闲时间睡个好觉的，却被碰瓷的破坏了。

哪知几分钟后，一个更倒霉的消息传来——那个路口的监控正好在维修，没能拍到。

方睿就坐在她旁边，看她脸色不好，于是安慰道："不用担心，我们没撞人就是没撞人，等他们调查清楚我们就能回去了。"

只不过没有监控，这件事肯定不好处理。

"嗯，"陆繁点点头，"我有点儿头痛，先休息一会儿，待会儿结果出来了叫我一声。"

"好。"

陆繁正准备合上眼时，手机响了起来，在静谧的派出所里异常响亮，她连忙划开，走到了外面接听："喂？"

"回到家了吗？"

陆繁靠着墙，揉了揉眉角："没有，遇到了点儿事。"

简遇洲听出她声音里的疲惫，追问："怎么了？"

"同事送我回去，路上遇到一个碰瓷的，死赖着我们要赔钱。现在在派出所，等调查结果。"

"你没事吧？有没有受伤？"

"没有，我坐在车上呢，没受伤。"

"那就好，"简遇洲微微松了口气，随即才沉下声音道，"都已经十点多了，调个视频要这么久吗？"

陆繁无奈道："监控坏了，不知道接下来该怎么办，而且他们工作也很忙的，可能这种小事情排在后面了吧。"

简遇洲沉吟道："我有一个高中的学长在公安局，我联系一下他。"

陆繁一愣，连忙阻止："不用麻烦别人，很快就……"

简遇洲已经挂断了。

她看了看手机，叹了口气，关掉声音，走进去。

派出所里的警员的确十分忙碌，都已经晚上十点多了，依旧是行色匆匆忙得要飞起。也不知道什么时候能轮到他们。

陆繁闭着眼睡了一会儿，再睁眼时是方睿轻轻把她推醒的。

她迷迷糊糊睁开眼，听到一道严正肃冷的声音："××路上肇事撞人的是你们两个？"

来人气场太过强大，让人不由自主地束手束脚，不敢抬头对视。尽管如此，方睿还是马上反驳："不是的，我们根本没撞上人，车也没有刮擦的痕迹……"

陆繁清醒了，那个穿着便装，气势却远比普通警员强硬得多的男人似乎看了她一眼，很快就迈步走进里面。

陆繁一时有些发蒙，这个男人……该不会就是简遇洲口中的学长吧？

……

两人顿时都有些坐立不安，方睿低声说："我刚刚听到有警员说，那是正处级警督，我们这种碰瓷的小事件，他怎么会特地来处理？"

陆繁一时不知回什么好，只好摇头。

短短十分钟，男人又走了出来，挽起袖子，朝他们挥挥手："你们可以走了，那个男人已经承认是欺诈，伤是自己弄出来的，跟你们没关系。"

这、这就好了？

那个中年男人那么硬气，敢跟着来派出所，现在居然这么快就招认了……

男人瞪眼看着他们："还想留个晚上？"

两人连忙鞠躬，一前一后地走出大门，临出门前，陆繁转过头，低声朝他道谢。

男人"啧"了一声："这点儿小事也火急火燎地来找我，要不是我正好有空，谁要理他，真够腻歪的……"

陆繁抿唇笑了笑，再次说了声谢，然后转身离开。

方睿感叹道："如果不是那领导，我们今天大概是真要在派出所待一晚上了。"

"是啊。"

两人感慨一番，相继走出派出所，外面已是深夜，只有一盏昏黄的路灯立在路旁。

方睿的车就停在那路灯旁，就着微弱的灯光，陆繁看到一道黑影靠着路灯杆，安静得仿佛融入夜色。

她有所察觉，顿住脚步，片刻后，那黑影动了，灼灼目光迎面而来。陆繁的心里一惊，即便四周昏暗，她也在第一时间认出了他。

他怎么会在这里？！

她压住快要出口的名字，仿若无事地转头看向方睿："方睿，你回家吧，我男朋友来接我了。"

方睿顺着她的目光看了一眼，然后看到了那道裹得严实的黑影。

陆繁男朋友好像是个很奇怪的人……上次见到他也是这样全身武装……不过他微笑着点头："你好。"转而看陆繁，"那我就先走了，你们回去路上小心。"

"再见。"

等方睿的车开出去了，陆繁才缓缓地舒出口气，小跑到那人面前："你什么时候来的？怎么也不跟我说一声？"

简遇洲仔仔细细地把人从头看到脚，确认了没有一丝受伤的痕迹，悬在喉咙口的心这才慢慢放了回去，一直挺着的脊背也放松下来。他伸手把人抱进怀里，摁着她的头，深深埋进自己怀里。

陆繁一怔，没有说话，回抱住他。

过了许久他才说："陈霄和小张有事，我就逃出来了，跟你打电话的时候就已经到机场了。"

陆繁：这么任性，像个小孩子一样。

然而她的嘴角却忍不住微微牵高，闭着眼，安心地享受着他温暖宽厚的胸怀。

过了一会儿，某人见到女朋友的激动心情平复下来了，开始故意板着脸训话了："你怎么又跟方睿在一起，老公说的话不听是不是？"

陆繁赖在他怀里："没有啊，我们谈公事，顺道送一程而已。"

"你们有什么公事可以谈的，又不是同一个栏目的。"

陆繁连忙把话题扯开："你高中学长怎么这么年轻就当上正处级啦？"

"别分散我的注意力！"

醋桶一翻，酸味都要漫出几里远了，陆繁答应过他不跟方睿走一块儿，这次被抓个正着也是心虚的，只好硬着头皮大开撒娇技能，抱着他的腰蹭他脖子，没一会儿简遇洲就败下阵来，一脸勉为其难的"算了，这次就饶过你吧"。

"幸好没出什么大事……要是真的出车祸了，我去哪里哭去？我才走了十天，你就出这种事，想吓死我？"他在她腰间不轻不重地拧了一把，轻哼道，"想我回来就直说。"

"碰瓷而已啦，又不是什么大事……"陆繁哭笑不得，心里却缓缓淌过暖流，不由得更紧地抱住他，"谢谢你，这次要不是你帮忙……"

"不用谢我。"他揉了把她的头发，然后低下头，亲吻发丝，"你摊上事情我怎么可能袖手旁观？"

两人情正浓时，穿着便装的男人拎着中年男人的领子出来了，瞥了搂搂抱抱的两人一眼，点评道："世风日下，人心不古。"

碰瓷的中年男人哀号道："警察，警察，我错了，我女儿真的在等我去接她啊！啊，我女儿才五岁，我还有个老母——"

男人一把把他塞到车后座，吼道："闭嘴！烦了这么久你够没够！现在去接你女儿！再烦就把你踢下车让你跑着去幼儿园！"

中年男人立马噤声，颤颤巍巍地看着吼起来像猛鬼一样的男人。

陆繁：这个领导有点儿怪……

简遇洲却像是十分熟悉了似的，浅浅朝他点头表达谢意。

男人打开车门，说："下次不准在晚上十点以后拖我来解决这种小事儿了！难得的休息日被你毁了！"说完"啪"的一声关上车门，呼啸而去。

陆繁不由得好奇地问："为什么？"

简遇洲挑眉："因为他有老婆了，我打电话过去的时候，他们正……"

陆繁："别说了，我明白了……"

陆繁撒手，转头就走："回家！"


坐在出租车上，为了防止某人热情过度，陆繁坐得离他远远的。毕竟在陌生人车上，拉拉扯扯的确不好看。

简遇洲却一直强硬地抓着她的手，她不让他靠近，他就只能挠她的手心，过一秒挠一下，陆繁转过头去，他又故作无事地看窗外。

司机是个和蔼的中年妇女，频频通过后视镜看他们。

在她的眼里，简遇洲穿着怪异，蒙着脸好像要干什么坏事似的，而陆繁又是尽力远离他，手被迫与他相握。足够联想很多了。

于是司机特意询问了两次目的地，陆繁都回答了，她还是不太放心，等两人付钱时，她又问陆繁需不需要帮助。

陆繁一愣，很快明白了什么，失笑："不用，这是我男友。"

司机"哦"了一声，这才开走。

简遇洲沉默："我看起来像是坏人？"

陆繁忍笑："你穿得跟绑架犯似的，还一直拽着我不放，也难怪别人误会了。"

简遇洲看了她一眼，突然把她抱起来："那我只好拐人了。"

"喂！快放我下来！电梯里有监控！"

鉴于某人死活不肯放她下来，陆繁只好把脸埋在他怀里，心想保安室的人深夜看到这监控心里肯定也是很无语的。

很快就到了家门口，陆繁从包里掏出钥匙，开门。

简遇洲踹门而入，又把门踢上，蹬了鞋，急不可耐地直奔卧室，把流氓抢了女人回窝的模样演得像极了。

陆繁搂紧他的脖颈，直到他把她放到床上她才松开，紧接着压下来的炽热嘴唇把她想说的话都堵了回去。

气息交融，辗转反复。

喘息的间歇，简遇洲贴着她的唇瓣，低声说："想不想我？"

陆繁实话实说："想。"

他含糊地咕哝着，时不时碰碰她的嘴巴："骗人，你都没主动给我打过电话。"

陆繁失笑："你太忙了，我不好打扰你。"

简遇洲摸着她的眼窝子："多久没好好休息了？脸都小了，抱着也轻了。"

"刚起步，后来就会好了。"陆繁想起身，简遇洲却压住她的肩膀不让她起，"今天早点儿睡吧，好好休息。明天是双休日，带我出去玩？"

陆繁想了想，周末她的确没什么要紧事，就算有，也该往边上挪挪，于是道："好啊。"

简遇洲满意地勾勾嘴角，最后在她嘴巴上亲了一下："想死我了。"

陆繁的脸微微泛红。他起身，拉她起来："去洗澡吧。"

陆繁洗完后就进了厨房，简遇洲不喜欢吃剧组的饭菜，飞机上肯定也吃不下，这会儿肯定饿了。她没一会儿就拌好了一碗凉面，简遇洲用毛巾搓着湿发走出来，看到餐桌上的面，眼睛微微一亮。

陆繁打了下他来拿筷子的手："先把头发吹干。"

简遇洲松手，顺势歪过上身，摁住她的后脑勺，在她脸上重重地亲了一下。

陆繁抬手抹掉脸上的一点儿口水："你属狗吗？"

简遇洲："嗯。你还是挺了解我的。"

陆繁："……"

简遇洲光着上身在客厅里走来走去，陆繁都不知道该看哪儿了："你把睡衣套上啊！"

简遇洲似乎这才意识到他不是在自己家里，大姑娘杵在旁边，自己这么晾肉好像是不太好。陆繁的脸皮子薄，肯定是害羞了……他心里低笑了一声，回浴室套了睡衣，然后再出来。

他拿着吹风机吹头发，吹到一半，突然问陆繁："你是属牛的吧？"

陆繁点头。

简遇洲继续吹："算命的说我命太硬，就需要属牛的来克，当时我不相信，只扔了一块钱，现在觉得他说的有道理。"

陆繁："……你还信这个呀。"

"现在信了。"

两人面对着面吃凉面，简遇洲这几天都没什么胃口，但是对面坐着陆繁，他只觉得看一眼她就胃口大开，吃完自己那份还不够，把陆繁剩下的也解决了。

照例，陆繁找了罐蛇草水，放到桌上。

简遇洲僵硬了一瞬："……我困了。"

"喝了你就精神了。"

"你要我精神干什么？"他抬眸看她，过后长长地"哦"了一声，"你想……"

陆繁瞪他，脸憋得通红："你想什么呢！"

简遇洲状似无辜："我没想什么啊，你以为我在想什么？"

陆繁懒得跟他争辩下去了："你吃太多了会积食，胃又不好，不能吃消食片。"

"吃消食片我会胃痛，吃这个我能晕死过去。"

两人互瞪着对方，都不退让，陆繁突然背过身去，留给简遇洲一个黯然的背影，声音也低低的："我就知道，你以前都是哄我的，现在你就不愿意听我的了，要不了多久，你就会觉得我烦了……"

简遇洲："……"

别别别啊，别这样啊，多伤感情啊！简遇洲霍然一凛，腾地一下子站起来，"吧嗒"一声拉开拉环，闭上眼就往嘴里灌了一大口，强逼着自己咽下去："我喝了！看到了吗，我喝了！"

哦……然后离我昏死过去也不远了。看来今晚想做什么都做不了了。简遇洲迷迷糊糊地想着。

陆繁忍笑，肩膀微微耸动，简遇洲看她还不肯转身来看他，连忙又喝一口，忍着想要全吐出来的强烈冲动："我喝光了！喝光了……"

陆繁给他倒了杯水，脸因为憋笑而显得通红："喝点儿水缓一下吧。"

简遇洲这才知道原来她是装的，整个人都瘫在椅子上，感觉自己的身心都惨遭凌虐。

陆繁本来想给他安抚的一吻的，结果一凑近就闻到了那股味道，她一皱眉，默默地捏着鼻子，拿着两个碗躲进了厨房，"啪"的一声关紧了门。

简遇洲："……"

委屈。心痛。感觉自己被嫌弃了。

陆繁洗完碗出来，客厅里那股味道似乎散开了些，但还是闻得到。怎么这么强劲……

简遇洲倒在沙发上，用手背挡着眼睛，不知道是躺尸了还是昏死了。陆繁怪心疼的，暗暗想着，她是不是太为难他了，虽然是为他考虑，但是他不想喝，她干吗非要逼他呀……心软了下来，陆繁悄无声息地走近，蹲在沙发前，凑近脑袋想要亲亲他，结果那上一秒还半死不活的人突然发难，拽着她倒在沙发上，然后压制住她。

简遇洲边玩她的头发边说："还会耍小心机骗老公了……"

陆繁被他压得有些透不过气："你先起来。"

"不起。"简遇洲赖在她身上，"乖宝宝，让我抱抱。"

"那你不要张嘴说话。"

简遇洲："……"

陆繁觉得自己伤到他的心了，补救："不是你口臭，真的不是，只是……"

简遇洲："夫妻要共患难。"

陆繁察觉不妙，正想躲开，简遇洲却已经低头吻了下来。

随着他唇舌的深入，陆繁大脑一阵阵眩晕，被两个大字刷屏了。

啊啊！！

这是什么鬼味道！！

嘿！

交换了一个有味道的深吻，简遇洲咂咂嘴，回味道："我觉得好像没那么难受了。"

陆繁躺尸。

正在这时，大门那边突然传来开锁的声音。

下一秒，陆时推门而入。他看到了灯光，本还在疑惑怎么这个点了陆繁还没睡，结果眼睛一看到沙发上的两人，顿时直了。

简遇洲的睡衣很松，刚刚一番激烈的亲吻，扣子已经松了两三粒了，露出一片肌肉匀称、线条优美的胸膛，陆繁则歪着脑袋躺在他的身下，一副要死不活的模样。

陆时满脑子的邪恶思想，正想冲上去把简遇洲那丫狂扁一顿的时候，突然又嗅到了空气中一丝诡异的味道。

他立马捂住鼻子："你们到底在干什么，吃屎吗？"

简遇洲："……"

陆繁："……"

第三十八章

甜蜜

马克杯里的冰饮料冒着丝丝凉气，而对面坐的三人之间维持着诡异的沉默。

陆繁看了看双手环胸、大马金刀地坐在沙发上的老弟，和规规矩矩、坐姿端正地坐小矮凳的简遇洲，忍不住出声："咳，挺晚了……"

陆时抬手，一脸严肃："姐，你不要说话，现在是我跟他的对话时间。"

陆繁："……"

简遇洲身材挺拔，坐在小矮凳上姿势怎么看怎么别扭，但他还是很认真地做出一副洗耳恭听的模样。

陆时轻咳一声，跷起二郎腿："我要问你几个问题。"

"问。"

"你们做明星的，一个月赚多少呀？"

简遇洲："……"

陆繁："……别闹了，你给我去睡觉！"

陆时连忙严肃起来："说正事说正事……你跟我姐是怎么认识的？在一起多久了？"

简遇洲一一回答，没有丝毫不耐烦，甚至就像在见家长一样正襟危坐。

陆时在亲姐感情问题上非常热心，而且在他心目中，他姐的形象一向特别高大，所以他对他姐另一半的要求自然也高，听完简遇洲的话后，他摸摸下巴，沉思。

简遇洲要脸有脸，要钱有钱，好像挑不出什么不好的地方……

他琢磨着，但怎么就是觉得不太爽呢？！

简遇洲是大明星，他姐跟他在一起，肯定不会轻松吧。陆时难得深沉了一把，一针见血："要是以后我姐被媒体拍，被粉丝骂怎么办？"

简遇洲显然早就考虑过这个问题，从容不迫："这个你放心，"他微微斜过眼，看着陆繁，"我绝对不会让你姐受委屈。"

陆时撇了撇嘴，瞥陆繁："姐，男人都是这样甜言蜜语的，你千万别轻易相信。"

简遇洲："无理取闹。"

陆时炸了："谁无理取闹？！"

陆繁夹在他们两个中间，陆时一脸"我可是你弟，你不能偏袒男朋友"，简遇洲一脸"我可是你男人，你不能偏袒你弟"，她有些哭笑不得，只好当起和事佬："真的很晚了，有什么事，明天再讨论行不行？"

陆时气愤，瞪了眼简遇洲，有种亲姐被抢走的憋屈感。

简遇洲被小舅子这么瞪着，心里自然也不愉快，陆时是陆繁唯一的亲人，他怎么也得留下好印象才行。于是他释然地展眉，站了起来："差点儿忘了，陆时，我有礼物送给你。"

"我才不稀罕。"

虽然嘴上这么说着，但是陆时还是别过眼，不放过他任何一个动作。

简遇洲走到卧室，拿出一个盒子。

陆繁："你买什么礼物啊，不用理他，他就是瞎闹的。"

简遇洲浑不在意地笑笑："见面礼总是需要的。"

陆时打开盒盖，看到里面的最新款鸭舌帽时眼睛都直了，脑子里念头一闪而过，他惊叫道："你……你是医院里那个——"

简遇洲点头："一点儿薄礼，收下吧。"

"收收收，这个面子怎么好不给呢。"陆时嘿嘿一笑，一反刚刚相看两相厌的模样，哥们儿好地拍拍简遇洲的肩，"我姐交给你我放心！要对我姐好点儿啊！"

简遇洲微笑："当然。"

陆繁："……"

陆时回来了，睡觉又成了个问题。

陆时很快反应过来，勾上简遇洲的肩膀："姐，我跟姐夫睡好了。"

瞎叫什么姐夫……

陆繁微微瞪他一眼："要不你打地铺吧，一米五的床睡你们两个大男人太挤了。"

简遇洲立马附和："对。"

陆时腹诽，你就是想跟我姐睡是吧……

最后简遇洲还是跟陆繁睡一张床了。两人都只穿着薄薄的睡衣，躺在一起总有些尴尬，所以没有靠太近，关掉灯后房间内安静异常，只听得到彼此浅浅的呼吸声。

简遇洲身体微微绷紧，想到陆繁就睡在一臂远的地方，就有点儿心痒，闻到她身上散发出的淡淡的沐浴露的香气后更是蠢蠢欲动。他慢慢靠过去，环住了她的身体，陆繁侧过身，把头埋进了他的怀里。

只是这样简单的拥抱，简遇洲已经挺满足的了，他像哄小孩睡觉那样轻拍着陆繁的后背，直到她的呼吸逐渐平稳下来才停手，转而去拂开她的额发，低头印下轻柔的一吻，然后微翘着嘴角，也渐渐进入了睡梦之中。

第二天一早，陆繁就醒了，简遇洲还在睡，平日里深刻锋利的面庞在晨光的沐浴下显得有几分柔和，陆繁用手撑着头，静静地看着他，然后伸出手，手指轻柔地描绘着他的面部轮廓。

简遇洲浅眠，以前一点儿小动静就能吵醒他，然而今天却睡得沉，陆繁在他脸上摸摸捏捏他也只是微微皱眉，没睁开眼。

陆繁被他皱在一起的五官逗得"扑哧"一声笑了，不再逗他玩了，轻手轻脚地下床，准备给还躺在床上的两个大男人做早饭。

锅内温着鲜香扑鼻的皮蛋瘦肉粥，陆繁取出三个鸡蛋，打算做韭菜鸡蛋煎饼，刚打好鸡蛋下到平底锅里，身体就被人从背后抱住了。她吓了一跳，蛋液溅出来些许，侧过头去看，是简遇洲。

她呼出一口气，拿着抹布把台子擦干净："怎么不多睡会儿？"

"总感觉少了什么，醒过来一看才发现你不见了。"简遇洲把下巴搁在她肩膀上，声音带点儿晨起时的沙哑，"煮了粥？在外面就闻到了香气。"

"嗯，你先去洗漱吧，我再热下包子，很快就好了。"

简遇洲本来想在她脸上亲一下的，但是想到自己还没刷牙洗脸，只好忍下，去洗手间洗漱了。

过了五分钟，陆繁把早餐搬上了餐桌。简遇洲走过来在她脸上亲了一下，然后才坐下来："第一次吃你做的早餐。"

陆繁一想，还真是，以前吃的都是中餐和晚餐。

两人面对面坐下来，吃着简单的早餐，气氛温馨。

等陆时起床的时候两人已经吃完早餐，各自收拾好自己，准备出去约会了。

陆繁拿着梳子从洗手间探出头："你的早饭都还在热着，自己去拿，中饭别吃泡面，冰箱里有速冻饺子。"

陆时有点儿蒙："你们要去干啥？"

简遇洲戴上帽子，经过他的身边，丢下"约会"两字，瞬间对单身人士陆时造成了一万点暴击。

陆时不可置信道："你们居然要去约会？不怕被粉丝追被媒体堵吗！我们还是愉快地一起在家里看电影玩游戏顺便吃吃饭吧！"

陆繁从洗手间走出来，怜爱地摸摸他的头，说的话却非常无情："我可以给你带肯德基回来。"

陆时默默流泪："能带个女朋友回来吗？"

陆繁耸肩，表示无能为力。

直到两人卿卿我我地出门，并且毫不留恋地甩上了大门，陆时才接受了自己被亲姐丢在家里的事实——他们居然都不意思性地问他要不要一起去玩！！


虽然是说要约会，但是两人都没有计划，于是简遇洲上网查了一下情侣约会流程。

陆繁不知道他为什么看着看着脸色就开始不自然了："怎么了？"

简遇洲低咳一声，收起手机："没什么。"他僵硬地转开话题，"你想去哪里？"

陆繁："……什么？"

简遇洲道："你想去哪里玩？"

陆繁想了想，突然眼睛一亮："去看电影吧，串串刚上映了一部新片，虽然只是客串，但是期待值也满满的！"

简遇洲："……"

他面色古怪，一个字一个字地咀嚼着："去看沈锟川的电影？"

陆繁点头："对啊。"

看到她满脸的期待，简遇洲半句否定的话都吐不出来了。

直到坐在电影院的椅子上，简遇洲还是想不通自己为什么要来捧死对头的场。当然，他更纠结的是，在旁边坐了像他这样的大帅哥男友的前提下，陆繁竟然还能激动地摇他手臂说串串好帅。

……心好累，感觉不会再爱了。

简遇洲保持了满场的冷漠表情，原本想趁着昏暗的环境做点儿什么的心思也完全熄灭了。

出电影院的时候，他们特意走了人少的安全通道，楼梯间的灯光很暗，又静得过分，所以两人说话都能产生回声。陆繁回味着电影里沈锟川的古装装扮，心想穿古装都那么温润出尘的人大概就只有他了吧，然后就听到简遇洲酸溜溜地开口："还在想呢，要不要我现在给他打个电话，让你直接跟他说你对他的爱慕之情？"

陆繁闻言，不由得失笑，干脆环着胸："好啊。"

简遇洲气闷，板着脸不说话了。

我这么帅的人坐在你旁边，竟然也不主动过来亲亲抱抱，就知道盯着银幕看！谁还没有小情绪了！

陆繁弯着眼睛笑了，主动去挽住他的胳膊："生什么气啊，我不是早就跟你说过了，你跟串串不一样嘛。"

简遇洲继续钻牛角尖："嗯，的确是这样，你肯定没有特地赶去看过我的电影。"

嘿，怎么还吃醋吃上瘾了呢，陆繁捏了把他手臂上的肌肉，瞪了他一眼后才微微有些不好意思地说："我有啊。"

被酸意淹没的简遇洲以为她只是在哄他，轻哼了一声。

陆繁有样学样，也哼了一声，加快了步子。

简遇洲连忙跟上去，正想说话的时候，楼梯间突然响起了一阵细微，却略显仓促慌张的脚步声。他微皱眉，抬头看去，正好看到一层之上有个黑影一闪而过。

他眉间掠过一丝沉思，眼底微微冷了下来。很快他就收拾好表情，去追陆繁去了。

第三十九章

思念

陆繁和简遇洲找了家隐蔽性好的餐厅，午饭用到一半，就被陈霄的夺命连环 Call 打断了。简遇洲"啧"了一声，关了机。陆繁放下筷子："打回去吧，说不定有要紧事呢？"

简遇洲夹了块排骨放进她碗里："有什么事他也会处理的。"

"做你的经纪人和助理大概要十八般武艺齐全吧？"陆繁笑了笑，夹起排骨放进嘴里，把骨头吐出来之后手机就响了。

来电人是陆时。

陆繁把嘴里的东西咽下，然后接起电话："喂？"

陆时在那边大呼小叫："姐，姐夫该不会是惹上什么黑社会的人了吧！家里来了两个男的凶神恶煞地说要找他，然后往死里揍他！我挡不住了！"

"……"

一阵嘈杂后，陈霄把手机夺了过去："陆繁，你们现在在哪里？"

"在外面吃午餐……"

陈霄整个人都处在爆炸的边缘："让老简接电话！在这么忙的关头给我逃走，我替他收拾摊子都快蔫了！"

陆繁在他怒吼的时候就已经把手机塞到简遇洲的手里了，于是避免了被陈霄的无敌穿刺音波直面攻击。

简遇洲不紧不慢地抹了抹嘴角，然后才把手机凑到耳边："老陈，什么事？"

"你为什么要溜！我前天跟你说过今天有通告的！你的戏份都快杀

青了，结果你人不见了！你知不知道我从昨天开始就一直被各路电话烦得觉都睡不着！今天早上一摸头发掉了好几根白头发下来！我要是英年早秃少年白头就是你的错！！"

简遇洲的语气漫不经心，在应付陈霄的同时不忘给陆繁夹菜："经纪人就是要处理各种紧急事件的，否则我请一个经纪人做什么？"

"你……"陈霄无语凝噎，"我不管了，反正今天你必须跟我回剧组去！等这部戏拍完了，我给你放三天假！"

简遇洲这才正经了一点儿："真的？"

"说到做到。"

简遇洲果断道："好，吃完就回来。"

陆繁也听清了陈霄的话，觉得有三天假就雀跃到不行的简遇洲实在有点儿可怜，于是怜爱地捏捏他的耳垂。

简遇洲捉住了她的手："吃饱了？"

"嗯，你一直在给我塞肉，都有点儿撑了。"

简遇洲慢慢地揉捏着她的手："瘦了就要补回来，女孩子还是胖点儿可爱。"

陆繁"扑哧"一声笑了出来："男人的审美难道不是越瘦越好看？"

"这是扭曲的审美，我有基本的观察美的能力，欣赏不来瘦得脱形的姑娘。"他顿了顿，非常认真地说，"不过你怎么样都好看。"

这还是陆繁第一次听他说这么直白的情话，一愣，然后有些好笑，眼睛微微弯了起来："这句话该不会是网上学来的吧？"

简遇洲："……"

陆繁："我就知道，我怎么能指望一个掰断我鞋跟的人会说情话呢，哈哈哈哈哈。"

简遇洲："……"

两人结完账后就打车回了家。

对于约会被半途打断，简遇洲的心里是非常不悦的，但是一想到后面有三天的自由时间心情又转好了一些，他忍不住在脑海里排演着那三天要怎么过，是带陆繁出去玩呢，还是两人就窝在家里做些增进感情的事？

随着想法的深入，简遇洲的表情越来越严肃正经，绝不透露一丝半点儿让陆繁察觉。

回到家里，陈霄和小张都坐在沙发上，一看到简遇洲，两人高度一致地露出了无语的表情。陆繁一看他们眼下淡青色的黑眼圈就能猜到他们这一天一夜过得有多心酸，都要亲自飞过来抓人了，于是默默地为简遇洲点了根蜡。

三人也不再多留，匆匆忙忙地准备走了，简遇洲想跟陆繁再说几句，都被陈霄打了回来，推着人就出了门。

他们一走，陆时啧啧叹道："大明星就是忙……姐，你说我出道当明星的几率大不大？"

"你？"陆繁斜他一眼，"当谐星吗？"

"……"


简遇洲走了之后，两人又恢复成有空打电话，没空发自拍的状态，陆繁总觉得给对方发自拍太着耻了，然而他却不亦乐乎，微博大号上都鲜少发的自拍，全发给她了，美其名曰"解相思之苦"。

陆繁：……解啥子相思苦，还能更自我陶醉一点儿吗？

尽管内心活动非常丰富，但是陆繁还是觉得要维护一下男朋友脆弱易碎的玻璃心，所以每次他发自拍，她都会夸他一句。

隔着屏幕都能想象到他心满意足的表情。

陆繁这段时间除了拟写台本、了解上位主播留下的资源信息外，也在学习其他做出成绩的主播，在电视台工作，言论没有网络上自由，要学习的东西还很多。

某日，她经过一个摄影棚，目光往里面瞥了眼，里面正在进行录制。她顿住脚步，思考片刻后放轻动作，小心翼翼地走进摄影棚，找了处无人的地方，安静地看着录制现场。

这是个颇为出名的访谈类节目，主持人曾经也是圈内演员，后来转职了，做演员时名气不大不小，做了主持人反而渐渐变得家喻户晓起来。这得益于他随机应变的临场发挥能力和幽默风趣单枪直入的主持风格，陆繁看过几期，对主持人的印象颇深。

一个片段结束是广告插入时间，化妆师纷纷上台为嘉宾和主持人补妆。

陆繁想起自己拟写的台本还没交给总监，于是打算悄无声息地离开，刚转过身，就被站在她后面的人堵住了出门的路。

陆繁抬眸一看，她们身处暗处，只有门外楼道的灯光铺洒进来，而那人又背光，陆繁只能勉强看清一个轮廓。

直到那人开口，陆繁才认出她。

"陆繁？"

是吴琳卉。

陆繁客气地笑了笑："是我。"

两人走到亮点儿的地方，吴琳卉的目光往录制现场瞟了一下："你在这里做什么？"

陆繁觉得吴琳卉不是无缘无故会过问别人这种闲事的人，于是也跟着她的视线看了看，瞥到坐在摄像机后边的方睿之后，才后知后觉地反应过来。吴琳卉该不会是以为她专门来看方睿的吧？陆繁想起上次的聚会上，其他的同事都若有若无地在撮合吴琳卉和方睿，而吴琳卉看起来也是对方睿有好感的。

这可得解释清楚。

她扬扬手里的台本："我正好要去总监办公室，路过这里，看到里面在录制节目，就想观摩一下。"

吴琳卉也看不出是信了还是没信，说："哦，这样啊。总监今天上午不在，你把台本给助理，让助理代交一下就行了。"

"好的，那我就先走了。"

陆繁走到总监办公室，里面果然没人，她把台本交给助理后就走了。

下午三点多，总监才打了内线电话过来，把陆繁叫到了办公室。

节目总监是个膀大腰圆的中年男人，说话时有股浓烈到呛人的烟味儿，而且眼珠子总是到处乱瞟，让人倍感不适。陆繁忍着异样，专心听他提出的问题和改进方法，心里有数之后就打算先告辞了，然而总监却叫住了她。

"陆繁，今天晚上在××酒店有个饭局，来的都是手上有资源的投资商赞助商，怎么样，要不要跟去拉拉关系？"他点了支烟，吞云吐雾间，细小的眼睛绕着陆繁高挑有致的身材打转。

陆繁不动声色道："谢谢总监好意，今天晚上我有急事，辜负您的好心了。"

"这样，"他猛吸了口烟，"你要想清楚，要找人脉不是容易事，你刚来，靠自己做起这个节目是不可能的事情。"

陆繁领会到他话里话外的意思，面上依旧不露丝毫破绽，扯出一个为难又愧疚的表情："今晚我真的有急事，不好意思。"

总监看了她半晌，最终挥挥手："行了，你走吧。"

陆繁溜之大吉。

出了电视台大门，陆繁还隐隐有点儿心有余悸。

她自然知道这圈子不干净，但实际接触到又是另外一番感受。

微微出神之际，她听到有人在后面喊她，于是转过了头，看到是方睿小跑着追过来，扯出一个平淡的笑容："你也回家了？"

"是啊，"方睿到她跟前，"在想什么呢？叫了你四五声都没反应。"

这些天方睿的确帮了她许多，而且一直都守着普通朋友这条线，陆繁渐渐地也就不故意疏远他了，把他当成了朋友看待。

"没什么，可能有点儿累了。"

"今天还早，一起去下馆子吧，好好犒劳下自己，你这些天一直在四处奔波吧？"

陆繁苦笑："是啊。"一个半瘫痪的节目要重新复活谈何容易，光是找投资她就已经忙得脚不沾地了。

"我倒是有认识可以牵线的人，我们坐下来再谈。"

两人找了家川菜馆，临窗而坐，上菜之前方睿把他认识的投资商现状都说了一遍，察觉到陆繁心神飘忽后，忍不住关心地问："你真的没事吗？是不是遇到什么事了，怎么看起来魂不守舍的？"

陆繁怎么也不可能把那种事摊到饭桌上讲，于是摇头。

方睿沉思片刻，试探着问："是不是总监骂你了……"

陆繁的脸色微微一变。

方睿猜到了什么，低咳一声，正色道："陆繁，你不是非要待在电视台谋求生路的，你原本的职业收入就很不错，所以如果遇到什么不想面对的难事，我认为你不必硬扛，有些事……像你这样寻常人家出身的普通女孩的确是无法接受的。"

他顿了顿，干脆把话说得更开一些："你资历少，又年轻，极容易受到诱惑，所以以后可能还会遇到这样那样的事……只要你还在这圈子里，就躲不过去。当然，只要你做出成绩，一个人也能支撑起整档节目，那些人的目标自然而然就会从你身上移开了。"

"我这么说，你明白吗？"方睿看着她的眼睛说。

陆繁当然明白。网播也不是什么光鲜亮丽的工作，背地里的龌龊黑暗她见识过不少，只不过从来没有遇到过，所以眼下才显得有些茫然无措："谢谢。"

"不用谢，"方睿微叹了口气，"我在电视台的地位不高不低，有些地方帮不上你，但是只要是我力所能及的事，一定会照顾你的。"

陆繁深感他仗义，以前也有追过她的男人，被她拒绝后白眼一翻就转头去找别人了，而方睿却还能以跟先前一样的态度对她，实属难得。

回到家后，陆繁倒在沙发上，合着眼昏昏沉沉地睡了过去，不知道过了多久，手机铃声把她吵醒了。

这个时间点，肯定是简遇洲。

她打起精神，接了电话："喂……"

简遇洲听出她语气里的疲倦，不由自主地放柔了声音："最近有没有好好休息？工作还顺利吗？"

本来情绪都已经控制好了，结果一听到简遇洲低沉又轻柔的声线，又隐隐有决堤之势。

自从父母双亡后，陆繁都是一个人撑着的，因为知道她还有个弟弟，她不能倒下崩溃，所以再怎么难，也都咬牙挺过来了。

今天发生的事其实也没对她造成多大的打击，总监也没有言语和动作的逼迫，但是陆繁就是莫名地想起了以前自己经历的种种难处，语气里自然而然地流露出了一丝不加掩饰的脆弱："还好……你呢？"

简遇洲立马捕捉到了，声音紧了些："发生什么事了？你哭了？"

"没有，没有哭啊，"陆繁努力放轻松，"我就是困，刚刚睡了一会儿，还没清醒过来。"

简遇洲不信，但她不肯讲，他也就没有追问，只不过心里的弦已经绷紧了。

片刻后，他低低地说："我的戏份还有几天就可以杀青了，这边一结束，我就去陪你。这几天要乖乖的，知道吗？"

陆繁忍不住弯了弯嘴角："我知道了。"

两人的呼吸隔着手机，浅浅地交织着。陆繁突然开口说："你说我还要不要继续在万华待下去？"

简遇洲猜出她是在工作上遇到不顺心的事了，轻缓地安慰："乖宝宝，我不在乎你能不能赚钱，有没有名气，我只想你能开开心心地做你想做的事情。你想待在家里捣鼓美食，我养你；你想去外面赚钱养家，我也支持。如果一定要我给出一个建议的话，我更希望你不用去外面奔波，太累了。"

其实他没说出口的是，如果陆繁就是想做电视台主播，他也可以自己砸钱建个电视台，反正钱嘛，身外之物，赚来就是要给老婆花的。

陆繁听他说完后，心情好转了一些，思绪也渐渐清晰起来。

的确，以她在网络上的知名度，自己办个直播网页也不是难事，并不是非得待在万华。

人的年龄渐长，对于梦想的执着就会浅淡许多，搁在几年前，遇到再难堪的境地，陆繁说不定都会硬着头皮继续闯下去，然而现在……也许是因为有了简遇洲在她身边，她渐渐地觉得，自己不那么硬撑也没关系，身边已经有了一个宽阔而有力的胸膛，偶尔偷懒偶尔依赖都是可以的。

陆繁捂着手机，小声说："我想你了，特别想。"

那边的呼吸急促了些许，陆繁甚至听到水杯倒翻的声音。

陆繁忍不住弯弯嘴角："不过，你还是得拍完戏再回来，不准再逃了。"

简遇洲：既然不让我逃，为什么还要撩我……

## 第四十章

### 意外

　　陆繁经过前一天的事，原本心里有点儿惴惴不安，不过随后几天同事和上司对她的态度一如从前，并没有变化，而总监也没有主动来找过她，陆繁这才微微放下心来。

　　这天刚从电视台回来，陆繁就接到了陈霄的电话。

　　电话那头的人支支吾吾的，陆繁心里生出点儿不好的猜测，语气也不由得沉了下来："是不是简遇洲出事了？"

　　陈霄忙道："你先别急啊，这个……的确是有了点儿麻烦，但也不是什么要紧事……"

　　"你直说吧。"

　　"昨天在拍最后一条武打戏嘛，"陈霄摸摸鼻子，"威亚安全带崩了……人年纪大了就是不经摔，老简他……腿摔断了。"

　　陆繁："……"

　　"去过医院了，也没什么大事，在床上躺两三个月就行了。"陈霄语气轻松了些许，"老简知道自己可以休息三个月，别提多高兴了，昨天本来不让我告诉你的，不过我觉得总得跟你说一下。"

　　听陈霄的语气并不严肃，陆繁压下心里升腾起的担忧，缓缓呼出口气："他的戏杀青了吗？去哪里养腿呢？"

　　"对了，我就是想跟你说这件事来着。他的戏已经杀青了，之后三个月我也会不替他接工作了，就让他安心养病，正好我跟小张也放个假。你看，能不能让他住你家？"

　　"这个当然没问题。"

"那就好，我们后天的飞机去杭州，下飞机了给你打电话。"

"行。"

挂断电话后，陆繁直接给简遇洲发短信，询问他的情况。

简遇洲看到她的短信，皱眉瞪了打完电话从病房外进来的陈霄一眼。

陈霄耸肩："她早晚会知道的。她又不会因为你断了一条腿而抛弃你，你担心个什么劲儿？"

简遇洲抄起床头柜上的杂志扔了过去："闭嘴啊。"

陈霄捋袖子："嘿，老简，你最近是越来越嚣张了，春风得意啊你，都断腿了还有力气扔东西？"

"我手又没断，你眼瞎吗。"

小张连忙把陈霄拉出病房，阻止了一场即将爆发的战争。

病房里安静了下来，简遇洲拨了电话过去。陆繁很快接起："你还好吗，医生怎么说的？"

简遇洲特别享受陆繁这种担忧焦虑的语气，嘴角边扬起一个小小的弧度，但说话的声音压得很轻，一副虚弱模样："你不用担心我，医生说过不严重……"

陆繁心疼了："再不严重也是骨折，你要听医生的话，别乱动啊，回来我每天都给你煲汤喝。"

简遇洲眼里的笑意越来越浓，装模作样地咳嗽了几下："好的。"

两人又低低地聊了许多，简遇洲在床上躺了一天，原本浑身都难受着，跟她聊了这么一会儿，却感觉舒坦了不少。

大概世界上的确是存在这种灵丹妙药的，仅仅是听着声音，想着面容，就能退去身体发肤之苦。

简遇洲回杭州那天正好是周末，陆繁担心他的状况，所以去接机了，怕路上堵，还提早了一个小时去机场，结果却在机场出口看到了密密麻麻的接机粉丝群。她被挡在了最外面，只能看到黑压压的人头。

简遇洲受伤的消息早就流了出去，而他今天到杭州的航班信息也被内部人士曝光，所以机场外面才会有这么多粉丝。这会儿飞机还没到，粉丝们还算安静，并没有骚动到影响其他旅客的进出。

陆繁听到边上两个女粉丝的谈话，都是在讲简遇洲的伤多么多么严重的，简直是听者伤心闻者流泪，陆繁不由得暗暗心惊，难道简遇洲真的伤得很重？他怕她担心所以刻意隐瞒了？

陆繁的心直往底下沉。

焦虑地等待了一个小时，人群开始渐渐躁动起来。

陆繁怕人多，跟他们错过，所以躲到人少的地方给陈霄打电话。

陈霄怕再出现上次在宋城那样的意外，一次还好，再来一次，恐怕简遇洲心脏都要骤停了，于是给司机打了电话，让司机先接到陆繁后再开到出口处等他们。

由于简遇洲还有伤在身，走普通通道说不定会遇到什么意外，所以他们决定走 VIP 出口。不过陈霄还是推着简遇洲到粉丝面前露了个脸，没有让粉丝们白等那么久。

陆繁钻进保姆车内，拉好车帘，避免被粉丝看到。司机是以前的那个，认识陆繁，也知道她的身份，所以没什么隔阂地跟她闲聊。

"上机场的路都堵住啦，都是粉丝，幸好我提早了好久过来，否则今天大概要很晚才能接到他们了。"司机感慨道，"大明星就是好，跟古代皇帝一样，出行都有一大群人跟着，多拉风啊。"

陆繁不置可否，只是笑了笑。

十分钟后，司机看到从 VIP 通道出来的人，连忙打开车门下车。陆繁扒着车帘往外瞧，看到坐在轮椅上，右腿打着石膏的简遇洲时，心里疼了疼，掉威亚时摔下来，肯定很疼吧。

简遇洲艰难地被几人扶上车后，看到的就是陆繁微微泛红的眼睛一眨不眨地看着他，顿时把身体上的痛苦都抛到脑后了，微皱着眉，伸手去抹她眼睛："不准哭。"

他最看不得女人哭，一看陆繁眼睛红了他就慌。

陆繁本来只是一时眼眶酸涩，看到他拧起眉来别扭地安慰她的模样，眼里立马聚集起了水汽。

简遇洲无措，只得再加重语气："不准哭！我又不是瘸了！"

陆繁不说话，头微微垂下。

简遇洲终于硬不起态度了，把她的头摁到自己怀里，然后拍着她脑袋，轻哄道："真的没事，也不疼，你不要哭，也不要不说话，好不好？"

陆繁吸了吸鼻子，很快把眼底的一点儿湿意抹掉，觉得自己这样不言不语就流眼泪实在有些丢脸，所以把脸埋得更深。

陈霄和小张坐在前头，后座的你侬我侬、情深相依实在有够虐的，尽管小张已经有媳妇儿了，也觉得没眼看。

到了家里，陈霄推着简遇洲进了门，然后就撒手不管了，往沙发上一躺："累死我了，我也得好好休个假。"

昨天，陆时知道了未来姐夫的情况后非常大度地表示要把自己的房间让给简遇洲，他则在外头住，等简遇洲腿好了再回家，把姐夫与小舅子间的深刻感情演绎得淋漓尽致。

小张和司机一起把简遇洲扶上床，又忙活着固定他断了的腿。石膏沉，吊着腿也不好受，简遇洲一直皱着眉，但是一看陆繁也跟着拧起眉头，立马松开，安抚地摸摸她的头发。

当天晚上陈霄和小张留在陆繁家吃的晚饭，陆繁用海碗盛了白饭和菜，端进房间里。简遇洲靠在枕头上看书，看到她进来后就合上了书："你吃好了？"

"你先吃吧。"

陆繁在床头坐下，把碗递给他。

简遇洲看了看碗，然后厚着脸皮道："你喂我吧。"

"……"陆繁看了看他的手，"你的手也骨折了吗？"

"没有，不过也摔到了，疼。"

陆繁没有跟他死磕，心想好好照顾下病号吧，要在床上躺三个月也是挺可怜的。

于是她夹起碗里的土豆丝，送到他嘴边。简遇洲的目光一直看着她，深邃的眼眸中显出几丝温和的柔软，张嘴咬住了筷子。

陆繁抽了一下没抽回来："你想干吗？"

简遇洲含糊道："你多说几句话，我想听你说话。"

"……没什么好说的。"

简遇洲想起她在车上微红的眼眶和难言的沉默，心疼坏了，松开筷子，正色道："我真的没事，媒体都是小题大做的，你看我不是好好地在这里吗？"

陆繁心里叹了口气："我知道了。"

简遇洲看她的脸色终于好看些了，心里松了口气，又为陆繁如此担心他而感到由衷的欣慰和喜悦。他情不自禁地握住陆繁的手，送到唇边，细细密密地吻着她的指尖。

有点儿痒，不过陆繁还是没抽回来，好像只有指尖触碰到的温热能安抚她焦虑的内心。

她刚刚上网看过媒体的报道，简遇洲是从几米高的空中直坠下来的，只是摔断了腿已经算是比较好的结果了。如果地上正好有什么尖锐物体，不知道会发生什么事。

她只要想象一下当时的混乱场景，心就慌。

幸好现在的他还在她眼前。

简遇洲没有缠住她，接过碗，自己吃。

吃完晚饭，陈霄交代了陆繁一些医生的嘱咐，陆繁一一记下。

陈霄突然想到什么："今天就先麻烦你一下，明天我请个护工来。"

陆繁一愣："请护工做什么？"

陈霄轻咳了一声："那什么，老简要洗澡，还要解决个人问题……总不能让你帮忙吧？虽然你们是那种关系了，但是毕竟不是老夫老妻……"

陆繁的脸憋得有些红："……哦。"

这时候从房间里传来简遇洲的抗议："我反对！"

陈霄："……你没有发表意见的权利！"

简遇洲砸床，冷冷道："我宁愿憋死在床上。"

陆繁："……"

陈霄："……"

他内心腹诽：喂喂老简，你的意图太明显了喂！你就是想让陆繁帮你洗澡顺便揩点儿油是不是！你还要不要脸了！

陆繁现在对简遇洲的包容度无限扩大："他不肯就算了吧，我可以学习一下怎么照顾的。"

陈霄叹了口气："你不用这么惯着他，这家伙最会顺竿爬，蹬鼻子上脸什么的，给点儿颜色就能开染坊了。"

"没关系，如果我实在做不来，到时候再找护工吧。"

陈霄犹豫片刻："那好吧，你愿意的话也行。"

送走小张和陈霄，陆繁走进房间，帮简遇洲调整了一下靠枕："想看会儿电视还是洗澡休息了？"

简遇洲果断道："洗澡。"

虽然事情是应承下来了，但是陆繁从来没给别人洗过澡，有些束手无策："那……是拿湿毛巾擦擦身体，还是扶你去浴缸里？"

简遇洲看她表情有些纠结别扭，心想自己别一下子为难得太过了吧，不然她可能会臊得直接把他丢在浴室不管了。

"简单擦一下就好了，今天没出汗。"

说完，他主动解衬衫衣扣。

那动作太顺畅，倒像是早已想好似的。

陆繁端着水盆进房间时，简遇洲已经把衣服脱了，露出整个健壮而不失美感的上身。

他的肌肉分布均匀，既不夸张也不松垮，宽厚的肩膀与窄细的腰部呈现完美的倒三角，陆繁看了一眼就有些狼狈地移开了目光。

那反应落入简遇洲的眼里，他嘴角扯出一个细微的弧度，低声道："过来。"

她严重怀疑简遇洲是故意脱了衣服来勾引她的。

陆繁走到床边，拧干毛巾，然后就往简遇洲身上擦。

其间手指指尖不时触到他的皮肤，那紧致绷紧的触感太过明显，她觉得自己就是在触摸一个带电体，指尖总有细细麻麻的电流窜过。

简遇洲像是极为享受她有些躲闪的反应，时不时地指指这指指那，陆繁勤勤恳恳地帮他擦遍了上身。

随后简遇洲指了指下半身："我腿动不了，自己脱不了裤子。"

陆繁："……"

简遇洲拉住她的手，往自己的裤腰移，诱哄道："辛苦你了。"

他这个动作简直是色气满满，陆繁的脸都红了起来。

最后她还是硬着头皮扒了他的裤子，目光不受控制地掠过某处被四角裤勾勒出大致形状的地方，连忙移开。

她避开那处，小心翼翼地擦完了腿，然后呼出口气："擦好了，剩下的……你自己来，你擦得到的。"

说完，她丢下毛巾，头也不回地出了房间。

第四十一章

温补

因为有个"急需贴身照顾"的病号在家里，所以陆繁把工作都搬回家里了，实在有事要去一趟电视台也不会超过三个小时。

简遇洲除了有时会缠着她不放，大部分时间还是非常稳重成熟的，也没有干出抱着陆繁不让她去工作的蠢事（虽然他心里很想这么干）。

他在她家入住的一周后，陆繁开始莫名其妙地收到各种来路不明的快递，拆开来看，几乎都是一些大补品，有吕宋岛的血燕，有野生鹿茸，还有挪威的深海鱼，拆开包裹时吓了她一大跳。

她家的客厅角落已经堆满了各式各样的补品，陆繁不知道来历，没办法处理，就这样堆置着了。后来简遇洲看到了，说是认识的人寄来的，让她尽管用就行了。

陆繁想简遇洲认识的人大概都是圈内大腕，难怪单子上只填了收件人的名字。

"很多人都知道你住我这儿？"

"哦，陈霄口风太松了，肯定是他说出去的。"

"……"

既然是他朋友送来的，陆繁也就不打算浪费那些昂贵的补品了，一有空就钻研着各种烹饪方法，每天都能品尝昂贵食材的简遇洲咂着嘴表示这样的日子美上天了，既不用出门搬砖赚血汗钱，还可以抱着媳妇儿吃吃喝喝。

短短几天，简遇洲就觉得自己肚子上的肌肉都松了。

为他形状完美的几块腹肌默哀片刻后，简遇洲丝毫没有心理压力地再次陶醉于纸醉金迷的幸福人生之中。

这天陆繁赶在了晚饭点前回家，到小区门口时接到了简遇洲的电话。

她以为出什么事了，毕竟她出门后简遇洲基本上不会打电话来打扰她，于是急忙接起："怎么了？"

简遇洲冷声道："门外有个智障，不停地敲门，敲了十分钟了，如果不是我腿断了，我都想出去把他打一顿。"

陆繁："……我快到家了。"

简遇洲语气顿时转了一百八十度："好的，出门在外打拼也不忘家中残障丈夫，我马上匿名上网举荐你成为下一个'杭州最美媳妇'。"

"求你不要。"

"别害羞，善良的杭州人民会赞扬你的美好品德的。"

"不，我是觉得丢脸。"

说话间，陆繁就走到了家门口，随即看到一个快件员正蹲在门前哀怨地戳着纸箱。

陆繁挂断电话，走过去："你好？"

快件员立马站起来："您的快件到了，请签收！"

陆繁从包里拿出笔，唰唰唰地签了名字，委婉道："下次你可以打我电话，或者可以先放到楼下警卫室。"

这位快递小哥是负责这片区域的，短短一周，陆繁跟他已经见了不下十次面了。快递小哥自来熟，听陆繁这么说，顿时露出一副悲痛的神情："手机正好没电了，而且国际加急快件必须亲自交到你手中，我只好在这里等了。"

陆繁："……辛苦了。"

小哥帮陆繁把快件搬进了玄关，陆繁给他递了杯水，然后目送着他离开。

没急着拆快件，陆繁先走进房间去看简遇洲的情况。

他双手枕在脑后，看着天花板，作思考人生状。看到陆繁的身影了，他人顿时精神了一些："你知道我刚刚在想什么吗？"

陆繁十分配合："想什么？"

"在想我们现在的状态，"他突然扯了扯嘴角，"就像书里写的一样，你把我关在家里不让我见别人，然后一边对我进行洗脑，一边又拿好吃的好喝的哄我。"

陆繁："你都在看什么书啊！而且我什么时候这么做过了，你给我说清楚！！"

"商业杂志，名人传，《红楼梦》，科幻小说，都看了。"他补充道，"不过今天在看你书架上的言情小说。"

"……那都是我少女时期看的！你都几岁了还看！"

"虽然没什么深度，但是打发时间还是不错的。而且经过一天的学习，我发现你好像特别偏爱霸道型的男人？"简遇洲摸了摸下巴，"坐拥数不清的产业，有着显赫的地位，身边有各种各样的美女环绕，却偏偏看上一穷二白又蠢又呆的女主。而且我发现女主都有个相同的特点，那就是特别看不上男主的钱和貌，然后男主就会觉得这个女生好特别……

"而且通常都会有囚禁的剧情，难道女生偏爱这种情节？所以我非常好奇，你对于我每天躺在床上等你回来这件事，是不是心里一直在暗爽？"

陆繁捂脸："求你别说了……"

谁没有过爱看霸道总裁文的小白时期！！为什么要这么赤裸裸地说出来！！羞耻度爆表啊！

最后简遇洲体贴道："如果你真的喜欢这样，我也可以勉为其难地配合你。不过我扮演不来被囚禁的角色，要死要活的样子实在与我的气质不符。无论你对我做什么，我都不会反抗的。"

陆繁："你在家里的这一个星期到底经历了什么？"

"看书，看电视，想你。"

突然被撩了一把，陆繁越来越怀疑眼前这个人到底是不是她认识的简遇洲了。难道看言情小说会对一个男人产生这么大的影响吗！！画风都突变了啊！

陆繁实在看不下去了，转身想走。

简遇洲叫住了她："宝宝，你忘记了一件事。"

"什么？"

简遇洲张开双臂：“忘记给我一个吻。”

他顶着一张一本正经的脸说这样肉麻的话，实在是有够烦的。

陆繁一脸惨不忍睹地夺门而出。

这次寄来的是还活着的日本真鲈和羊棒骨，都是对生骨有好处的东西，陆繁撸起袖子就拎着食材进厨房开始准备晚饭。

一个小时后，她把菜碟放到托盘上，然后端进房间里。

食物的香气立马飘散开来，等待投食的简遇洲恨不得背后长出条尾巴来摇一摇。

“今天不知道是谁寄来的，鲈鱼到的时候还活着呢，我用来清蒸了，你尝尝看。”

简遇洲不忘夸奖媳妇：“只要是你做的什么都好吃。”

“别学这种劣质情话了，闭嘴，吃饭。”

“……”

简遇洲尝了口鱼肉，然后朝陆繁竖起大拇指，也顾不上说话了，埋头吃饭。陆繁看他吃得那么香，心情自然也好，端着碗陪在他床边，胃口比平时也好上许多。

吃到半饱，简遇洲开始询问她工作上的事。陆繁没把不顺心的事跟他说，都拣好玩的趣事说，简遇洲听得很专心，然后说：“你肯定能把节目做好的，刚进去会难一点儿，遇到解决不了的事儿可以来问我，我会尽力给你提供帮助的。”

他顿了顿：“你是不是还找不到合适的嘉宾？”

陆繁点头。

他低咳一声：“那么好的资源就坐在你眼前，怎么没想到好好利用呢？”

陆繁一愣，随后哭笑不得：“第一期节目就请到你这尊大佛，也太假了吧。”

简遇洲的目光凝在她的脸上，突然伸手握住了她的手，像是在谈天气一般问道：“我们公开，怎么样？”

“……”陆繁哑然。

简遇洲摩挲着她的手指："你不愿意？"

陆繁微微低下头去。

不是不愿意，只是现在这个时候不适合。不说她那半只脚在圈内的工作会受到多大的动荡，单说简遇洲，他现在的人气正处在顶峰期，在这时候爆出恋情，肯定会有不小的影响吧？

她就是这样遇到事情习惯把利弊一一在脑海里罗列出来的性格，在她眼里，公开意味着后续无尽的麻烦，会有狗仔媒体时时刻刻紧盯着他们的生活，他们的一举一动都会在网络上传开，一旦有不合适的动作就会被网络上的人误解扭曲。

能够得到祝福固然是好事，但她毕竟只是个普通人，不会喜欢自己的个人生活被那么多人放在嘴边评头论足。

公开与不公开，她真的觉得不重要，只要两个人相处着就行了。

然而简遇洲不这么觉得。

他从跟陆繁确定关系的那天开始就已经在思考这件事了。

与其遮遮掩掩地搞地下恋情，还不如光明正大地走到人前，身边这人是他选定的要共度一生的人，他不在乎别人怎么说。但是他不能不在乎陆繁的看法，所以他一直在思考怎么样才能把对陆繁的影响降到最低，如果不是现在正好谈到这个，他说不定还会再耐心地等一段时间。

简遇洲久久得不到回答，眉尖微微蹙了起来。

"你想说什么，尽管说吧，什么都可以。"

陆繁轻轻地叹了口气："你想过公开之后吗？"

"当然想过。我打拼了十年，该拿的奖都拿过了，已经不那么看重这方面的得失了，我现在最想要的就是一个平平淡淡的家。"他轻轻吻着她的手心，"陆繁，你不需要担心，我答应过小舅子，绝对不会让你受到委屈的，我是你男人，我什么都可以为你扛。"

他抬起头，玻璃珠似的眼眸紧紧地盯着她，深处流露出一丝坚定和期盼："我想要的，就是坦然地和你一起走在大街上，可以在媒体问到我的感情问题时自然地提到你，也可以光明正大地去上你的节目，让别人张不开嘴说太假。"

陆繁咬着下唇，反手轻轻抚摸了一下他的面庞。

他总是知道怎么样会让她心软。

"那至少等到你的腿好了，行吗？"

简遇洲的眸中晕开一丝欣喜，主动蹭蹭她的手心："好，听你的。"

看着他像小狗一样讨好的小动作，陆繁忍不住失笑，捏了把他的脸，然后端着托盘出去了。

简遇洲回味了一下晚上鲈鱼的滋味，拿起手机，打开微信，给某大歌星发信息。


土豆炖牛肉：鲈鱼和羊骨味道都不错，谢谢。

大歌星：你喜欢就好咯，多吃点儿啊，我给你订了一周的份儿呢，话说那个陆繁是你女友吧，就是那个你在朋友圈里肉麻表白的那位？

土豆炖牛肉：嗯，名字好听吧？

大歌星：瞧你那副嘚瑟样，谁还没媳妇了？

土豆炖牛肉：她同意公开了，你家那位还没同意吧。

大歌星：……我立马打电话取消订单。


简遇洲嗤笑一声，正准备关掉手机，突然对方又发了一条语音过来。

简遇洲直觉不是什么好事，于是插上耳机，再点开语音。

"忘记跟你说了，鲈鱼、羊骨除了有利于骨头生长，还有个很少人知道的好处，那就是壮阳益肾，哈哈哈哈哈哈哈哈哈哈哈，简宇直你腿动不了吧，哈哈哈哈哈哈！！"

简遇洲："……"

## 第四十二章

照顾

不知道是不是心理作用，他竟然真的感觉身体微微有些燥热。

简遇洲立马解开两粒扣子。

肯定是刚吃完饭，热量上来的缘故。他努力催眠自己。

在腿无法动，而且陆繁也不跟自己睡一张床，无法卿卿我我的情况下阳气太盛真的不是一件好事好吗！！

简遇洲在心里爆了句粗口，当即决定把剩下几天的鲈鱼、羊骨都堆到角落发霉。

临入睡前，陆繁端着水盆进屋，准备给他擦身体。

简遇洲前几天还能尽情欣赏陆繁微微泛红的脸，然而此刻他自己心里存了某些龌龊的念头，陆繁碰他一下他就觉得身体里的火蹿高一点儿，只得狠狠握住拳头才能勉强抑制下来。

他身体紧绷，陆繁忍不住问："你怎么了？"

"……没事。"

陆繁去脱他衣服，简遇洲下意识地一挡。

他憋了半天憋出一句："今天要不不擦了吧？"

"不行，夏天不擦身体睡觉多难受啊。"陆繁颇为奇怪，前几天每到擦身体的时候他都兴高采烈的，恨不得自己把自己扒个精光才好，今天怎么这么扭扭捏捏的了？

简遇洲松开手："……那只擦上面就行了。"

他的态度实在太过奇怪，陆繁想象力十分丰富，在脑海里幻想了各种可能，然后试探着问："你该不会是……尿裤子了吧？"

简遇洲咬牙切齿："没有！"

"哦。"没有就没有呗，这么气急败坏干什么？陆繁失笑，摇了摇头。

陆繁帮他擦身体擦了那么多天，早就不害臊了，坦然处之。今天简遇洲的异样却让她觉得太有趣了，忍不住起了逗他玩儿的心思，故意擦得又轻又慢，还时不时地用指甲去戳他的肌肉。

简遇洲一别过头就能看到陆繁白皙纤细的脖颈。

瞬间大脑都像是要爆炸了。

陆繁浑然不觉他的变化，擦完后背后，像前几天一样，在他脸边轻轻地亲了一下，表扬他的配合。

那柔软的嘴唇印在脸上，像是一根羽毛轻柔地扫过，却在简遇洲心底掀起滔天巨浪。

简遇洲嘴唇一抿，倏然发难，紧紧搂住陆繁的腰，不顾她的惊呼将她压向自己，随即等待已久的嘴唇迎了上去。

陆繁一边要应付他火热炽烈的侵略，一边又要为他的腿担忧，两手抵在他的胸前，半天推不开他。

好半天后，陆繁从意乱情迷中回过神来，微微推开他，扭过头去看他的腿："你腿没事吧？"

"没事。"

他好像还不够似的，又凑过来，陆繁这回坚决地推开了他的头："腿都断了还不老实，真的想瘸呀？乖乖躺着。"

简遇洲满脸遗憾，长长地叹了口气。


深夜，简遇洲躺在床上，瞪着天花板。

本来以为亲过之后能熄火，结果火却越烧越烈了。他根本睡不着，满脑袋的胡思乱想。

叹了口气，简遇洲决定把陆繁骗过来，就算头挨着睡一觉也好……

陆繁恰好没睡着，看到他的短信后就立马下床过来了，一脸担忧地打开灯："你腿疼？"

简遇洲脸不红心不跳："嗯，好像位置不对。"

陆繁走到床尾，小心翼翼地替他调整位置："现在好点儿了吗？"

他摇摇头，神色间有些痛苦，很快又故作轻松地舒展开眉头："你陪我睡一会儿吧。"

陆繁心疼他受苦，自然没有拒绝，回到自己的房间把空调关了，然后钻进他的被窝。

被子里是温热的，越靠近他，越能清楚地感觉到他身上散发出的热气。

陆繁贴近他，侧着身，握住他的手，轻声说："要是实在痛的话，吃一片止痛药吧，医生说不能常吃，但是偶尔吃一两片没关系。"

简遇洲也握紧了她的手，手心微微有些汗湿，陆繁以为那是痛出来的。

"不用，止痛药会上瘾，我可以忍。"他偏过头，轻轻地蹭了蹭她的脸，低声说，"你陪着我就好。"

陆繁心里微动，环住了他的腰，头靠在他的肩膀上："嗯，我陪你，你睡吧。"

简遇洲怎么可能真的乖乖睡觉，却不知道该说什么好。

陆繁以为他在忍痛，安抚地在他的脸上不停地轻吻。

简遇洲趁机环住了她的脖子，那力道大得完全不像一个病痛缠身的人。

陆繁心疼他受苦，没有一丝一毫的抗拒。

黑暗中火热的喘息声异常明显。

陆繁脸红得像是要滴下血来，又怕自己磕到他的腿，手忙脚乱地想从他身上下来："别闹了！"

简遇洲闷哼了一声，陆繁吓得立马都不敢动了。

他缓了一会儿，继续爱不释手地摸着她细腻温热的肌肤："你不要动，我就不会痛了。"

陆繁咬牙道："你……你是不是装的！"

简遇洲状似无辜："不啊，我腿真的特别疼。"

"……"

简遇洲这会儿已经完全不要脸了："真是腿疼……"

陆繁没再纵容他，果断地翻身离他远远的："睡觉！"

残障人士得不到关爱啊！这世界没有爱了啊！简遇洲万分悲痛，长长地叹了口气。

陆繁躺了好一会儿，旁边那人的呼吸却始终短促粗重，她内心挣扎良久，最终还是认栽，凑过去，有些别扭地对他耳语。

简遇洲："不用了，我知道你嫌弃我瘸了腿。"

陆繁："……"

简遇洲："真的，你别管我了。"

陆繁："……"

简遇洲叹了口气，宛如惨遭命运不公对待。

影帝用生命演绎了何为"骨子里都是戏"，要骗过别人首先要骗过自己！这是真理！


半个小时后，世界终于安稳了。

陆繁洗完手回来，某人噙着满足的笑，双眼泛着淡淡的光亮，就这样看着她。

她当作没看到，一关灯就蒙头睡觉。

简遇洲忍不住轻笑，轻声叫她名字。

陆繁捂住耳朵，顿时又红了脸。

简遇洲看她真的害羞，也就不再逼她，轻抚着她的头发哄她睡。

没一会儿，陆繁渐渐地睡意上来，不知不觉间就睡过去了。

第二天，陆繁确定那些大补品都是真货了。

连续被灌了一周的补品的简遇洲，不负众望地，流了一枕头的鼻血……

简遇洲醒来后也看到血，一摸鼻子，心想，肯定是昨晚春梦做得太舒服了……

第四十三章

撞见

　　他鼻血流得太多，陆繁看着都怕，连着一周不敢给他吃大补的东西。只不过鲈鱼、羊骨还在吃，尽管他抵死不从，把这两个玩意儿贬得一文不值，但是陆繁坚持不浪费食物的原则，硬生生地给他做了一周的鲈鱼、羊骨。

　　简遇洲就这样度过了水深火热的一周。

　　再这样下去要出毛病了！！

　　简遇洲每天都在轰炸大歌星的微信，大歌星非常"体贴"地给他又续订了一周。

　　呵呵，残障人士没有人权了。

　　连续吃一周，再好吃的东西也得吃腻了，简遇洲以为陆繁会换菜色，结果又一天看到托盘里的红烧鲈鱼和香辣羊骨时，他简直能吐出一口陈年老血来，颤颤巍巍地指着菜碟："媳妇儿，你不是说吃腻了吗？"

　　陆繁云淡风轻："对啊，所以我给自己换了菜色，这是做给你吃的。"

　　说完，她就把自己的菜从海碗下面翻了出来。

　　爆炒肥肠，鱼香肉丝，炸香椿鱼……

　　香气四溢，简遇洲忍不住咽了口口水。

　　陆繁美滋滋地叼着一条炸鱼，享受地眯了眯眼。

　　简遇洲看看自己碗里的鲈鱼，再看看陆繁叼着的香椿鱼，终于忍不住，倾身一口死死地咬住了外面的半截炸鱼。

　　两人牙齿都磕到一块儿，陆繁往后仰躲开，鱼已经被他咬走一半。

　　终于吃到除了鲈鱼、羊骨外的东西，简遇洲简直感动得要落下泪来，极其珍惜地一小口一小口品尝着炸鱼。

陆繁失笑："有这么好吃？"

简遇洲咽下炸鱼，又倾过身来，张着嘴示意她喂他。

陆繁有些好笑，夹起一块肥肠，递到他嘴边，他刚要咬时筷子又转了个弯，肥肠进了她自己的嘴。

"你碗里的才是你的中饭，乖。"她摸摸他的头发，有几分幸灾乐祸。

简遇洲觉得自己有必要重振夫纲，否则陆繁被惯得以后都能骑到他头上了。

刚下定决心，下一秒，他就软着语气说："就一口，啊——"

陆繁觉得简遇洲越活越回去了，不过不得不说，老男人撒起娇来，咳咳，还真是抵挡不住……

她夹起块肥肠，塞到他嘴里。

两人就这样你一口我一口地把午饭解决完，陆繁看他这么抵触鲈鱼、羊骨，也不想再逼他吃了，于是对着剩下还没做的发愁。

要不送给隔壁的魏嘉语吧，那小姑娘每天在家吃泡面，人都快长得像泡面了。


转眼入秋了，简遇洲已经能自己下床，拄着拐杖小范围地移动了，个人生理问题都能顺利解决，不过在洗澡的事上他还是坚持认为自己没有能力完成这么"高难度"的动作，死皮赖脸地要陆繁帮他。

陆繁跟他处久了，脸皮也厚了，现在已经能面不改色地帮他脱裤子穿裤子了。

陆繁觉得自己评个"史上最尽职护工"的奖完全不成问题。

这天两人面对面坐在餐桌上吃饭，简遇洲总算能正常进食了，胃口大开，时不时还给陆繁夹菜，嘴里念念有词："多吃点儿，都瘦了，抱着都能摸到骨头了。"

陆繁最近的确是又忙又累，一个月掉了五斤，眼下节目已经在筹备阶段，她总算能松口气儿，也打算把掉了的肉补点儿回来。

"……那你也别把你不喜欢吃的都堆给我啊！"她忍不住吐槽，"你十岁小孩吗！"

简遇洲正色道："这你就不懂了，我不爱吃的通常都是很有营养的，你应该多吃。"

陆繁白眼一翻，懒得跟他争论。

简遇洲突然想起什么，仿若不经意般问道："你最近有想要的东西吗？什么都可以。"

陆繁一愣，随即笑道："打算以身相许，谢我照顾之恩哪？"

他一本正经地回答："如果你有这个想法，我同意。"

"……算了。"

他眉一挑："你可真够挑剔的，这都不满意？"

"有什么好满意的？"陆繁瞥他一眼，带着一丝戏谑，笑了。

简遇洲一僵："……"

她竟然还记着！

她答应过他会永远忘记的！

深觉男性自尊受到了摧残，简遇洲恨得牙痒痒，强辩道："那是意外！"

陆繁气定神闲，特别享受简遇洲气急败坏的样子："某位先人曾经说过，永远不要忽略任何一个意外，说不定那就是最后的结局。"

简遇洲："哪个先人，我要给他烧假的纸钱。"

"沃·兹基索德。"

"……那是谁？"

陆繁手疾眼快地抢走了菜碟里最后一块盐焗鸡翅："你猜。"

"我的鸡翅！我要去社区妇联中心投诉，你欺负残障丈夫！说好的一人三块！结果我只吃了一块！"简遇洲万分心痛，好不容易摆脱了各种无味又让人阳气大盛的补品，终于能放开肚皮吃顿荤的了，结果陆繁竟然动作比他还快，唰唰唰地就把自己的三块全夹进了碗里，还趁他转头时动了他的那份。

什么都能忍，抢吃的坚决不能忍！就算是媳妇儿也不能忍！他一定要闹到妇联中心！他一定要重振夫纲！！

陆繁吐出啃得干干净净的骨头，用餐巾纸抹抹嘴："乖。自己回床上去玩儿。"

空有一腔斗志，无奈身有残疾的简遇洲只得偃旗息鼓，灰溜溜地回床上躺着了。

自从他的动作越来越放肆后，陆繁再也不肯跟他睡一张床了。简遇洲等到了十点，还不见人，这才发现原来陆繁已经回自己屋了，徒留他独守空闺。

冷冷清清，凄凄惨惨戚戚。

第二天陆繁起床的时候听到了从厨房传来的声响，连忙套上棉睡衣，走到厨房里，看到简遇洲正艰难地拄着拐杖打鸡蛋的时候，微微变色："你干吗啊，饿了？"

她抢过碗，放到台子上，想把他扶出厨房。

"我不至于连煎蛋都做不来，"简遇洲看陆繁那么草木皆兵的样子，有些好笑，不过也不违逆她，在她的搀扶下走出了厨房，"你最近出门时间越来越早了，早饭也不吃，这怎么可以呢？"

陆繁把他扶到客厅沙发上坐下："我可以在路边买早饭啊，你就别瞎折腾自己了，把你的腿养好我就烧高香了，好不好？"

简遇洲轻笑了一声："好。"

然后他在内心补充了一句：养不好腿，我怎么重展男性本色呢？

陆繁当然不知道他满脑袋这样那样的念头，帮他放好拐杖，然后打开电视调到晨间新闻频道。

"今天不去电视台吗？"

"嗯。"陆繁伸伸懒腰，"下午去，我先给你做早饭，港式怎么样？"

简遇洲欣然颔首，目露柔情："随你。"

陆繁抖了抖身上起的鸡皮疙瘩，摇摇头，转身进了厨房。

这人最近越来越不对劲儿了……

下午，陆繁陪简遇洲看了一部电影后就去了电视台。

简遇洲坐在沙发上，想了很久，终于决定去征询他人意见。

土豆炖牛肉：你媳妇生日的时候你们怎么过的？

某歌星：吃饭睡觉。

土豆炖牛肉：不送礼物？

某歌星：把自己当礼物送呗！

土豆炖牛肉：……

某歌星：哦，你想送也送不了，人都残了，就别搞什么花样儿了。

土豆炖牛肉：快给我意见，她很快就要回来了。

某歌星：……

简遇洲不由得陷入沉思。

脸皮算什么，男性自尊算什么，跟老婆比起来什么都不算。

简遇洲打定主意，拄着拐杖进屋去准备了。

今天陆繁生日，他一定要给她一个大惊喜。

他扬扬自得地想，陆繁肯定会再也不想离开他半步。

（来自男人对自己某方面能力诡异的自信。）

晚饭之前，陆繁回到了家，以往简遇洲都会坐在沙发上等她的，今天却没见他人影。

陆繁刚把买来的菜放到菜篮里，就听到了有人敲门。

这个点，该不会是快递吧？她出去开门，门外突然炸开彩带礼炮的声音，然后传来好几声参差不齐的"生日快乐——"。

陆繁傻了一下，彩带飘到她头上肩上，看起来有几分滑稽。

许宜雅嘻嘻哈哈地笑着，把她头上的彩带掸掉："看你这副傻了吧唧的样子，该不会忘记今天是你生日了吧？"

陈易笑道："肯定忘了，不过我们可不会错过你二十八岁的生日，哈哈哈。"

方睿跟着打趣："恭喜你离奔三更进一步。"

陆时举起足足有二十四寸的蛋糕盒子："姐，我买了你最爱吃的巧克力慕斯蛋糕！"

魏嘉语也拎着个大袋子："小繁姐，我挑礼物挑了好几天呢，缠着陆时问了很久，他说你肯定会喜欢的。"

陆繁是真的忙得忘了自己的生日，看到朋友和老弟都还记着，心里有些感动："谢谢……"

"谢什么谢，不用客气哈，"许宜雅直接就走进去了，"今天有没有好吃好喝的呀？"

陆繁后知后觉地想起，简遇洲在啊！！

她正想提出要不出去吃饭吧，陆时就拦住了她，一脸不怀好意的笑，低声说："姐夫早晚有一天要露脸的，姐，你别金屋藏娇呀，姐夫是深闺小姐吗，哪有那么见不得人。"

陆繁哭笑不得："藏个屁的娇，是不是你故意引他们来家里的？"

陆时举起双手以示无辜："我可没有，是宜雅姐说的，想吃你做的菜。"

陆繁瞪他一眼，把几人安顿在客厅之后就打算进屋去看看简遇洲在干什么。

左右两人迟早要公开，提前跟朋友交代也没什么。

她还没走到门前，那门就从里面打开了。

一道人影靠着墙慢慢地移了出来，还伴随着沙哑低沉带笑的喊声："乖宝宝，你回来了——"

当陆繁看清楚之后，整个人都呆了。

简遇洲穿着一件铁灰色的深 V 线衫，薄薄的一层罩在肌理分明的上身上，深至上腹部的 V 领完完全全显露出了他形状完美的胸肌。下身则穿着一条紧绷着的低腰牛仔裤，那裤腰低得，好像下一秒就要掉下来似的，窄细的腰线被完美地衬托了出来，那两条笔直的大长腿更是充满了禁欲的诱惑。

不止如此，因为裤子收得太紧，他双腿之间的部位特别明显，完全被勾勒出来，让人不注意到都不行。

陆繁仔细一看，发现他还捯饬了一下自己的发型和脸，微长的头发斜斜披在额头上，有种诡异的凌乱美。

前段时间长出来的胡子被刮干净了，整张脸显出一种锋锐而凌厉的意味。一双琉璃珠一样的眼睛慵懒地斜瞥过来时，简直能把人的魂都勾走。

性感而诱人。

陆繁傻了。

沙发上的几人也傻了。

空气仿佛都凝固了，四周陷入了一种死一样的寂静。

半晌后，简遇洲率先反应过来。

努力地克制着抽搐的嘴角，他用尽全力维持着镇定，淡淡地朝众人点头，然后倚着墙，一步步走进房间里。

"啪"的一声，甩上了门。

众人瞬间回神。

陆繁的表情一瞬间复杂极了，内心仿佛奔过一万匹欢腾的神兽"傻帽儿傻帽儿"地喊着。

啊，死男人原来你一个人在家里的时候玩这么嗨啊！！你怎么不干脆脱光衣服裸奔啊你！

## 第四十四章

### 身材

　　沙发上众人仿佛被雷劈了一样，满脸的不敢置信，下巴都能砸穿地球了。

　　陆繁很是尴尬，内心有点儿五味杂陈，又有些说不出来的羞耻。

　　他们不会以为她跟简遇洲在家就喜欢这么玩儿吧……别想了，越想越羞耻。

　　许宜雅是第一个反应过来的，爆了一句："陆繁，你跟简遇洲好上了？"

　　另外几个相继回过神，七嘴八舌闹开了，陆繁简直头疼："我待会儿再跟你们解释啊，你们先坐着喝口水吧。"说完，她就躲进了简遇洲房间里，耳不听为静。

　　简遇洲坐在床边，手掌抵着额头，似乎在严肃地思考人生。

　　陆繁勉强忍住了笑，可惜出声的时候还是带了一丝颤音："你……搞什么玩意儿？"

　　简遇洲轻飘飘地抬眸瞥她一眼，一副生无可恋的样子。

　　他丢了脸皮放下岌岌可危的男性自尊才做出勾引媳妇的蠢事，这辈子估计就这一次，居然被陌生人看到了……

　　陆繁又好笑又心疼，从衣柜里翻出家居服："快换了吧，别再让大家看笑话了，大明星瘸着腿上演肉体诱惑，你倒是挺会玩儿的啊。"

　　简遇洲有气无力地耷拉着肩膀："你怎么没说今天会有朋友来啊？"如果他提早知道的话，至少会穿得帅气正式点儿啊，现在这副赤裸裸的色诱穿着……哦，他都觉得自己像个智障。

"我也不知道啊，我都忘记今天是我生日了，他们不打一声招呼就来了……"她顿了顿，突然弯下腰，凑到他脸边，眼睛笑得弯了起来，"你——不会真的打算以身相许吧？特地穿成这样，来勾引我的？"

简遇洲故作镇定："没有。"

陆繁就是那种性子，简遇洲不要脸的时候她害羞，简遇洲害羞的时候她不要脸，此刻看简遇洲眼神飘忽、目光闪烁，顿时玩心大起，手指轻佻地勾着他的下巴，把他的脸转向自己，然后换上一副吊儿郎当的语气："小妖精，还不承认。说实话，你成功了，身材真不错。"

说完，她摸了把他露在空气里的胸肌，哈哈一笑。

简遇洲反应过来自己被调戏了，有些哭笑不得，想把人抓过来教训一顿，被她躲了过去。

"快把衣服换上！"

简遇洲难得骚包了一次，大秀了把身材，结果被外面那么多人看到了，陆繁心里也是有点儿小小的别扭的，这么一想还真是被陆时说中了，她在金屋藏娇呢。

简遇洲被她刚刚调戏的模样勾得心痒难耐，恨不得先把人拖过来猛亲一顿，无奈陆繁态度坚决，他只好悻悻地先把挑选了很久的衣服脱下。

线衫一脱，全身就只有一条紧身牛仔裤了。

他全身她都看过了（被迫），原本都已经做到心如止水了，可是他这副半遮半掩的穿着，简直比不穿还要性感。

陆繁把持不住，捂着鼻子打算先撤退，刚扭开门把，外面的人就全摔进来了，"哎哟哎哟"地滚作一团。

陆繁："……"

简遇洲立马扯过衣服遮住自己的上身，活像一个受辱的小媳妇，一脸的惨不忍睹。

众人："哈哈、哈哈哈，路过，路过，你们继续，继续……"


十分钟后，众人总算是安稳地齐聚客厅了。

简遇洲不愧是影帝，换上衣服出来后就脱胎换骨了，仿佛刚刚那尴尬的一幕从来没发生过一样，以主人的姿态温和地招呼着大家喝茶吃零食。

正所谓男人脱了衣服和穿上衣服，是不一样的。

他如此淡定从容，大家反而不好意思表现出尴尬和探究的神情了。尽管如此，被大明星递茶还是让他们有些局促，尤其是陆时，他怎么感觉现在简遇洲才是这个家的主人，他反倒像是外来的呢？！

陆繁和简遇洲一人主外一人主内，一人负责厅堂一人负责厨房，配合得相当默契，堪称和谐夫妻典范。在简遇洲面带迷之笑容把陆繁的朋友们忽悠得完全相信了他跟陆繁充满传奇色彩的爱情故事后，陆繁已经利落地把晚饭做好了，招呼大家落座就餐。

饭桌上摆满了美食，饥肠辘辘的众人纷纷拿筷，开始大快朵颐。

陆繁和简遇洲坐一块儿，看他摆着一副当家的模样招呼大家吃饭，心里不由得好笑。

一开始大家都有些坐立不安，不过简遇洲和气的态度消除了不少隔阂，一顿饭吃完，大家都能笑着跟他聊几句了。

饭后，陆繁把简遇洲扶回房间，他不适合长时间的活动，再加上现在外面人这么多，还是躺在床上安全些。

陆繁把他强烈要求要看的言情小说都堆到床头柜上："待会儿吃蛋糕的时候我再来叫你。"

简遇洲朝她张开双臂："来抱一下。"

陆繁抿着嘴笑，俯下身，趴在他胸膛上。

简遇洲闷笑了一声，环紧双臂，两人静静地拥抱了一会儿，陆繁开口："今天……还是谢谢你准备的'大礼'，你怎么知道我生日的呀？"

他颇有些得意："你的所有我都知道。"

"乱讲。"尽管这么说，但是她已经弯着眼睛笑了。

简遇洲眉毛一挑："85、60、85。"

陆繁："……"

"最近瘦了，一个月前上围可能要再大一点儿。"他一本正经，"经常听人说，女人瘦下来先瘦胸，看来是有道理的。"

陆繁：你一天到晚都在注意什么地方啊！！

简遇洲把她往上一捞，嘴唇在她的头发和脸上游移，印下一个个温热的亲吻："生日快乐。"

陆繁闭上眼，主动抬起头迎上他的嘴唇，简单的接触，却同时激起两人心底的浪潮。

她一直觉得单身也没什么不好，多自由，不必时时刻刻照顾另一个人的想法，然而真的遇到这人了，才发现以前一个人的生活虽然放松自在，却总是少了些什么，直到这人来了，才把空虚的那部分填满。

从此所有因他而起的喜怒哀乐，都令人甘之如饴。

两人甜甜蜜蜜地靠了一会儿，陆繁觉得把其他人晾在外面实在不太好，这才走出房间。

众人看她的目光都有几分微妙。

许宜雅：这么说来我还是红娘了？要是没有我，你俩成不了！

陆时：姐，你就说吧，老公重要还是弟弟重要。

魏嘉语：小繁姐，你的真爱不是串串吗！这世界变得太快！你竟然和串串对头好上了？

陈易：嘿，你这小妞藏得挺深啊！一直喊着单身，猝不及防地就脱单了！

方睿：我曾经追过的女孩跟我偶像在一起了……我先静静。

陆繁有些哭笑不得："你们别这样看我，我有点儿慌。"

许宜雅一把把她按在沙发上："坦白从宽！什么时候什么地点勾搭上的？谁告的白？几垒了？"

"对方拒绝回答并向你扔了一包狗粮。"

"……"

在场全是单身人士，纷纷捂住心脏，表示受到一万点重击。

因为对象的特殊性，所以陆繁不肯说，他们也没有死缠烂打，一一表示绝对不会把这事往外宣传，陆繁自然是相信他们的，心里很感谢他们的仗义。

十点多吃完蛋糕，众人纷纷表示要把夜晚留给两人，所以接连告辞。

陆繁把陆时留下了，让他睡自己房间，她则去跟简遇洲睡。

陆时一副冷漠脸："可是我不想听到什么奇怪的声音。"

"……"

魏嘉语朝他招手："我家有张空床，收拾一下也能睡。"

陆时果断地收拾衣服去魏嘉语家了。

陆繁表示乐见其成。

她一直觉得自家弟弟跟魏嘉语挺配的来着，不过两人似乎一直没擦出什么火花，在一块儿的时候不是打游戏就是抢零食，跟小孩一样。

说不定独处能发生点儿啥呢？魏嘉语这女孩她挺喜欢的，家里条件不错，她却有勇气一个人出来打拼，不怕吃苦，性格也好，陆繁还担心她看不上自家傻弟弟呢。

所以陆时一离开家门，她就"啪"的一声，果断地关上了大门。

陆时："……"

很好，陆繁同志，你将永远失去你的宝贝弟弟。


简遇洲现在已经能进浴缸里泡澡了，只需要把右腿搭在浴缸外的凳子上就行。

等他洗完，陆繁把他扶回床上，这才舒舒服服地泡了个澡。今天有点儿累，泡在水里又太舒服，她就有些昏昏欲睡，最后水半凉了，她才冲掉泡沫，穿上睡衣回房间。

简遇洲好像已经睡着了，合上眼一动不动地躺着。

陆繁轻手轻脚地上床，关了灯，也打算睡觉了。谁知她一躺下，简遇洲就一把把她捞了过去，直到两人的身体紧紧相贴。

"你怎么还没睡？"

简遇洲懒懒地回："我还没给你过生日，怎么可以睡着。"

陆繁还没开口，到嘴边的话就被他堵了回去。

许久之后，两人才分开了些。

简遇洲低声道："我还没好好地像这样抱过你吧？"

他的声音很是沙哑，听在耳里十足诱人。

陆繁脸红起来。

他低低地轻笑起来："不要害羞。"

陆繁满脸通红："……闭嘴！"

简遇洲低笑不止，偏过脑袋久久地亲吻着她的脸颊和嘴唇。

## 第四十五章

### 发福

　　简遇洲拆石膏那天陆繁没有陪着去，一是得知消息赶去医院的粉丝太多，人挤人看着心慌，二是那天正好是她接手的节目的第一次试录。

　　陆繁等化妆师替她上好妆后就低头刷起了微博，通过各种渠道知道了简遇洲所在医院的粉丝基本上都去了，这会儿有很多照片和小视频被传上了微博，她正好看着打发时间。

　　简遇洲被她养胖了，不是她一个人这么觉得。

　　短短二十分钟，"简遇洲发福"这个话题就上了微博热搜榜，粉丝们或戏谑或取笑，他微博下的评论区俨然成了段子手的天地。

　　陆繁看得笑个不停。

　　她想起前不久，他还抱着她叹气："我觉得我最近行动比以前还要不方便，每天吃了睡睡了吃，肯定重了不少。"

　　其实也没有多胖，也就重了十几斤吧……陆繁实在不忍心打击他。

　　简遇洲忧愁了几天，她就安慰了几天，连连保证他就算变成啤酒肚满月脸她也不会不要他的，简遇洲这才放下心来，继续堕落。

　　陆时看不下去了，好好的大明星，说发福就发福，还想不想继续在看脸的圈子里混了？！

　　简遇洲："没办法，要不你试试看三个月都躺在床上，还每天都吃好吃的？"

　　陆繁倒不太在意这个，简遇洲本来就不是靠脸吃饭的，再说胖了还能瘦回去嘛。

　　她记得某天她无意间提到了简遇洲腰上的肉好像多了，简遇洲就以为她嫌弃了，绝食了一天，陆繁哄了好久才把他哄好。等他腿好了，肯定就会急着健身减肥了……

她怎么觉得自己像是养了个小屁孩呢。

很快就有人来叫她了："陆繁，马上开始录制了。"

"好的。"她扬声应了，收好手机，对着镜子整理了一下自己的着装，确认无误了就走了出去。

第一次试录是不会播出的，所以在场的都是内部人员。

通过微博得知她新工作的粉丝很多，只不过电视台毕竟不是随便出入的地方，大部分的粉丝还是只能蹲守在微博上，等着内部人员爆料。

陆繁走出后台就看到台下几个举着手机在下面拍她的小姑娘，捕捉到她的目光后，她们还激动地朝她挥手。

陆繁有些好笑，也朝她们打了个招呼。

这时方睿一步跨上了台，顺着她目光看了眼，然后笑着说："小粉丝？"

"都是些小姑娘，蛮可爱的，"陆繁收回视线，"你怎么在这儿？"

"今天正好有空，就被抓来填补空缺了。"他指了指导演的座位，"今天只是试录，别紧张。"

陆繁失笑："你不用安慰我，我不紧张。"

她以前面对几十万粉丝直播的时候都没紧张过。

方睿笑了笑："也是。好了，我先去开机，马上就开始了。"

《挑战美味》这档节目原先走的路线比较正，不偏不倚，少了娱乐性，因此并不受大众追捧，收视率无比惨淡。陆繁接手后立马就改正了这个缺点，至于她这么多个月的努力成果究竟如何，只用一次试录就能完全体现出来，电视台方面也完全能够根据这次录制的结果来判定这档节目还有没有继续的必要。

台下零零散散坐着的都是内部人员，灯光师打好灯光，方睿确认场内一切准备就绪后，就坐在监视器后面朝她打了个手势。

试录正式开始。

台下几个借各种便利溜进来的小粉丝都躲在角落里，怕被人发现赶出去，看着台上从容淡定，言语间不失风趣幽默的陆繁，眼里都爆发出一阵阵的光亮。

"烦烦真的超级好看，嗷嗷嗷，我的小心脏都要停止跳动了！"

"喜欢了一年多的女神，以后只能在电视上看到了，嘤嘤嘤，又骄傲又伤心。"

"我要是个男的，我死缠烂打也要追她啊！"

怕影响秩序，几人的交谈声都压得很低，但是脸都兴奋得微微发红。

陆繁自从离开 LX 视频公司后，沉寂了好几个月，不更新微博也不在任何平台露面，愁死粉丝群了，前不久才得知她竟然已经签约了电视台，粉丝们既为她高兴骄傲，又怕她的主播风格会因迁就规矩诸多的电视台而改变。

幸好，站在台上的还是她们熟悉的人。

几人陆陆续续拍了一些照片和视频，偷偷摸摸地传上了微博，并纷纷艾特陆繁。

陆繁不知道微博上已经因为她而掀起怎么样的风浪，录完一小节后就呼出口气，下台准备休息一会儿，方睿走过来与她击掌："状态很好！你的表现比我想象中的还要好太多了！"

陆繁莞尔："谢谢夸奖了，待会儿还要麻烦你，晚上我请你吃饭吧。"

方睿哈哈一笑，连忙摆手："算了算了，你家那位醋味太重，我跟你说句话都得捂着心脏，可不敢跟你一块儿出去吃饭。"

陆繁闻言，忍不住失笑。的确，简遇洲在这方面是非常谨慎小心的，在他眼里，其他男人多瞥陆繁一眼就是对陆繁有想法，陆繁反驳，他就言之凿凿地说她不懂男人。陆繁真想给他跪了，久而久之也就懒得理他了，随便他折腾去。

"那行，下次吧，我把认识的都叫上到我家一块儿聚餐。"

"行。"

试录结束已经是下午四点多，陆繁坐在后台卸妆，接到了简遇洲的电话，于是拿着手机去了洗手间。

"喂？你从医院回来了吗？"

"嗯，已经到家了，你什么时候回来？要不今天我做晚饭？"

"不用了，我马上也能回去了，你刚拆石膏，再休息几天。"

两人又低低地讲了几句话，明明要不了多久就能见到了，却还是舍不得挂断电话。

这时，一个女人从外面进来，陆繁转头一看，是吴琳卉。

"我先挂了，很快就回家。嗯，拜拜。"

刚收好手机，吴琳卉就主动跟她搭话了："恭喜你啊，听说你的试录很成功，经理一个劲儿地在夸你。"

陆繁适宜地微笑了一下："谢谢。"

经过几个月的接触，陆繁自然能察觉出吴琳卉对自己隐约的敌意，毫无疑问，是误会了方睿跟她的关系。

的确，方睿之前追过她，但是知道她有男朋友后就没了那种心思，两人现在只是简单的朋友，但是吴琳卉不信啊，陆繁跟她关系谈不上很好，自然不会追着她解释什么，随便她怎么想呗。

"今天你试录的时候，是方睿接替了导演的位置？"

看吧，果然来了。陆繁在心里苦笑一声，为了避免以后还遇到类似的情况，她还是解释了："这是总监安排的。否则有休息的机会，谁会赶着来工作呢？"

吴琳卉"嗯"了一声，不知道听没听进去。

陆繁正准备离开的时候，吴琳卉又出声了："你刚来不久，手上人脉不多，有需要帮忙的地方可以跟我说，我们毕竟是同事，能帮肯定会帮的。对了，我请到了沈韫川做下个月节目的嘉宾，听姚静静说你挺喜欢他的，如果你想到录制现场看的话，我可以给你提前留个座位。"

陆繁不动声色地应下了："谢谢，我记住了。"

她之前就听姚静静说过这件事了，所以此刻也没感到讶异。

不过说实话，她也好想请串串做嘉宾啊，不知道还要混多久才有资格请他。

## 第四十六章

### 定情

陆繁回到家的时候发现饭桌上已经摆了三道菜，小张和陈霄则坐在沙发上看电视："陆繁，你回来了啊。"

她"嗯"了一声就朝厨房走，看到简遇洲正围着围裙炒菜："不是让你休息吗。"

简遇洲回过头看了她一眼："在床上躺久了，总想活动一下。医生说适当的活动对关节有好处。"

"哦，那就好。"陆繁翻出另外一条围裙，"我帮你吧，还有几道菜？"

"还剩拌三丝和土豆炖牛肉。"

陆繁笑道："你也很喜欢吃土豆炖牛肉？"

"还好。"他低头切菜，顿了顿，"也？"

"……"陆繁这时候当然不会说串串也喜欢吃这个，否则某个醋桶又要翻了。

她把牛肉放进锅里炖煮，简遇洲突然从后面把她抱住了。陆繁侧过头，嘴角边带着点儿笑意："怎么了？"

简遇洲把脸埋在她脖颈边，深深地吸了口气："我今天在微博上看到你了。真好看。"

陆繁反应过来他指的是她在台上时粉丝偷拍下来的视频，不由得轻笑了一声，回手拍拍他的大脑袋："真巧，我今天也在微博上看到你了。"

"简遇洲发福"这个话题她可真的是刷了一整天，从早到晚，笑料不断，陆繁好似忘记了把他养肥的就是自己，登上小号，狠狠地"黑"了他一把。

一个称职的"黑粉"怎么可以放过这么好的"黑料"呢。

简遇洲显然也知道今天的微博热点话题，面色一沉，张嘴就叼住了她脖子上的一小块皮肤。

陆繁压低声音："好好说话，别动不动就咬我。"

陆繁好几次被他弄得又痒又想笑，也不知道他怎么就突然喜欢起玩这个了。

果不其然，简遇洲并没有松开牙齿。

陆繁忍不住缩起脖子，想要避开："别闹了……先吃完晚饭行不行？"

简遇洲心满意足地松开她的耳垂，重重地在她的脸上亲了一下，然后低声说："你知道吗，我看到视频里的你的时候在想什么？"

陆繁直觉他不会想什么纯洁的东西，于是闭嘴不问，专心致志地搅着锅里的汤汁。

简遇洲在她耳边轻轻说了一句话。

陆繁忍无可忍，红着脸道："简遇洲，你一天到晚都在想些什么？"

"在想你啊，"简遇洲就喜欢看陆繁红着脸骂他的样子，"一会儿没见就想。"

陆繁白眼一翻，懒得理他了。

鉴于简遇洲一直对她动手动脚，阻挠她做菜，导致晚饭迟了二十分钟才上桌。

小张和陈霄闭口不问，专心吃饭，想着吃完就赶紧撤退，多留一分钟就多一点儿被那两人闪瞎的可能。

吃完晚饭，小张和陈霄拿起东西就走，陆繁今天录了一天节目，站都站累了，所以打算先睡一会儿，把洗碗的工作交给了简遇洲。

她打开空调，然后脱了小西装外套，倒在床上就睡。

迷迷糊糊间，好像有人在她身边躺下，陆繁眯着眼瞄了一下，含糊道："碗洗好了？"

简遇洲低下头来吻了吻她睁不开的眼："还没。"

陆繁挥手："走开走开，这里不用你。"

简遇洲低笑了一声："我帮你换上睡衣，你躺着就行。"

陆繁就算困得不行，也知道这个男人脑袋里想的，理都懒得理他。

简遇洲心气难平，化悲愤为欲念……

在过去的三个月，两个人擦枪走火的次数不少，对彼此的身体已经很熟悉，就算陆繁很想睡觉，却还是难以控制地被他撩拨得身体发热。

他再次俯下身，不断地在她的脸上轻吻，珍视而小心翼翼。

陆繁情不自禁地环住他的脖子，心想就这样吧，反正就是这个人了……


陆繁这一觉睡了很久，最起码断断续续做了三四个梦，意识渐渐清醒，做了什么梦都忘记了，只记得昨天晚上某人是怎么折腾她的。

简直是……

她咬牙，刚动了下身体，就觉得两条腿好像都不是自己的一样。

身体倦怠，她干脆不起来了，闭上眼，想继续睡会儿。

下一秒，一条手臂从背后绕了过来，箍住她的腰。

"该起床了，乖宝宝。"

他低哑带笑的声音在耳边响起，陆繁当作没听见，把脸埋进枕头里。

简遇洲适时地沉痛反省："我错了。"

还没反应。

他抬起上身，轻吻着她露在外面的肩膀："还是你喜欢另外一个起床方式？"

陆繁终于装不下去了，推开他的脑袋："醒了，我醒了。"

简遇洲低笑了一声，把她搂进怀里："今天周末，我们都没事，再多躺一会儿。"

简遇洲从头发丝儿到脚趾都写满了何为满足，此刻是恨不得永远都抱着陆繁不撒手。

陆繁也是懒得动了，就任他抱着，他时不时跟她说几句话，她看心情回个"嗯"字。

不知不觉她又睡着了，再醒来是被饿醒的。

她一动，简遇洲就察觉了："怎么了？"

陆繁捂着肚子："饿……"

简遇洲闻言，笑了一声："我去给你做饭，想吃什么？"

"煮碗面吧，冰箱里有鸡蛋面。"

"行。"

很快简遇洲就端着两碗面进来了。

陆繁靠着床头，拿了两本书垫碗，她饿得不轻，尽管面烫，还是很快就解决了大半。

其间简遇洲出去接了个电话，讲了很久。

陆繁吃完自己那碗，又偷偷从他碗里夹了几筷子，这时候简遇洲回来了，陆繁偷吃被发现，当即噎住了，咳个不停。

简遇洲的眼中掠过一丝笑意，走过来拍她的背："给你吃，别急。"

陆繁咳得眼睛里漫上了一点儿水光，毫无威力地瞪了他一眼。

这时陆繁的手机响了。

简遇洲"啧"了一声，本想把手机关掉，但陆繁怕是什么重要的事，还是接起了电话。

"喂？"

"姐姐，快看网上！你跟姐夫在一块儿的照片被狗仔拍到了！！"

## 第四十七章

### 喜欢

　　陆繁的脸色微微一变，挂断了电话，想登上微博，又有些犹豫，于是拿着手机发了会儿呆。

　　简遇洲从后面抱住她："怎么了？"

　　陆繁微微别过脑袋："刚刚的电话是不是陈霄打给你的？"

　　简遇洲一顿，然后"嗯"了一声。

　　"……是不是我们在一起的事……"

　　简遇洲看她咬着嘴唇，细眉微蹙，忍不住用手指把她的嘴唇从齿缝间解救出来，缓声道："是的，被狗仔拍到了。陈霄已经让人在处理了，陆繁，你还记得你答应过我什么吗？"

　　陆繁知道他指的是公开的事。

　　他低下头，说："我们公开吧，好不好？"

　　陆繁顿了很久，然后点了点头。答应过他的事，她不会随便敷衍。

　　简遇洲嘴角微微挑高，眼眸中浮现出仿佛能将人溺毙的柔情，更紧地抱住她，轻叹道："我等这天等了好久了。"

　　陆繁闭着眼，安心地躺在他的怀里。

　　心绪渐定，陆繁趴在床上开始看微博，简遇洲则哼着小曲去洗碗了。

　　最开始的几张偷拍照是由一个狗仔号发出来的，有他们牵着手进电影院的，也有一起进公寓楼的，照片里的他们无一不是举止亲密，只要有眼睛的人一眼就能看出两人关系并非普通朋友。

　　他们去电影院已经是三个多月前的事儿了，从那时候开始就已经有狗仔在跟拍了？陆繁不由得咋舌，她真的一点儿都没有察觉，一想到被人偷拍了这么久，还真是有点儿令人毛骨悚然。

之后那几张照片经过数个营销号的转发，已经彻底传播开了，短短两个小时，"简遇洲恋情曝光"这个话题已稳稳占据热搜头条，甩开第二名"简遇洲发福" 数条街。

陆繁还有闲情逸致想，简宇直不愧是移动的热点，随随便便就能包揽头条……

陆繁大号的个人消息已经完全炸开了，她点进去查看的时候还卡了好几秒。

狗仔一下子没能扒出她的工作和身份，但是网上那些营销号可不是吃素的，消息传开没多久，就已经把陆繁前二十七年做过些什么全扒了出来。

因为已经有心理准备了，所以点开评论区的时候，她没有太大的压力。

别人再怎么议论再怎么贬斥，也改变不了已成的事实。

网友 A：所以现在流行这个吗……不明白为什么简遇洲会看上一个网播。

网友 B：你们不了解烦烦的不要乱说好吗。我们家烦烦人美声甜身材好，随随便便就能甩你们这些粉丝几百条街好吗。

网友 C：不发表意见，简遇洲想跟谁在一起是他的自由，只要他喜欢就好了，某些键盘侠这种时候就不要瞎蹦跶了。

网友 A：所以你从一个网播转型成电视台主播是靠简遇洲的面子的吧。

网友 B：觉得烦烦是靠简遇洲才进入电视台的麻烦你们去搜昨天上微博热搜的那个视频好吗，分分钟用实力打你们脸。

网友 F：看照片里他们两个很开心很幸福，我们都不要乱掐了，祝福他们不好吗？

网友 E：一个网络主播居然也有这么多人维护，雇了水军了吧。

陆繁叹了口气，收起手机，揉了把腰，然后下床去找水喝。

简遇洲已经洗好了碗，看到她靠着桌子喝水："怎么不叫我？"

陆繁没好气地看了他一眼："我又不是残了。"

知道她在怪他，简遇洲赔着笑去搀扶她，陆繁一把推开他的手，自己又回床上躺着了。

下午，陈霄过来了。陆繁在午睡，简遇洲放轻动作关上门，然后坐在沙发上跟陈霄商谈。

陈霄翻出陆繁微博下的评论给他看，简遇洲越看脸色越沉，然后抬起头看向卧室房门，眸中掠过一丝歉疚和心疼。

陈霄跷着腿，吊儿郎当地晃着："我就说吧，你挡不住那么多人的嘴巴的，陆繁知道这事儿了吧，她什么反应？"

简遇洲沉声道："她没说什么。"

陈霄顿了良久，叹道："陆繁是个好女孩，老简，你以后一定要好好对她。"

"不用你说。"简遇洲打开自己的微博大号，"我打算公开了。"

陈霄搓搓额头："我就知道有这一天……算了算了，随你高兴吧，反正我就是你花钱请来擦屁股的，你疯够了再把烂摊子丢给我吧。"说完，他喃喃道，"嘿，这么一想，我的命还挺苦的。"

"之后的事要多麻烦你们了，事情平息后，我请工作室的人吃大餐。"

"顺便介绍一下媳妇儿是不是？"

"嗯。"

陈霄挥挥手："去去去，别到我面前来秀恩爱。"

陆繁一觉睡到了下午五点才悠悠转醒。

今天一天几乎都是在床上度过的，睡饱了，人精神也好了，她伸了个懒腰，刚睁开眼就看到简遇洲坐在床头看书。

"几点啦？"

简遇洲合上书，伸手摸了摸她的头发："五点多了。"

陆繁充满期待和肯定地看着他："我相信你肯定已经做好了晚饭！"

简遇洲失笑："为了不辜负老婆大人的信赖，我在二十分钟前已经叫了外卖了，你最喜欢的小龙虾。"

陆繁坐了起来："下午陈霄是不是来过？我好像有听到他的声音。"

"嗯，"简遇洲搓着她的头发丝，"来说网上的事。"

"你们最后怎么解决的？"

正好这时门铃响了，简遇洲掀开被子下床："自己上网看，看完出来吃晚饭。"

他套上外套出去拿外卖了。

陆繁找到手机，打开了微博，出乎意料地，她的评论区里不再是几个小时前的风起云涌惊涛骇浪，反而全是祝福，即使偶尔冒出几个不和谐的声音，也很快被人掐走了。

陆繁严重怀疑简遇洲雇了水军。

尽管"简遇洲恋情曝光"这个话题的热度还是居高不下，但是微博上讨论的风气已经逐渐从"宇直谈恋爱了，我要上天台"转换成了"我好欣慰，宇直终于找到他的幸福了"，陆繁看得一头雾水，狐疑地点开了简遇洲的大号，这才明白了缘由。

简遇洲的大号向来只发些不痛不痒的消息，而且更新频率低到令人发指，从他开通微博到现在从来没发过一张自拍，粉丝们想看照片都是去工作室的官方微博。

然而这次，他却发了自拍九宫格……

虽然……都是陆繁的照片。

陆繁：我也是无语了……

整整九张高清大图，有她直播时的，有她在厨房做饭时的，还有几张她都不知道简遇洲是什么时候拍的。

最后一张，显然是刚刚拍的，她还在睡觉，而简遇洲在她额头上轻吻。

珍视和溺爱自他的眼睛里倾泻而出，衬得他的脸柔和了不少。

这样一幅温馨恬静的景象，让人光看着照片就忍不住微微放轻呼吸，不忍打扰。

而当她看完配字时，胸腔内的心脏仿佛停跳了一瞬。


简遇洲 V：这是我最喜欢的女孩，她一开始不喜欢我，我好不容易才追到了她。我不祈求你们也能像我一样喜欢她，但是希望你们不要恶意伤害她，也不要打扰她的正常生活，谢谢。

微博下方显示转发三十万次，评论四十六万条，点赞次数九十二万。

陆繁拿着手机的手微微发着颤，眼里微涩，最后抬起头，深深地吸了口气才慢慢平复下来。

她翻着手机相册，找出了九张简遇洲的照片，发上了微博。

陆烦烦 V：你眼中有春与秋，胜过我见过爱过的一切山川与河流。@简遇洲

发完微博，陆繁只觉得心脏被什么东西满满地充盈着，她下床，穿上拖鞋走出卧室。

简遇洲站在饭桌前，正把包装盒里的小龙虾倒进大碗里。陆繁走过去，从后面抱住他，脑袋轻轻地靠着他的后背。

"怎么了？"

陆繁闷闷地说："没什么，想抱抱。"

他擦干净手，转过身来，看到陆繁眼圈微红，不由得失笑："有这么感动吗？"

他用有些粗糙的指腹轻轻抹掉她眼底的湿意，然后把她的脑袋按到自己的怀里，低笑道："早知道你这么容易感动，我应该一开始就走苦情路线的。"

陆繁破涕为笑："那你觉得你是走什么路线的？"

"展现自己的人格魅力，用真善美勾引你上钩啊。"

"就是高冷装酷呗。"她忍不住笑了，环住他的腰，小声说，"我也好喜欢你。"

简遇洲抱着她的手微微一紧："再说一遍，我没听清。"

"你听清了！"

"没有！"他死不认账，哄她，"再说一遍？"

陆繁磨不过他，微微红着脸重复了一遍。话音刚落，简遇洲就低下头来吻住了她的唇，辗转厮磨着。

陆繁闭上眼，用心感受着他的气息，还有他胸腔里那颗狂热跳动着、迸发着炽热爱意的心脏。

纵使无言无语，他们却都能听到对方的轻叹。

这一生，有你足矣。

## 第四十八章

### 温馨

　　简遇洲公布恋情这件事自然在网上掀起了滔天巨浪，各路新闻媒体争相报道，一天到晚都有众多记者堵在陆繁家楼下想拿到第一手消息。

　　尽管外面翻了天一样地闹腾，这个周末对于简遇洲和陆繁来说依旧是温馨平淡的。

　　他们都把手机调成了静音，专心地享受着这个对他们而言意义非凡的周末。

　　周一一大早，简遇洲就轻声把陆繁从梦中叫醒，噙着抹若有若无的笑意："该起床去上班了。"

　　陆繁迷迷糊糊地睁了下眼："几点了？"

　　"七点。"

　　"再睡五分钟。"

　　简遇洲笑了笑，也搂着她躺了下来，没有催。

　　陆繁被叫醒一次，已经慢慢清醒过来了，她转过身，靠进他的怀里："你什么时候醒的？"

　　"六点多，给你做了早饭。"

　　看着某人略带讨好的笑，陆繁不屑地撇撇嘴。

　　因为今天两人都要各自去忙工作，昨天睡前说好的只能亲热一会儿，结果呢？早知道她就不该心软，直接把人踢到陆时房间不就好了。

　　坐在饭桌边吃完早餐，两人分头整理，临出门前全身上下已经完全看不出这个周末颓废的气息了。

　　站在阳台上往下看，过了两天，只有五六个记者还坚守在阵地前线，为了避免意外，简遇洲还是把陈霄那个挡箭牌叫了过来。

当两人下楼时，四面八方突然冒出了二十几个扛着摄像机的记者，陈霄带来的保镖眼疾手快地挡住了他们，尽管如此，陆繁和简遇洲上车的时候还是一脸的狼狈，然后互相看看，笑了出来。

陈霄敷衍了记者群，回到车上，"啪"地一关车门："开车！"

保姆车迅速驶离，汇入车流之中。

陈霄看看陆繁，又看看简遇洲，直到简遇洲不耐烦地瞥他他才轻咳一声："那什么，你们处得不错啊。"

简遇洲用一种"你在说废话吗"的表情看着他。

陈霄："咦，你们没看微博吗？"

陆繁："又有新八卦了？"

陈霄摊手，用一副看笑话的神情朝陆繁挤眉弄眼："你自己看看呗。"

陆繁一看陈霄那副嘴脸，心底就升起了一股不祥的预感。她大脑飞快运转，确定了自己的大号并没有什么羞耻的黑历史之后，才微微侧过身，挡住简遇洲的目光，然后慢吞吞地掏出手机上微博。

不看不知道，一看吓一跳，不知道什么时候，她的名字竟然上了热搜。

"陆繁沈榅川"。

"陆繁黑粉"。

"心疼宇直"。

……我的天！！这都是些什么鬼啦！！

尽管不知道具体发生了什么，但是陆繁已经开始心虚了。

恰好这时，简遇洲语调缓慢地念出了那几个话题，然后眉梢微挑，问她："什么意思？"

陆繁目光闪烁，没有说话。

"那我自己看。"

说完，他就从她手中抽走了手机，然后一只手攥住陆繁两只手腕，一只手点开话题浏览了起来。

陆繁想夺回手机，无奈他力气太大，挣不脱，只好哭笑不得地被迫跟他一起看。

陆繁不祥的预感应验了，她的小号被无所不能的网友扒出来了……

该技术宅网友写了篇长微博，把扒号的过程叙述了一遍，然后配上众多截图。

串串串我的爱 mua ~：嗷嗷嗷嗷，新出的电影好好看！就是我男朋友太煞风景了，一直在瞎叨叨。串串最棒啦！沈韫川！

串串串我的爱 mua ~：其实我觉得串串比死男人好看！！死男人不管什么时候都板着脸，像是老婆跟人跑了还欠五百万债一样。

串串串我的爱 mua ~：听说死男人最近发福了，普天同庆啊，看来是要掉粉，我们的串串人气超过他指日可待！

评论区里全是网友在艾特简遇洲，纷纷附上心疼的表情。

然后高潮来了，沈韫川不知道是缺根弦儿还是嫌事情不够大，给陆繁那条"死男人发福要掉粉"的微博点了赞，还谦虚地评论道：借你吉言。

网友：前排看好戏！简宇直怎么还没杀出来！你的死对头已经下战帖了！你老婆还站在了串串那头！是男人都忍不下去啊！！

陆繁看天看地，死猪不怕开水烫："……"

简遇洲幽幽地看着她："你不需要解释一下吗？"

陆繁见躲不过去，只好硬着头皮说："咳，那个，我是把串串当弟弟看的，我是姐姐粉，嗯。"

简遇洲挑眉："我没沈韫川好看，嗯？"

陆繁闻到酸味了，马上哄人："没有没有，一样好看。"

"我胖了你很高兴，嗯？"

"没有没有，不太高兴。"

"我掉粉你很高兴，嗯？"

"没有没有，我替你难过。"

陆繁努力瞪大眼睛，让简遇洲看清她眼里的真诚，可惜简遇洲还是沉着脸，没有一丝一毫放晴的意思。

陈霄憋笑到内伤，看到简遇洲那一脸的"宝宝不高兴了宝宝委屈"，真想拍大腿笑个够。

很快，电视台到了，陆繁瞄了眼还板着脸的某人，低咳了一声："那……我先走了？"

简遇洲意味不明地轻哼了一声。

陆繁忍住上扬的嘴角，打开了车门，简遇洲果然立马伸出手拽住了她。陆繁回头："怎么了？"

简遇洲顿了顿："……晚上早点儿回家。"

"好。"陆繁笑了笑，挥手告别。

保姆车上，简遇洲双手环胸，眉尖紧蹙。

陈霄拱拱他："得了吧你，一个大男人怎么这么小肚鸡肠，再说陆繁喜欢沈韫川你又不是第一天知道……"

"换个词行吗，崇拜，敬仰，什么都行。"

陈霄哈哈一笑："我以前怎么不知道你是这么小气的人呢，跟一个比你小五岁的大男孩争风吃醋，你行啊你。"

简遇洲白他一眼，自顾自地沉思良久，突然问："我跟沈韫川到底谁好看？"

陈霄连连摆手："我是男人，别问我这种问题。"

简遇洲没有继续纠结这个问题，一拍大腿："你安排下，我要做陆繁第一期节目的嘉宾。"

"……啥？"人家根本还没请你来着吧？

"不管那时候有什么通告都拖拖。哦，对了，听说 OLMY 公司新开的手表品牌想找沈韫川做代言人，你给我抢过来。"

陈霄："……之前他们负责人来找过你，是你拒绝了他们，现在再去抢……"

"要脸干吗？去抢就对了。"

……恋爱中的男人脑子里装的都是什么啊？！

陆繁一踏进电视台大门，就感受到了来自四面八方的目光，有好奇打量的，有不屑鄙夷的，她通通无视。

　　管不住别人的嘴，还管不好自己的心情吗。

　　方睿来看过她一次，看她状态并没有受影响，稍稍放心了一些，跟她开了会儿玩笑后就走了。

　　平日里不甚亲近的同事似乎也隐隐有想与她交好的势头，在食堂吃中饭时，不管熟不熟的，都跟她打了个招呼。陆繁心里怪异，面上不显，都客客气气地回了。

　　下午例行开会，总监对她的态度明显比以往要好，甚至会议结束后还专门留她下来，跟她详细商讨了正式开录的日期和流程。

　　一个新来的待遇一下子就提高这么多，自然有不少人眼红，不过一想想陆繁有简遇洲女友这么好的噱头，还愁节目收视差吗？电视台自然要提拔她，想通这点后，同事们也只能偃旗息鼓，专心干自己的事儿去了。

　　下午五点，陆繁下班回家，简遇洲意料之内地还没回来，她脱了大衣，拿出手机询问他要不要回来吃晚饭。

　　简遇洲的病假还没结束，今天是去康复中心检查右腿胫骨恢复状况的，一看到陆繁的消息立马就回了。

　　简遇洲："马上就回来了，饿的话你先吃，给我留点就行了。"

　　陆繁笑了笑，放下手机，进厨房准备晚餐。

　　到了六点半，陈霄把简遇洲送回来了。在门外还健步如飞的某人一见到陆繁就开始装弱喊疼，一个劲儿地说复健太要命，陈霄翻了个大白眼，为了避免瞎眼，迅速撤退。

　　陆繁还能不知道简遇洲在装吗，前两天他的表现可一点儿都看不出腿疼的迹象。

　　不过孩子嘛，就是要哄的，所以她忍着笑把他扶到沙发上坐着："医生怎么说的？"

　　简遇洲趁机摸了把陆繁的腰，头也软绵绵地靠在她的肩膀上。

　　他沉默片刻，一本正经道："我会安安分分的睡觉。"

　　陆繁装听不懂："你说什么？"

这是大实话，陆繁好几次活生生被他压醒，醒来一看，气笑了，他像无尾熊一样四肢缠绕在她身上，半个身体倾覆上来，几乎把她整个人都罩在下面。

联想到某人一喝醉就喜欢压着玩具熊睡的往事，陆繁心想，他该不会平日里就是这副德行吧？把她当玩具熊了这是？

简遇洲似乎也想到了什么，讪讪道："我以后会注意的……"

陆繁撇撇嘴，扔下他去厨房把晚餐端出来，两人在茶几上吃完了饭。

到了晚上，等陆繁洗完澡进房间一看，简遇洲果然又死皮赖脸地躺在她的床上，一副任你风吹雨打我自岿然不动的模样，陆繁甚至有种错觉，下一秒他就要用手撑着头，朝她招手道，来呀来呀……

……画面真是太美了。陆繁摇摇头。

她也没真打算把简遇洲赶到陆时的房间，于是上床躺下。简遇洲立马翻身而上，用手肘撑着床，不至于压到她："今天去电视台，有没有遇到什么麻烦？"

"没有，"陆繁不想聊这个话题，"你还不睡？"

"你想睡了？"

"嗯，困。"

简遇洲似乎有些失望，帮她盖好被子："那你睡吧，我看你睡着了再睡。"

陆繁"嗯"了一声，靠过去轻轻地环住他的腰，简遇洲有一下没一下地轻拍着她的背。

不知过了多久，简遇洲低头看，陆繁的睫毛似乎颤了一下。他失笑，不轻不重地拧了把她腰上的软肉："故意装睡骗我？"

陆繁怕痒，一下子整个人都蜷了起来："我真的困！"

简遇洲挠她痒痒，陆繁一个劲儿地笑："你刚刚还说过不能剧烈运动的。"

简遇洲早已心旌摇摆情难自抑，低下头去，放纵自己热烈地亲吻着她。

半晌，简遇洲慢慢地问她："你说，我跟沈韫川谁好看？"

陆繁被他弄得迷迷糊糊的，恍惚间听到他的问话，心里把他骂得狗血喷头，这人也太会拈酸吃醋了，就这么一句话竟然惦记了这么久，还在这种时候问……

简遇洲低下头，在她脸上落下一个个轻吻，低声又重复了一遍："谁好看？"

陆繁被他磨得受不了了："你好看，你最好看……"

简遇洲这才终于满意了一般："乖，这是奖励你的。"

## 第四十九章

最爱

陆繁走进摄影棚，迎面而来的工作人员纷纷朝她打招呼，她也微笑着应了："辛苦了。"

她的目光在棚内逡巡一圈，没看到那人，不由得有些奇怪，怎么还没到？十分钟前不是打电话跟她讲已经快到了吗？

总导演窝在监视器后面吃盒饭，看到她了，咽下嘴里的饭菜朝她招手，陆繁走过去："李导，嘉宾还没到？"

李导讶异道："怎么问起我来了，那不是你男朋友吗？"

陆繁："……"

她苦笑了一下："李导，你别开我玩笑了。"

最近她在电视台交好的人叫简遇洲的时候从不叫他名，人前人后都直呼"陆繁那男朋友"，陆繁数次听见，哭笑不得。

简遇洲还没到，陆繁就搬了张凳子坐在李导边上，听他讲待会儿直播要注意的事情。

这是陆繁第一次直播，也是简遇洲腿伤后接的第一个工作，当简遇洲要上陆繁节目的消息流出去后，网友们直呼这是今年发糖最快最频繁的情侣档，不仅时常在简遇洲微博上看到他拍的两人合照，这回还到节目里上演真人互动了！

又过了二十分钟，陆繁频频看时间，心道奇怪，简遇洲不是不守时的人啊。

正在这时，场务妹子过来说："简遇洲已经到后台了，大家抓紧时间。"

李导看陆繁有些心不在焉，于是挥手道："走吧走吧，别听我一个老头子在这里唠叨了，记得一点半前要开拍。"

陆繁笑笑："我知道了，谢谢李导。"

陆繁走到简遇洲的休息室，他正端端正正地坐在椅子上，化妆师忙前忙后地给他上妆。

"怎么这么晚到？"

陆繁在旁边的椅子上坐下，简遇洲一听到她的声音就睁开了眼："路上遇到碰瓷的了，拉着我的脚不让我走。"

陆繁："……"

"小张同情他，非要送他去接女儿。"

陆繁：怎么好像有点儿耳熟？

"然后呢？"

"没然后了，我打了110，顺便把同情心泛滥的小张扔在原地，让他自己跑着来。"

陆繁忍不住笑了起来："那人一看你是大明星，肯定往死里宰吧？"

简遇洲轻哼了几声："我看起来像个傻子？"

陆繁心想，说不定那人可以透过表面看到本质呢。


摄影棚里的座位上都坐满了人，因为不对外售票，所以大部分都是内部人员的家属。

直播准时开始，观众们早已等在电视台直播网站上了，边看直播边激动地刷微博，转眼"简繁夫妇携手秀恩爱"这个话题的阅读量就已经上千万了，而某个微博知名搞笑博主发出的照片更为这个话题添加了不少阅读量。


隔壁老王名八八："靠关系来到现场看直播，附上某花随手一拍拍下的照片。身价过亿的影帝来上刚起步的节目，这波恩爱秀得我给满分，别骄傲。


那两张照片显然是无意间拍到的，中场休息的时候，简遇洲和陆繁都下了台，站在暗处，简遇洲张嘴从陆繁手里叼走了一条鱿鱼丝。

网友一看简遇洲千年难遇的孩子气动作，纷纷表示眼睛都要被闪瞎了。

"这不是我认识的宇直"。

"宇直什么时候学会撩妹的"。

直到一个半小时的直播结束，话题阅读量已上亿，而陆繁的大号、小号都涨了好几万粉丝。

观众陆续退场，陆繁走回后台，简遇洲正好被陈霄从休息室拉出来，迎面对上，陆繁止住脚步："要赶去下一个工作地点了吗？"

陈霄嘿嘿笑道："体谅一下，实在是之前堆的事情太多了，我争取在七点前把他送回家！"

陆繁笑着说："工作要紧，快去吧。"

简遇洲一推陈霄，陈霄自动自发地背过身。简遇洲伸出双手抱住陆繁，低声说："表现很好，观众们肯定都会看见的。"

陆繁一愣，随即反应过来，他这是还在意公布恋情的那几天，不少网友在网上放肆议论她是靠简遇洲才得到节目主播工作的事呢。她笑了笑，拍拍他的背："好了好了，我知道，快去工作吧，回家前给我打电话。"

简遇洲"嗯"了一声，侧头在她脸上轻轻吻了一下："别太累。"

陈霄暗自握拳：哼，这份工作做不下去了，要么辞职要么相亲！


由于两人在节目上公然秀恩爱的举动惹怒了一个名为"单身万岁"的民间团体，该团体发起了一次针对简宇直的特殊行动，他们深扒陆繁的微博后发现了一个深藏功与名的男子——搬砖不如吃顿饭。

该男子从一年半前就固守在陆繁的微博下，陆繁的每条微博他都要写一篇洋洋洒洒的长文章评论她，尽管言辞激烈有"黑粉"嫌疑，但是网友们深信黑得越惨爱得越深，所有的犀利言辞都是因为得不到陆繁注意后衍生而出的绝望扭曲的心态啊！尤其是自陆繁和简遇洲公开后，该男子神秘失踪，网友立马脑补出感天动地的三角爱情连续剧，求而不得黑化扭曲什么的，为了成全女主和男主，默默地退出，转为暗地里守护什么的，简直不要太戳人好吗！！

"男主是用来被女主爱的，男二是用来被读者爱的"这条铁律数年来不变其精准的概括性，被"搬砖"萌得心肝一颤一颤的网友们自动自发地把矛头指向了坐拥美人与江山的简宇直，就算撼动不了已成的事实，他们也不想让简宇直好过，怎么样也得给他添点儿堵。

"黑粉"什么的，果然是世界上最神奇最有爱的生物啊！

于是，某日夜晚，一篇长微博横空出世，发此微博的依旧是那个看热闹不嫌事大的博主"隔壁老王名八八"。

此微博截图了众多"搬砖不如吃顿饭"发的评论，还有陆繁曾经的回复，更重要的是强调了"搬砖"只关注了陆繁一个人，发的微博也都与陆繁相关。一个痴情不悔的男子形象跃然眼前，引得网友们纷纷唏嘘感叹。

在微博的最下面，还发了简遇洲最近的照片作为对比，该博主点评道：三十发福，四十秃顶，五十成路人。

众多"黑"简遇洲"黑得"不亦乐乎的网友都转发了这微博，艾特了简遇洲，乐得看热闹。

简遇洲是在回家路上看到网上的闹剧的，轻嗤一声："无聊、幼稚、胡说八道。"

他哪里发福了？这叫健康的光泽！

他怎么可能会秃顶？男人四十是娇花没听说过？

然而网友们把"搬砖"捧得越高，说得越好，简遇洲心里就越堵，现在的人眼睛都瞎了吗，他这样有钱、人帅、身材好、对老婆好的男人哪里去找？啊？啊？？居然说一个连脸都没露过的男人跟陆繁更配？

陈霄、小张：他好像完全忘记了"搬砖"是自己的小号，我们还是不要提醒他了。

越想越气不过，简遇洲致电某个在新浪公司里工作的熟人，举报了该博主进行人身攻击一事，并许以好处，成功让熟人把那个博主禁言了三天。

心里酸得冒泡的某人回到家后就抱着陆繁这里啃啃那里咬咬，直到陆繁被他弄得满脸通红、眼含水光他才满足地罢手，高高兴兴地抱着老婆去吃晚饭了。

晚饭后，简遇洲屁股跟黏在凳子上一样，拒绝洗碗。

原来两人定好的是一人一天，轮流洗碗，但是陆繁抵触洗碗，找各种理由逃避，几天也就算了，不过简遇洲此刻掐指一算，发现她竟然已经逃了一个月的洗碗工作，当即决定要立规矩。

要他洗碗可以，但是一点儿好处都不给是什么意思？怎么样也要撒撒娇亲一下吧？

真是没有一点儿当老婆的样子！

于是这天，变成了两人对坐，敌不动我不动。

陆繁终于熬不住了："你怎么还不去洗碗？"

"昨天是我洗的，按计划，今天应该是你洗。"

陆繁皱眉："你不疼我了。"

简遇洲挑眉："这招你前天用过。"

"饭是我做的，碗应该你洗。"

"家里所有家务都是我做的，你只做饭。"

"我怀了你的孩子，医生说胎位不正，不能乱动。"

"我看过你的病历，你只是肠胃不舒服。"

"……"

两人死瞪着对方，就在简遇洲要把持不住的时候，大门打开了，陆时走了进来："姐、姐夫，我回——"

"太好了，陆时你回来得太是时候了，碗就留给你洗了，亲爱的，孩子真乖！"

两人以迅雷不及掩耳之势窜进房间，锁上门。


第二天中午的时候，简遇洲看到微博上还蹦跶着的"黑粉"，心想这回一定要斩草除根，杜绝这种恶劣现象。

于是他登录小号，挑了张今天拍的照片，放了上去。

网友们发现沉寂已久的"搬砖"突然发博了，兴致勃勃地冲到前线看好戏，当看清他发了什么后，都沉默了。

搬砖不如吃顿饭：你们对我有什么不满吗？

图片里是陆繁在刷牙的侧脸，镜子里倒映出拍照人的脸，赫然是简遇洲。

……

微博上的轩然大波陆繁完全没有察觉，她得空拿出手机玩的时候也没去点开消息要爆炸的微博，反而是点开微信，刷起了朋友圈。

这一刷，就刷到了串串半个小时前发的朋友圈。

土豆炖牛肉：最幸运的事就是让我知道世上还有个你，最幸福的事就是求有所得。

陆繁忍不住微微一笑。

看来串串终于追到他暗恋的女孩了。

她点开聊天框，给他发消息。

芒果西米露：恭喜你，被你喜欢的女孩子肯定很幸福。

土豆炖牛肉：不过我还是想听她亲口跟我讲。

芒果西米露：哈哈，说不定那女孩只是比较害羞，不好意思直接说。

简遇洲低头看到这条消息，嘴角微微一弯。

他打开通讯录，拨通了陆繁的电话。

他想，亲口听她说，被他喜欢，很幸福。

窗外春回大地，云高风清，灿金色的阳光透过枝丫跳跃在他根根分明、微微颤动的眼睫上。

他垂着眼帘，面庞柔和，在某个侧面的剪影中，仿佛一个耐心等待心爱姑娘害羞地倾诉爱语的青涩少年。

最幸运的事，就是让我知道了世界上还有一个会让我这么喜欢的你。

陆珥小朋友出生的那天，时年五岁的简珝小魔王在医院的台阶上摔了一个大跟头，直接从三楼半滚到了三楼，躺在地上打滚喊疼。可惜当时满脑子都是临产妻子的简遇洲只是瞥他一眼，甚至没有担忧地问小屁孩摔得痛不痛，直接伸手把他拎起来夹在胳膊下，就朝四楼飞奔而去了。

等后来陆珥小朋友长大了，简珝才深刻地意识到，也许那一跤是上天对他的警示，让他提前知道未来人生路的坎坷心酸。

其实最开始的时候，简珝还是很喜欢这个软糯糯白嫩嫩的妹妹的，小小的一团，咬着小指头，眨巴着水灵灵湿润润的大眼睛看他的时候，简珝觉得自己整个人都要融化了，甚至还生出一种为妹妹生为妹妹死的凌云壮志。

那时候，他护妹妹护得死紧，谁都不让看，连老爸想抱抱陆珥，他都一脸的不乐意。

显然，简遇洲的男性魅力比简珝小屁孩要多得多，陆珥喜欢老爸，总糊他一脸口水。

每到这时，吃醋的简珝就吧嗒吧嗒地跑到陆繁身边，抱着陆繁的大腿要亲亲，夜晚还要强行挤在爸妈中间，窝在老妈怀里睡觉，非要气气简遇洲。

一次两次也就算了，次数多了，简遇洲脸上眼里写满了不满，在某天小屁孩洗好澡光溜溜地跳上大床的时候，他一把把人扛下了床，拍了两下他白嫩嫩的屁股："妹妹都一个人睡，你还非要挤在爸妈中间，羞不羞啊？"

简珝扑腾开："简遇洲！你有本事放我下来！！"

简遇洲直接抓着他的两条腿把他倒着拎进房间："你个小没良心的，你成天在外面浑我就懒得管你了，难得你老爸回家一次，你能不能自己睡？"

"我要抱着陆繁睡！"

简遇洲直接一巴掌呼在他屁股上："不准直接叫你老妈名字！"

好一顿教训，等简珝裹在被子里抽抽搭搭地犯委屈了，简遇洲总算出了口恶气，"啪"地关上门回自己房间。

简珝这小子自出生起就因为一副好皮囊而被所有人宠着，所以从小就浑，对谁都浑，整个小魔王，方圆五百米没一家孩子敢跟他玩儿的，他唯一怕的就是陆繁，只有在陆繁面前他才不敢一副"老子最跩老子最酷"的模样。

所以简遇洲特不喜欢这小子，每次回家先找老婆，找完老婆就教训儿子，然而没教训几下这死小孩就一把鼻涕一把眼泪，哭着喊着打电话给爷爷奶奶告状，气得简遇洲肝疼，久而久之也懒得管了，反正还有陆繁管得住，这破小孩再浑也浑不到哪里去。

这种情况在陆珥出生后好转，家庭气氛因为多了个小软包子而变得和谐起来。

只是可惜，这种虚假的表面并没有持续多久。

等陆珥小朋友逐渐长大，简珝小魔王的好日子，终于到头了。

陆珥跟简珝，虽然是一个娘胎里出来的，但是无论性格还是品质都差了不止一星半点儿。

简珝不爱读书，成天拉帮结派爬树翻墙，直到十岁了，连最基础的《春晓》都背得磕磕绊绊的，陆繁和简遇洲就他的情况进行过一次深入的讨论。

陆繁："这孩子肯定不随我，我是拿三好学生奖状长大的，初中还跳过一级呢。"

简遇洲："那肯定也不随我，我好歹顺利读完大学了。"

陆繁幽幽地看着他："我听陈霄说，你读大学的时候，每个学期都要挂科……"

简遇洲："你听他瞎说！我的智商绝对不存在任何的缺陷！我挂科是因为我常年在外面拍戏不在校！"

"别说这个了。你说我们要不要给他找个辅导老师啊，请到家里的那种？"

"不用请，有什么大不了的。他自己开心就好了，以后嘛……还有我们呢，反正也饿不死他。"

陆繁："……你倒是心宽。"

于是，心宽的夫妇俩放下了这档子事，简珝该玩还是玩，该放飞自我还是放飞自我。

相比之下，陆珥就与她的傻哥哥完全不同了。

这娃打小就是乖宝宝的典型代表，从小到大基本上没让陆繁和简遇洲操过心，喜欢一个人安安静静地看书，书的类型囊括古今中外各种传记名著，刚上小学就已经捧着文言文话本看了，而成绩更是稳居年级前三。

后来陆珥跳级了，成功地跟相差五岁（并且留过级）的简珝出现在了同一个班上。

这真是件令陆繁和简遇洲又欢喜又悲伤的事……

其实陆珥和简珝学习上的事情，他们俩都不插手的，一来两人工作太忙，二来他们都觉得相比较学习，更重要的是把孩子领向正确的人生道路，塑造端正的品格和三观，在底线之上，他们不会对两个孩子喜欢的生活方式做过多的干扰。

不过，这两小孩相差得也太多了吧！！

一个安静，一个好动；一个博古通今，一个滴墨不进。实在是……

不知道的人都不敢相信是一家的吧？

话说自从兄妹俩在一个班里上课之后，一开始简珝是很开心的，虽然这个妹妹呆了点儿，闷了点儿，但是长得很萌啊，所以一有空就搬凳子坐到妹妹身边。

只不过后来，每次成绩出来，两孩子稳居第一和倒数第一的现象，让简珝那淡薄到可怜的自尊心和好胜心被激发了出来……

谁能忍比自己小五岁的妹妹每次都在各方面碾压自己啊！

而且自从陆珥的"神童"体质显现出来后，简翊敏感地发现，家里人不再像以前那样宠他了，更多的是围绕着陆珥。

尤其是简遇洲，每天就知道抱着女儿转悠炫耀。

小魔王委屈得不行，又不好意思像小时候那样抱着老妈哭鼻子，只好躲在自己房间里闹绝食。

陆繁虽然忙，但是两个小孩的生活跟心理状况她一直都很关心，所以简翊刚闹脾气没多久，陆繁就发现了，有些好笑，特意做了夜宵端进他的房间。

闻到了老妈做的美食香气，简翊的肚子不争气地响了起来。

陆繁笑道："还闹脾气呢，小祖宗？"

简翊趴在床上，闷闷道："妈，我是不是真的很笨？"

陆繁摸摸他的头顶："嗯。"

简翊："……"

你就不能关心我一下吗，陆小繁！简翊幽怨地看着陆繁，活像是受了什么大委屈的小媳妇。

陆繁忍俊不禁："别难过呀小祖宗，虽然小乖乖很好，但你也不是没优点的。"

"什么优点？"

"这个我一下子说不上来，反正肯定有的。"

简翊："……陆小繁你还是别来安慰我了，换简大洲来。"

陆繁拧他鼻子："你还指望他会来安慰你？他只会把你拎起来打屁股。"

简翊重重地叹了口气："啊，我好难过啊，我好伤心啊，陆小繁，再生个男孩子吧，我把我们青龙帮的右护法位置留给他。"

陆繁笑道："妹妹不好？"

"好，就是太好了，我都不敢把她带到我们帮里来，她那样手无缚鸡之力的小屁孩，肯定被欺负。"

"不错嘛小祖宗，手无缚鸡之力这句是哪儿学来的？"

"……"

简珥不像以前那样黏着陆珥了，陆珥小宝宝也不知道自己哪儿做错了，哥哥怎么突然就不搭理她了？她只好每天背着书包磕磕绊绊地跟在简珥后面跑。简珥拉帮结派出去玩，陆珥有点儿怕高年级的，只好远远地跟在后面，等简珥玩得差不多了再小心翼翼地上前劝他回家。

而到了晚上，她总是主动抱着作业本去简珥房间，想跟他一起写作业，有时看简珥一脸痛苦地抓耳挠腮，她会装作无意地把自己的作业本落在他房间，第二天才要回。

尽管一直这样小心地亲近哥哥，但是简珥对她还是冷冷淡淡的。

某次简珥跟朋友出去玩了，陆珥跟在后面，简珥转过头突然朝陆珥吼，说他才不是她哥。

陆珥抽抽搭搭地走了，半路被四处寻找的司机看到了，这才回到家。

陆繁和简遇洲意识到了问题的严重性，分头去找两个宝贝谈天，但是两个小宝贝都闷着不讲话，他们也只能无奈地静观其变。

某天，陆珥一个人孤零零地背着小书包往校门口走，突然被同班两个男孩子堵在了路口。

虽然同班，但是陆珥年纪小，女孩子愿意跟她玩儿，男孩子却嫌她太小太闷，不怎么跟她讲话，所以陆珥跟男生都不太熟。

以前都是简珥护在她前面的，现在只有她一个人，陆珥怯怯地问那两个男生有什么事儿。

两个男生问她要作业本，还扬言如果她不肯给，他们就把她哥是个留过级的笨蛋的事情告诉别的班的人。

陆珥气得小脸通红，眼圈都泛红了，眼看着都要流下泪来了，突然一个清瘦却利落的身影从后面蹿出来，护在她前面："你们干什么？别想欺负我妹妹！"

陆珥看到简珥的背影，一下子就大哭了出来，抽抽搭搭地说："我哥哥才不是笨蛋，你们乱说，我哥哥比你们都好。"

两个男生悻悻地走了。

"别哭了！本来就没我好看，哭了更丑了！"

陆珥哭得更伤心了："你……乱说……我像妈妈，你像爸爸……妈妈比爸爸好看，爸爸丑……"

简翔心想这句话一定要转述给简遇洲。

看看，你宠上天的小女儿，背后怎么说你的。

简翔等陆珥哭得差不多了，才牵起她的小手，带她一起回家。

陆繁和简遇洲这天都有空，亲自下厨做了顿大餐，等两个小宝贝回来就开饭。

陆珥和简翔到了家里，陆繁一看陆珥红红的眼圈，就擦擦手，蹲下来抱住两个小宝贝："怎么了？小乖乖怎么哭了？"

陆珥趴在陆繁的肩膀上，又抽泣起来了："哥哥今天牵我回来的，哥哥没有不理我了。"

陆繁闻言，看向了小魔王，简翔别扭地把头扭到一旁，陆繁故意逗他："小祖宗，还想不想要你的右护法了？"

简翔死咬着下唇，一副又想哭又想笑的样子，最后简遇洲出来拍了下他屁股，他终于忍不住放声大哭了起来："哇……我不要右护法了……我只要妹妹……"

两个小宝贝哭得一个比一个响亮，家里的佣人们都不知道先哄哪一个好，陆繁和简遇洲无奈地对视笑了一下。

简翔小魔王吃完饭后，觉得自己都十多岁了还哭鼻子，太丢脸，于是放下筷子就跑回房间了。

陆繁照例给两个小宝贝送夜宵，哄骗着小魔王扭扭捏捏地说出了真相，这才知道，原来是因为他听到有人在说陆珥有个笨蛋哥哥，觉得自己给妹妹丢人了，这才故意不搭理妹妹的，顿时又好笑又心疼。

陆繁回到房间里，跟简遇洲说了这事儿后，简遇洲笑了笑，搂着她说："一家人哪有过不去的坎儿，况且，我们俩生出的孩子感情怎么可能会差。"

陆繁啼笑皆非："这是什么怪理论……"

她突然又想起什么："我想来想去还是觉得不太放心，下半年小翔就该上初中了，要是还留级该怎么办？我们还是替他找个老师吧，考前冲刺一下吧。"

"行，依你的。"

于是简翊小魔王提前结束了他的青龙帮帮主生涯，转而投入无边学海，奋力挣扎。

而陆珥小乖乖则是继续她光辉亮丽的学霸之路，在知识的道路上昂首阔步。

终于，未来的某天，陆珥成了简翊的学姐。

这对陆繁和简遇洲来说，又是一件又心酸又欢喜的事。